侵犯するシェイクスピア

境界の身体

本橋哲也
Tetsuya Motohashi

William Shakespeare

青弓社

侵犯するシェイクスピア——境界の身体／目次

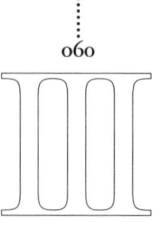

装丁──神田昇和

まえがき

　この本は、私自身と同じく、シェイクスピア演劇を愛する人たちのために書きました。愛しているからには徹底的に読み込んで、いまここで生きている自分たちの糧とも鐙《あぶみ》ともなるような知見や情念を取り出してやろう――そのようにいつも思っています。もちろんそうした営みは、とうてい一人で遂行できるものではありません。これまで、劇場でも教室でも街路でも食堂でも車内でも居間でも、多くの人たちと語り合いながら、このささやかな書物に記された経験を共有してきました。そのような体験をこうして本書を手に取っていただいたみなさんと、これからさまざまな場所でさらに分有できることを心からうれしく思います。

　本書は一貫した関心のもとに書かれてはいますが、基本的に各章が異なるシェイクスピアの演劇作品を扱っていますから、章ごとに独立した議論としてどこから読んでいただいてもかまいません。一応シェイクスピアが創作した年代順に章を構成していますが、それはとくに、彼の演劇作法や世界観の発展や進歩をなぞる意図があってのことではありません。それぞれの芝居が個別に現代に語りかけるものをもっていると、私は考えているからです。

　ただシェイクスピア演劇にあまりなじみのない方々にも、その面白さに興奮して芝居を見たり読んだり考えたりしていただきたいと思い、次のように少しですが構成を工夫しました。

（1）各章の本文の前に、シェイクスピア演劇と現代思想とのいわば橋渡しとなるように、劇に登場する「モノ」と思考の鍵概念を結び付けた**キーワード**を配して、次の劇への導入とともに、私たち自身の文化や社会のありようと連関させる。

（2）章の冒頭には、ほかの文学作品から引用した短い**エピグラフ**をつけて、その章の議論の中身へと誘う。

（3）劇を多様な視点から考えるためのヒントとして**クエスチョン**を列記する。
（4）劇のあらすじを記した**ストーリー**をつけて、議論の流れを追いやすくする。

また一般書としての性格を考え、注は最小限にとどめました。そのかわり各章末に、シェイクスピア専門書にかたよらず、広い視野から現代でシェイクスピア演劇を考えていただくための**参考文献・映像**を、手に入りやすい基本的なものに限ってテーマ別にリストアップしました。

いつもみなさんと話し合ってきたのと同様、記述のスタイルも平明さを心がけたつもりです。しかし、そのために議論や語彙をやさしくする、といった妥協は一切していません。ある新しい用語や概念が使われるのには、思考のための文脈にそれなりの必然性があります。思考の難しさとは、議論のための議論にありがちな晦渋《かいじゅう》さとは別のものです。スポーツやダイエットならば汗をかいて頑張って努力するのに、考えることに頭をしぼって力を尽くさない、というのではせっかくのみなさんの身体も生かされないでしょう。

シェイクスピア演劇に限りませんが、文学や芸術に接するときに大切なことは、性急に答えを見つけることではなく、自分にとって貴重な問いを見つけて、それにこだわり続けることだと思います。もちろんこの限られた時間とスペースで、劇のすべての側面を問い直して論じることはできない相談ですが、少なくとも私たちが生きている現代にとって重要な視点のいくつかは、シェイクスピアのテクストから取り出そうとしたつもりです。

本書のなかで引用するシェイクスピアのテクストは、すべてWilliam Shakespeare, *The Arden Shakespeare Complete Works*, Revised Edition, edited by Richard Proudfoot, Ann Thompson, David Scott Kastan and H. R. Woudhuysen (London : Cengage Learning, 2001) から取っています。長い引用文が最初に出てきた際に、それぞれの作品の編者名を示し、その後はテクストの場所を幕、場、行数だけを（ ）内に入れて記してあります。日本語訳は私の拙訳です。

各章のタイトルにある演劇名の後の年は、初演の推定年を記しました。各章はその年代順に並べていますが、すでに述べましたように、とくにシェイクスピア個人の時間軸に沿った芸術的軌跡のようなものを示唆しているわけではありません。あくまでそれぞれの劇が、現代からどう読み解けるかに関心をしぼりました。

シェイクスピアの芝居は限りなく広がる、竜の翼のようなものではないでしょうか。私にとってはシェイクスピアと同じくらい大切な作家であるアーシュラ・K・ル・グウィンの『アースシー物語』で描かれているように、竜の翼は力強く、堅牢で、きびしく、優しい。一生懸命つかまっていないと振り落とされてしまうけれど、その上に乗った旅路は、これまでまったく想像もつかなかった世界を見せてくれるし、なつかしい故郷にも連れて帰ってくれる。

同様にシェイクスピア劇にも、いつも新しい世界を開いてくれる、誰も拒《こば》まない、思いきり「誤読」することを許してくれる寛容さと懐《ふところ》の深さとともに、私たちの怠惰を許さない厳密な論理と思いもかけない驚異があります。そんなドラマティックな旅を本書のなかで、そしてこれからもさまざまな場所で一緒に続けていきましょう。

序章　境界の身体
——シェイクスピア演劇の場所

カタストロフへと方向づけられた現実のなかで、いまなおふさわしい唯一の芸術にたいする態度は、世のなりゆきが血のにじむほどのっぴきならないものになってしまったように、そのように芸術作品を血のにじむほどのっぴきならないものとして受けとる態度であろう。

（テオドール・W・アドルノ『プリズメン』）

†境界侵犯

境界を侵犯する身体と言葉——それがシェイクスピア演劇を形容せよ、と問われたとき真っ先に私の頭に思い浮かぶ答えである。境界を越えると同時に、境界にとどまり続ける存在。シェイクスピアという作者、そのテクスト、シェイクスピアが所属していた劇団、当時の演者、そして劇場空間や上演形態、観客の成り立ちには、根本に境界性があるのだ。なにより彼ら彼女らの生きた時代が、境界的な時代だった——中世が近代に移行しつつあった過渡期、やがて世界の大半を支配することになるイギリス帝国最初の植民地が建設され、イギリスとかイギリス語という国民国家や国民言語という概念そのものが芽吹く時代。「自己」と「他者」の関係が大きく移り変わろうとするときに、シェイクスピア演劇も花開いたのである。

本書の目的は、十五世紀末からのいわゆる「近代初期ヨーロッパ」での他者表象と自己成型のあり方を、イギリスの詩人・劇作家・劇団員シェイクスピアの劇作品を題材として考えることだ。そうした試みで目指されるのは、ヨーロッパが自己と他者を、特定のイデオロギー的枠組みのなかで理解する際の類型となる文化・経済・思想にまたがる回路を抽出することである。

†シェイクスピアのイギリス

シェイクスピアの同時代人が生きていた「近代初期」と呼ばれる時代は、ヨーロッパ文明にとって自己と他者像の再認識を根底から迫られる時代だった。それはコロンブス、コルテス、ヴェスプッチ、マジェラン、ドレイクといった英雄／侵略者の固有名詞を伴って「大航海時代」として語られることもある。この時代、ヨーロッパ人の海外拡張によってもたらされた異文化同士の遭遇は、イギリス一国にとっても大変動をもたらすものだった。シェイクスピアが活躍した時期前後のイギリスの歴史的背景を簡単にたどっておこう。

十六世紀前半のイギリス国王ヘンリー八世の離婚に端を発した英国国教会の成立は、キリスト教が旧教と新教に分裂した後のヨーロッパでの宗教戦争へイギリスを投げ込んだ。ヨーロッパの急進的な新教運動はイギリスにも波及し、千年王国運動のような社会の根本的改革を求める運動が盛んになりつつあった。さらに商業の発展と製品市場の拡大、および自然資源への欲求が、植民地獲得を含む国際的な領土争奪戦争へとヨーロッパ諸国を駆り立てていった。

図0−1　ウィリアム・シェイクスピアとされる肖像画とその署名のコピー：「チャンドス肖像画」（ロンドン・ナショナル・ポートレート・ギャラリー所蔵）

哲学の分野で言えば、ネオプラトニズム、ヘルメス主義、カバラ信仰、錬金術といった思想や実践が指導的知識人たちを捉え、それらが政治や社会の現状を批判する。批判的知識人の先頭には、コペルニクス、ブルーノ、ガリレオ、ケプラーといった科学者がいて、彼らによる新たな宇宙観は中世の確固とした神中心の世界観を揺るがし、地球中心

図０－２　ヴァージニア植民地の地図：入植者を率いたキャプテン・ジョン・スミスの1606年の地図に基づくウィレム・ヤンスズーン・ブラウが作成した地図（アムステルダム、1631年）

説と太陽中心説との深刻な対立を招いたのである。

政治や経済の分野では、マキャベリ的な実利主義が国家の倫理性という神話を打ち砕いた。経済変動によって伝統的な村落共同体が破壊され、農村から都市へと人口流入が激化する。支配階級であった貴族が伝統的価値観に対する脅威を覚えたとすれば、庶民は日ごとに上昇する物価と増加する浮浪者の姿に、自らの生活の危機を身近に感じたことだろう。人々は憂鬱に駆られ、「メランコリー」が一つの流行語ともなった。そんな時代にシェイクスピアとエリザベス朝演劇は登場したのである、境界的時代の「鏡」として。

†「人殺しいろいろ」

シェイクスピアは「ヒトゴロシ、イロイロ」と日本語で言われるように、一五六四年に生まれ、一六一六年に死んだとされる。彼がいま私たちに残されている芝居を書いたのは、一五八〇年代後半から一六一〇年代前半までの約三十年間。それはエリザベス女王の最盛期から晩年まで、すなわちイギリスがスペインの無敵艦隊を破って新興プロテスタント教国として台頭しつつあった時代から、次のジェイムズ王がスペイン、ポルトガル、オランダといった植民先進国に続いて、帝国への果てなき夢を抱いていた時代である。

つまり、シェイクスピアがロンドンで劇作家として活躍していた時期は、イギリスの植民活動が挫折を繰り返しながらも機運を高めつつあったときと重なるのだ。シェイクスピアは外部の他者に対する人々の関心が高まりつつあった時代に、「内」と「外」とが過激に出会うロンドンという都会で、王侯貴族から乞食までが登場する芝居を、広範な大衆からなる観客相手に書いていた。「古典」という概念が当てはまらない当時の演劇は、印刷して読まれることを主な目的とはしていなかった。末長く上演されるより、短期間でなるべく多くの観客を呼び、あとは新作で目先を変えていく上演システムが主流だったのだ。シェイクスピアも人気を獲得するために、観客の時々の興味や嗜好に合わせる工夫は怠らなかったに相違ない。

このような広範な観客を相手とする大衆作家としての事情は、この本の主題である境界侵犯――異種混交、周縁性、曖昧さ、雑居、多義性――と深い関係がある。ここではまず、具体的にシェイクスピア演劇の境界性を考えるために、シェイクスピア演劇が実際に置かれていた場の特性を整理しよう。

†劇場空間と場の雑種性

シェイクスピア演劇は、その発現の場からして徹底して境界的だった。その劇場空間はいったいどのような場所に開けていたのだろうか。

シェイクスピア演劇の場合、最も有名な劇場はロンドンのテムズ川南岸のサザックにあったグローブ座である。いまから数年前、グローブ座がかつてあったとされる場所の近くに、その形を模した「シェイクスピア・グローブ劇場」がオープンして、毎年夏期には演劇公演がおこなわれ、テムズ川べりの観光名所の一つになっているのでご存じの方も多いかもしれない。

エリザベス朝演劇を考える場合、おおむね二種類の劇場を想像する必要がある。一つはパブリック・シアターと呼ばれる野外の大衆劇場。もう一つはプライヴェート・シアターと呼ばれる室内の私設劇場。後者の場合、かつての修道院を改造して作られたブラックフライアーズ座やホワイトフライアーズ座が有名だ。これに法学生のメッカだった法学院の劇場や、宮廷や貴族の館内での上演も含めて考えれば、いずれも上層の特権階級を観客とした劇場であり、客は高額の入場料を払える層に限られていた。それに対してグローブ座は大衆劇場でありながら、ほかの大衆的な商業劇場(ローズ座とかカーテン座が有名)よりも少し上層の観客も来ていたという点で、この時代では階級的に最も包括的な劇場の一つだった。観客は貴族から外国人、法律家、知識人、職人、商人、その妻たち、学生、徒弟、娼婦、スリにいたるまで広い階層や職種にわたり、入場料も平土間の立ち見なら安かった。大きく観客のなかに張り出した

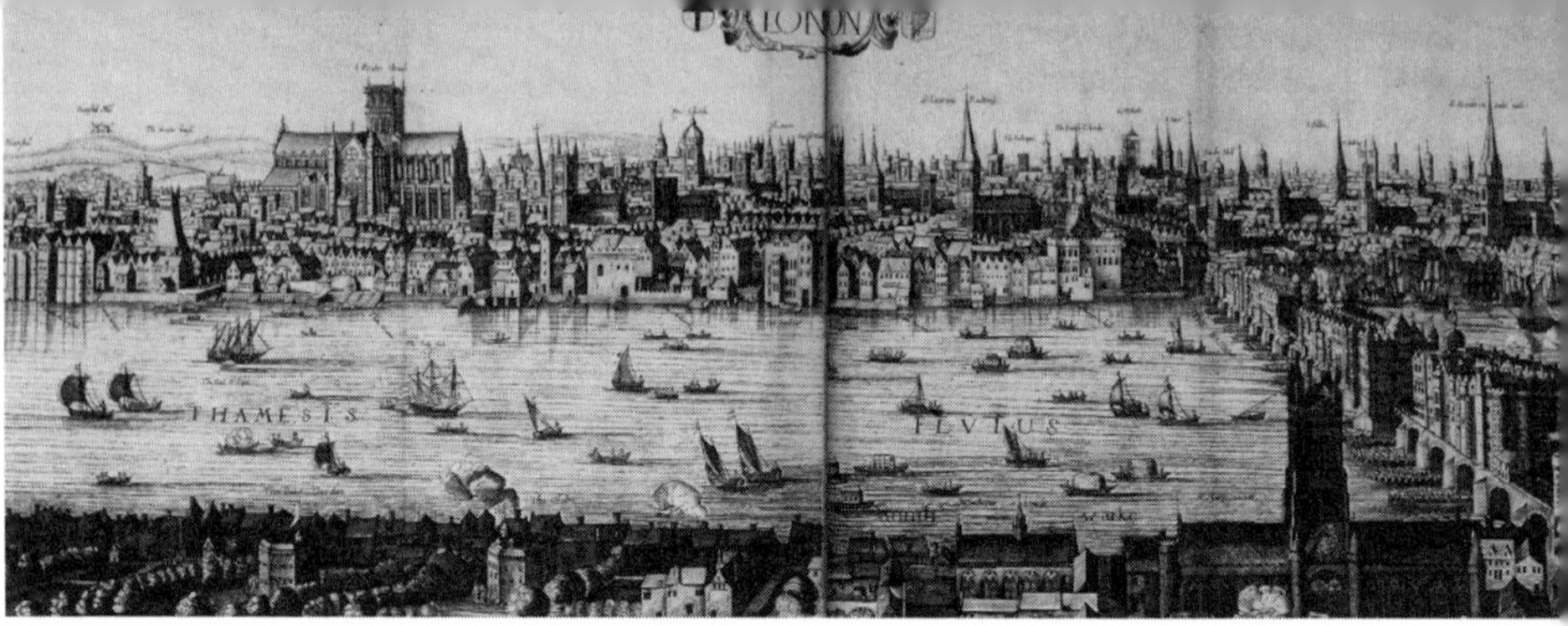

図0－3　シェイクスピア当時のロンドン：テムズ川南岸にサザックの劇場と歓楽地がある。
J・C・ヴィッシャーの銅版画（部分）（アムステルダム、1625年）

舞台を平土間の立ち見客が囲み、それを入場料の高い椅子席が三階建てで囲むという構造であったらしい。

このような大衆劇場の最初のものは、一五七六年にロンドン市の北の郊外ショアディッチに建設された、その名もずばり、シアター座である（二〇〇九年にその土台が発掘されて話題となった）。当時ロンドン市の中心部はシティと呼ばれていたが、北・西・東の三方を城壁で囲まれ、南側はテムズ川を境界とする一種の城砦都市だった。

シェイクスピアが劇作家として活躍し始めた当時のロンドンは、イギリス中の雑多な人々、王侯・紳士から浮浪者・犯罪人までが集まってくる大都会として発展しつつあった。ロンドンという都市は、十六世紀から十七世紀にかけて人口が三倍になり、急激な都市化に伴う活気と矛盾とを集約して抱えていたのだ。この時期に商業劇場だけでなく、熊いじめのような動物を使った見世物、海外から連れてこられた「インディアン」や「エスキモー」の展覧、娼宿や酒場をはじめとした遊戯場、監獄、処刑場、瘋癲院などの施設が増加する。精勤と商工業振興、家庭の平和や公序良俗を重んじるロンドン・シティ当局としては、遊興施設や劇場といった種々雑多な人々がひしめく場所は必要悪だが、できれば自分の内には抱えたくない。かくしてロンドン市内での商業劇場の建設は法令によって禁止され、大衆劇場はほかの遊興施設と一緒に郊外という周縁の地に追いやられながら、独特の繁栄をとげたのである。

†「リバティ（Liberty）」という場所

ここで特筆すべきは、劇場が林立したそのような市郊外の地域が当時“Liberty”という用語で呼ばれていたことだ。この「自由」を意味する単語が、なぜ劇場の置かれた場所を表すのに使われていたのだろうか。

すでに述べたようにエリザベス朝演劇は、一五七六年に興行主ジェイムズ・バーベッジが最初の演劇興行を専門とする商業劇場を、ロンドン市北方、ビショップスゲイトを出た郊外ショアディッチに建てたことを画期とする。ロンドン市の城壁の外は芝居興行に敵意をもつ市当局の法律管轄外にあったので、歴史に前例を見ない常設の芝居小屋で劇興行を組織的に運営するには、郊外の地は必然的に便利だった。バーベッジの冒険の商業的成功を追うようにして、その後に続く商業劇場はいずれも、周辺の地、ロンドン市の城壁のすぐ外、あるいは市の南の境界をなすテムズ川岸のバンクサイドに建設される。

しかし、商業劇場がロンドン市の管轄が及ばない市壁外に建てられた、というだけではエリザベス朝演劇の成立事情を考察するのに不十分だ。劇場は「リバティ」と呼ばれた区域内に建設された。すなわち、シアター座（一五七六年）とカーテン座（一五七七年）は the Liberty of Holywell 内に。フォーチュン座（一六〇〇年）は the Liberty of Finsbury 内に。ローズ座（一五八七年）とグローブ座（一五九九年）は the Liberty of the Clink 内に。スワン座（一五九五年）とホープ座（一六一四年）は the Liberty of the Paris Garden 内に。ブラックフライアーズ座（一五七六年が第一次、一五九六年が第二次）とホワイトフライアーズ座（一六〇八年）はもともと修道院だったので、それぞれの「境内、管轄区域（Precinct）」内に、といった具合に。

郊外の地は中央権力の管轄外というだけでなく、以前から無法の地として社会の局外者を引き付けていたから、当然その分、当局の監視もむしろ普通の土地よりは厳しかった。つまり"Liberty"の地とは、常ならざる自由と常ならざる抑圧とが、増幅し混在してせめぎ合う場所だったのである。劇場が置かれた周縁とは、中央に対立する負の価値を帯びた場所であると同時に、中央の制圧と地方の解放とを同時に過激な形で吸収し、複数の権力の妥協と対立とをダイナミックに体現した地だった。中央が地方に、自己が他者に、正が負に転じる危険と魅惑とが混在する境界侵犯の場所。その点にこそ、対立する二項が反転する可能性を秘め、正負の決定が不安定なシェイクスピア演劇が発生する基盤があったのだ。

とくにグローブ座のあったテムズ川南岸のサザックは、ロンドン市政府の統制と、国王の直轄権力、そして伝統的な教会権力という三つの権威が共存し、そこに人々の雑多なエネルギーが絡み合う、いわば規制と解放、処罰と無法とがしのぎを削る土地だった。そのような境界侵犯的で周縁的な場所がリバティと呼ばれ、「自由」を意味する単語が相反する力関係や異種雑多な要素の混在を代弁していたのである。

一五九九年に借地権が切れたショアディッチのシアター座が取り壊されて、その材木が凍結したテムズ川を渡って南岸に運ばれ、新しい商業劇場の建材として使われる。かくしてサザックにグローブ座が誕生したとき、郊外という周縁の場で大衆劇場が担っていた雑種性や多義性も、引き継がれ増幅していったのである。

†シェイクスピア演劇の異種混交性

他者を排除しない異種混交的で包括的な場の性格が、大衆劇場におけるシェイクスピア演劇の内容をも特徴づけていた。登場人物も雑多なら、場所や時代も千差万別、ジャンルやテーマも多彩多様。複数の権力が抗争を繰り返し、保守的な現状肯定主義と過激な革命思想がせめぎ合い、深遠な哲学は猥褻な饗宴と隣り合わせ。家父長制によって女性の自律性が抑圧され、人種や階級の差別が容認される。そのただなかで支配的体制の不安と矛盾が暴かれ、社会変革の展望が開かれていく。殺害が復讐を、忠誠が裏切りを、予言が奇跡を呼ぶ歴史の限りなき変奏。私生児が嫡子を乗っ取り、娼婦が妻と交換され、奴隷が主人と入れ替わる。密室の独白が広場の喧騒に切り裂かれ、都市は森と、宮廷は酒場と通底し、白雪の山脈の向こうに海の紺青がほの見える。

目くるめくジェンダーの展開。権力の倒錯。つねに不幸の予感と去勢の不安を伴うハッピーエンド。自己同一性《アイデンティティ》の混乱。阿鼻叫喚の裏に、静謐な恋の語らい。嫉妬と姦淫、近親相姦、レイプ、祝祭と人食い。恐怖政治とジェノサイド、民衆の暴動、被植民者の抵抗、異人種の交雑結婚。妖精、魔女、悪魔、亡霊、魔術、復活。テクノロジー、サイコロジー、エコロジー、エログロナンセンス、シロクロピンク……とにかくなんでもありの世界が、シェイクスピア演劇なのである。

†観客の想像力

このようにあらゆる境界をまたぎ越していくシェイクスピア劇の活力とその言語の豊饒さを思うと、それを理解し

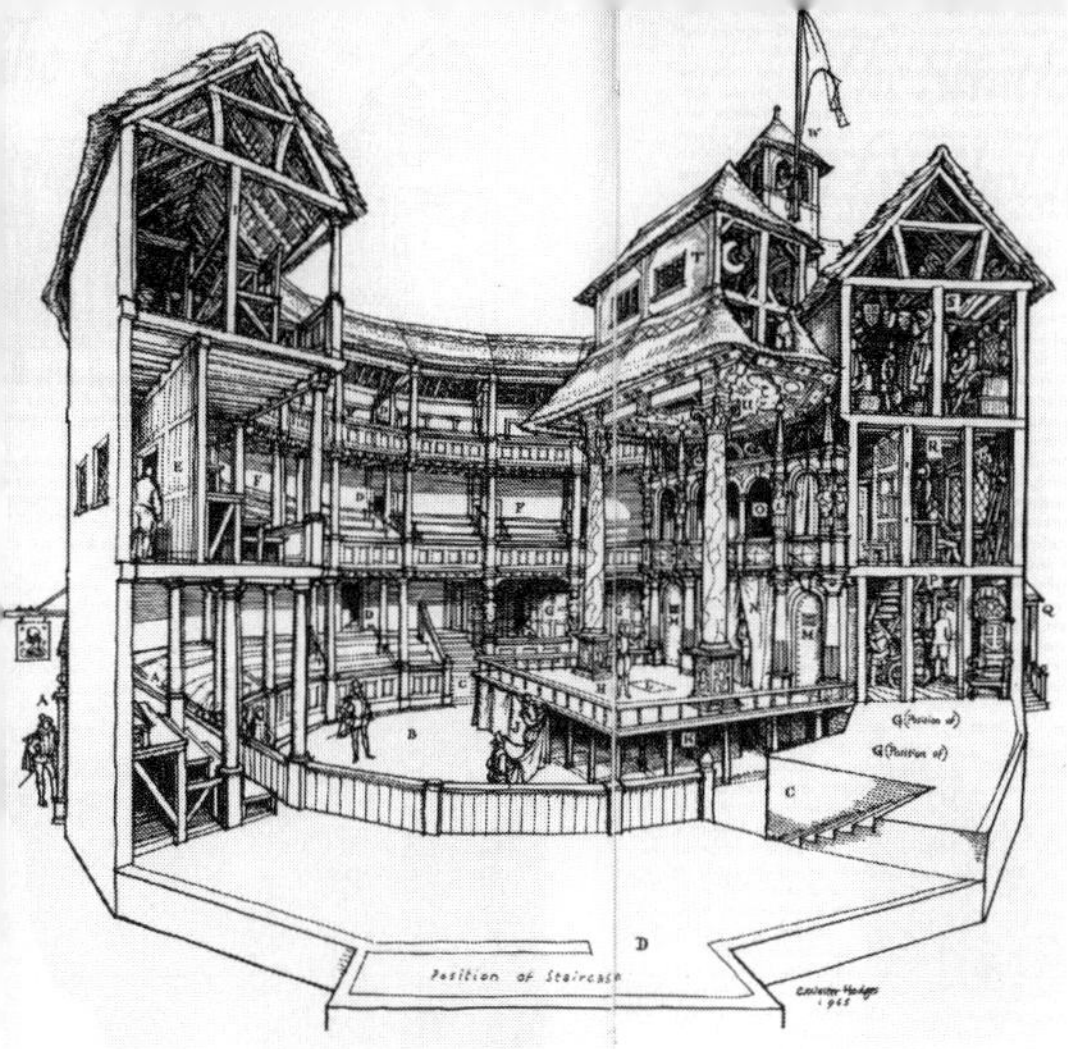

図0－4　第1次グローブ座（1599-1613年）の外見と内部：C・ウォルター・ホッジスによる想像復元図（*The Globe Restored*, Oxford University Press）

自在に楽しんでいた観客の想像力に驚かないだろうか。入場料が高い室内の私設劇場にはロウソクによる明かりがあったが、野外の大衆劇場には照明などない。雨や風や町の騒音にさらされ、装置といっても椅子や箱や垂れ幕がせいぜい。登場人物を性格づけるのは、主に階級やジェンダーを示唆する衣装と、剣や本や手紙など最小限の小道具だけ。公演は午後のまだ陽が高いうちに始まるから、夜の場面になると「闇夜だ」とか「星明りだ」とかいう台詞《せりふ》を聞いて観客も納得し、ありあわせの楽団があらゆる効果音の設定に大活躍する。

人工の明りがない生活、自動車や飛行機の音の聞こえてこない日常を送っていた人々の感覚が、いまの私たちよりずっと研ぎ澄まされたものであったことを頭で考えることはできたとしても、その感度を私たちは追体験できない。それに毎週日曜日に、教会で説教を何時間も立ちっぱなしで聞いていた人々の体力と忍耐力、とくに聴覚は私たちとは比べものにならないほど強靭だったことだろう。加えて当時の人々は体を洗う習慣があまりなかったようだから、グローブ座が満員の観衆を集めて三千人近くがひしめき合った状態では、大衆劇場は「体臭激情」でもあったはずだ。

†娯楽と芸術の境界

演劇は大衆のための下賤な見世物と同等のものと見なされて出発しながら、やがて貴族や国王の庇護を受け、十七世紀初頭にはジェイムズ一世が劇団の直接のパトロンとなるところまで社会的地位を高めていく。人々の喝采を浴びる人気俳優や大衆のための戯作者から、王の意向を体現した宮廷官僚への出世。それは「河原乞食」が「舞台芸術家」となる道筋であると同時に、十七世紀以降におけるシェイクスピア演劇の受容の変わり方を予期させるものでもあった。庶民的な娯楽と高尚な文学芸術の境界点に位置しながら、四百年以上にわたってシェイクスピア演劇も社会構造の変化と観客の好みに従って発展してきたのである。

すでに見たように、シェイクスピア在世当時のロンドン市当局にとって、商業演劇はかならずしも歓迎すべき娯楽ではなかった。さらに劇場を「悪の巣窟」として敵視していたのが、清教徒《ピューリタン》と呼ばれたイギリス国教会内の新教徒の一派である。彼らが厳格な教義を掲げ、教会の改革を主張したために迫害を受け、その一部がピルグリム・ファーザーズとして、一六二〇年に北アメリカに移住し、アメリカ合州国建国の一端をなしたことはよく知られている。ジェイムズ一世を継いだ国王チャールズ一世の政府に敵対して、クロムウェルが率いた清教徒革命が一六四二年に始まると、劇場は閉鎖され、ふたたび商業演劇が復活するには一六六〇年の王政復古を待たなくてはならなかった。だがそのときにはすでに劇場も観客も、かつてシェイクスピアを生み、シェイクスピアが生んだエリザベス朝演劇とは様相をまったく異にしていた。劇場はすべてかつての私設劇場と同じく、照明付きですべて椅子席の室内劇場となり、舞台は観客と役者との交流が困難な額縁舞台になった。王政復古による演劇の復活は、役者と観客が同じ空間を共有していたシェイクスピア演劇の境界侵犯性の再生ではなく、次第に社会の中枢権力を握りつつあった中産階級の娯楽としての再編成だったのである。

†「世界の詩人／普遍的な天才」

シェイクスピア演劇は、新しい時代の趣向に合うように形を変えながら命脈を保っていく。たとえばネイハム・テイトが一六八一年に改作した『リア王』の最後は、エドガーとコーディリアが結婚するという家族的ハッピーエンドに改作された。一六六七年に初演されたジョン・ドライデンとウィリアム・ダヴナントが『テンペスト』を音楽劇に改作した『魔法の島』には、ミランダとファーディナンドのほかにもう一組の男女が付け加えられたり、キャリバンが道化的役回りに貶められたりして、シェイクスピアの原作が含んでいた植民地主義への問いは後景に退くことになった。さらに、一六六〇年以降現在までのシェイクスピア上演の歴史は、十七世紀から十八世紀の改作者から、十九世紀の大物役者兼劇場経営者へ、そして二十世紀の演出家へと主役が移り変わっていく。

とはいっても十七世紀や十八世紀にシェイクスピアのテクスト自体が軽視されていたわけではなく、その全集はさまざまな版で出版され続けた。むしろそのことが「読むためのテクスト」としてのシェイクスピアの性格を強めていったとも言える。十七世紀には、一六二三年の第二・二つ折り版から一六八五年の第四・二つ折り版までシェイクスピア全集が出版され（フォリオというのは紙の全型を二つに折った大きさのこと。四つ折り版はクォートと呼ばれる）、十八世紀にはロウ（一七〇九年。ロウの編集が画期的なのは、読者の便宜のためにそれまで徹底していなかった登場人物表、幕や場の区分、ト書きなどを整理、付加したことで、現在の私たちになじみの五幕構成はこのとき「発明」されたことになる）、ジョンソン（一七六五年）、マローン（一七九〇年）などの編者による全集が出版された。

こうした出版によって、学者の研究対象である「古典」としてのシェイクスピアと、実際に劇場で上演されるシェイクスピアとの差はますます広がることになった。劇場という偶然性に満ちた猥雑で侵犯的な場の干渉を排除して、作者自身の意図を純粋なかたちで再現するという夢が、テクストの出版には多かれ少なかれつきまとうが、この時期の中産階級読者の増加と出版資本主義の拡充がその夢を膨張させたのだ。その一方で十八世紀と十九世紀の劇場を華やかに彩っていたのは、デヴィッド・ギャリック、エドマンド・キーン、チャールズ・キーン、ヘンリー・アイルヴィングといった劇の主役を演じながら劇場経営を一手に握っていた時代の寵児たちの活躍である。彼らの上演は彼ら自身が信奉していた時代考証に忠実で、エリザベス朝の衣装や装置を大掛かりに使ったものが多かった。そのかわり、シェイクスピアの原作への配慮は少なく、大幅にカットされ、変更されることもしばしばだった。

そして現在の私たちにも影響しているシェイクスピア観、つまり「世界の詩人」として時間や異なる文化の制約を超越した「普遍的な天才」としてのシェイクスピア崇拝を打ち立てたのが、十九世紀のロマン主義である。このようなシェイクスピアの神格化は西ヨーロッパ全般に起きた現象だった。ドイツのゲーテ、シュレーゲル、フランスのヴォルテール、スタンダール、ユゴー、そしてイギリスのコールリッジ、ラムといった文学者たちが、それぞれの国でのナショナリズムの発展を背景としながら、シェイクスピアを「多様な要素を有機的に統一する想像力の権化」として評価した。こうして、一方でそれ以前の新古典主義の批評がシェイクスピアの欠点としていた、場所・時間・筋立ての不一致こそが逆にその天才を証明するものと考えられるようになり、そうした批評観のおかげでシェイクスピアは舞台上で不特定多数の観客を前に演じられる劇というより、書斎で啓蒙された読者の叡智を動員して解釈される詩作品とされたのである。十九世紀前半の代表的シェイクスピア役者エドマンド・キーンの演技を評したコールリッジの言葉、「稲妻の閃きでシェイクスピアを読むがごとし」がそうした批評的態度を象徴している。ロマン派の批評家たちによって読む戯曲としてのシェイクスピアが強調されたことで、舞台上ではさまざまな矛盾を示すかに見える登場人物をあたかも自立した一つの人格のように取り扱う性格批評が隆盛し、それは二十世紀の批評や舞台にまで影響を及ぼした。たとえばハムレットを「悩める貴公子」としたり、マクベス夫人を「夫を誘惑する魔女」と呼んだりするのも、そうした批評の影響だ。さらに、明治期の日本の文学者たちが最初にシェイクスピアを輸入したのも、演劇台本ではなく、ラムの『シェイクスピア物語』という子ども向けの書き換えを通じてであったことは、文明開化期の日本の知識人にとっては、シェイクスピアが大衆的演劇というより、西欧近代の文学における啓蒙的個人主義の象徴であったことを示唆するだろう。

†シェイクスピアという制度・産業

「現代劇」としてのシェイクスピアが再生するのは二十世紀初頭のことである。バーナード・ショウやハーリー・グランヴィル＝バーカーといった演劇人の実践で、テクストはできるかぎりシェイクスピアの原作に忠実で、装置や衣装は斬新に現代的なものが目指された。ローレンス・オリヴィエ、ジョン・ギールグッドといった名優たち、ピーター・ブルック、ピーター・ホールといった演出家たちの名前に象徴される時代、いわば「われらが同時代人」としてのシェイクスピアが見直されてくるのだ。ポーランド出身の批評家ヤン・コットの書いた『シェイクスピアはわれらが同時代人』の英訳が、シェイクスピアの死後ちょうど四百年の一九六四年に出版されて世界各国でベストセラーとなり、六〇年代後半からの前衛的なシェイクスピア上演に影響を与え、その後の革新的なシェイクスピア批評の基礎を築く大きな事件となった。

同時にそれはまた、シェイクスピアが新しい強力なメディアである映画にされ始めた時代でもある。さらにそれは、国民の税金によって支えられた国立劇場、世界の演劇人が集まる国際演劇祭、膨大な資源に支えられた観光、さまざまな異言語・異文化への翻訳、あらゆる視点からの批評の隆盛、学校や社会での教育・学問的専門化といった多様な様相をもったシェイクスピア産業が勃興する時代でもあった。

†植民地とシェイクスピアの教育

忘れてはならないのは、十九世紀にイギリスによるインドやカリブ海諸国、アフリカに対する帝国主義支配が確立したとき、植民地での英語教育を根幹で支えたのもシェイクスピアのテクストであったということだ。そうした教育システムのなかから現地人官僚が育ち、さらにはイギリス人以上にイギリス文学の素養に優れた現地の知識人が生まれてくる。二十世紀後半に、ポストコロニアルとも呼ばれる植民地独立以降の時代が訪れたとき、そうした人々がかつての帝国の中心地を「逆襲して」、いまやイギリス本国の文化の中核をもそうした人々の多くが担っている。だがそこに私たちが見つめるべきなのは、土着の言語や文化、社会伝統を破壊され、宗主国イギリスの言語で自らを語るしかなかった人々の苦悩と、教えられ与えられた言語を抵抗の武器に転じた彼ら彼女らの闘いの足跡だ。彼ら彼女らの営みは、「世界の詩人」や「普遍的な天才」としてのシェイクスピア像を、植民地主義を延命させるものとして批判しながら解体し、そのうえで自らのものとして再領有し、侵犯する試みだったからである。

†文化産業としてのシェイクスピア

現在の私たちにとって、「シェイクスピア」は文字どおり巨大な産業であり、社会制度である。現代のシェイクスピアの上演や教育、翻訳や販売という現実は、「本物のシェイクスピアを純粋に読む」といったアプローチをなかなか許してくれない。考えてみればもともとシェイクスピアの戯曲自体が、古今東西雑多な種本を換骨奪胎した「翻案」だったのではないだろうか。

いまやシェイクスピアの顔は紙幣やクレジットカードにまで使われ、イギリスの人気ラジオ番組として有名な「孤島のレコード鑑賞」では、『聖書』とシェイクスピア全集のほかに何か一つ持っていくとすれば何がいいか」と聞かれるように、その作品は誰でも座右に置いておくべき永遠のベストセラーとされている。

イギリスからロイヤル・シェイクスピア・カンパニー(RSC)が来日公演するのも珍しくなくなり、その一方で鈴木忠志、蜷川幸雄、野田秀樹といった人々による新しい日本語訳を使ったシェイクスピア上演が、国内だけでなく

図0－5　ロイヤル・シェイクスピア・カンパニー（以下、RSCと略記）の本拠地ストラットフォード・アポン・エイヴォンのスワン劇場（筆者撮影）

海外でも評価されるようになった。日本を含めたアジアやアフリカ、中南米でのシェイクスピアの翻案上演は、本家本元と流用領有との境界を侵犯し続けている。イギリスの国立劇団が上演するシェイクスピアの舞台が本物で、シェイクスピアを原作とした中国語やタガログ語による翻案やヒンズー語の映画が偽物である、といったような二分法はすでに無効となっているのだ。

シェイクスピアのさまざまな側面が議論される国際会議も多い。またシェイクスピアをめぐる観光とその芝居の上演も切り離せない。イギリスに旅行した人が、ストラットフォード・アポン・エイヴォンを訪れ、シェイクスピアの生家の前で記念写真をとり、土産物屋で買い物をし、ついでにRSCの舞台を見ることだってあるだろう。

制度や産業としてますますグローバルに肥大する「シェイクスピア」。それでも私たちはシェイクスピアを通じて、演劇がもつ不可思議な魅力にとらわれ続けることだろう。エリザベス朝のロンドンの人間にとって、シェイクスピアの劇を通じて自己と他者の絆にふれることは、決して限られた一部の人の特権ではなかった。誰にでも開かれた他者への招待状としてのシェイクスピア。自分と他人の身体を、その境界において言葉の翼でつなぐシェイクスピア演劇は、いつでも私たちとともに現在形で存在する。いつ、どこで、どのように受け取ってもいい――それがシェイクスピア演劇が引き起こす侵犯への誘いなのである。

参考文献・映像

「ヨーロッパ的近代」について

イマニュエル・ウォーラーステイン『近代世界システム――農業資本主義と「ヨーロッパ世界経済」の成立』第一巻・第二巻、川北稔訳（岩波現代選書）、岩波書店、一九八一年

イマニュエル・ウォーラーステイン『近代世界システム　1600～1750――重商主義と「ヨーロッパ世界経済」の凝集』

川北稔訳、名古屋大学出版会、一九九三年
今村仁司『近代性の構造――「企て」から「試み」へ』(講談社選書メチエ)、講談社、一九九四年

西洋の植民地主義や他者表象について

エドワード・サイード『オリエンタリズム』上・下、今沢紀子訳(平凡社ライブラリー)、一九九三年
スティーヴン・グリーンブラット『驚異と占有――新世界の驚き』荒木正純訳、みすず書房、一九九四年
エドワード・サイード『文化と帝国主義』第一巻、大橋洋一訳、みすず書房、一九九八年
エドワード・サイード『文化と帝国主義』第二巻、大橋洋一訳、みすず書房、二〇〇一年
アーニャ・ルーンバ『ポストコロニアル理論入門』吉原ゆかり訳(松柏社叢書、言語科学の冒険)、松柏社、二〇〇一年
ビル・アッシュクロフト/ガレス・グリフィス/ヘレン・ティフィン『ポストコロニアル事典』木村公一編訳、南雲堂、二〇〇八年

近代の文化や文学における境界侵犯について

ピーター・ストリブラス/アロン・ホワイト『境界侵犯――その詩学と政治学』本橋哲也訳、ありな書房、一九九五年

文学や文化表象をどう理論的に考えるか

ジョナサン・カラー『文学理論』荒木映子/富山太佳夫訳(一冊でわかる)、岩波書店、二〇〇三年
大橋洋一編『現代批評理論のすべて』新書館、二〇〇六年

シェイクスピアの包括的で簡便なガイドブック

高橋康也編『シェイクスピア・ハンドブック』新書館、一九九四年
高田康成/河合祥一郎/野田学『シェイクスピアへの架け橋』東京大学出版会、一九九八年
日本シェイクスピア協会編『新編　シェイクスピア案内』研究社、二〇〇七年

シェイクスピア演劇の面白さを読み解いた一般書として、まず手に取るべき二冊

大場建治『シェイクスピアを観る』(岩波新書)、岩波書店、二〇〇一年
喜志哲雄『シェイクスピアのたくらみ』(岩波新書)、岩波書店、二〇〇八年

シェイクスピアの生涯と十六—十七世紀の政治的・社会的文脈との関わりについて

安西徹雄『劇場人シェイクスピア——ドキュメンタリー・ライフの試み』(新潮選書)、新潮社、一九九四年
スティーヴン・グリーンブラット『シェイクスピアの驚異の成功物語』河合祥一郎訳、白水社、二〇〇六年

シェイクスピア時代の劇場や劇団について

玉泉八州男『女王陛下の興行師たち——エリザベス朝演劇の光と影』芸立出版、一九八四年
アンドルー・ガー『演劇の都、ロンドン——シェイクスピア時代を生きる』青池仁史訳、北星堂書店、一九九五年
玉泉八州男『シェイクスピアとイギリス民衆演劇の成立』研究社、二〇〇四年

シェイクスピア作品を植民地主義批判の文脈で読み直す

本橋哲也『本当はこわいシェイクスピア——〈性〉と〈植民地〉の渦中へ』(講談社選書メチエ)、講談社、二〇〇四年
ウィリアム・シェイクスピア/エメ・セゼール/ロブ・ニクソン/アーニャ・ルーンバ『テンペスト』砂野幸稔/小沢自然/高森暁子/本橋哲也訳、インスクリプト、二〇〇七年

シェイクスピアの劇作人生と言語の植民地主義的支配との関係を考えるための映像

ピーター・グリーナウェイ監督、ジョン・ギールグッド主演『プロスペローの本』一九九一年

I

第1章 引き裂かれた文字
——『ヴェローナの二紳士』(一五九三年)と書記作用

この世のなにものも、私たちから「わたし」と口に出して言う力を取り上げてしまうことはできない。

(シモーヌ・ヴェーユ『重力と恩寵』)

言葉の意味とは、その使用法である。

(ルードヴィッヒ・ヴィットゲンシュタイン『論理哲学論考』)

キーワード1 手紙とメディア〈Media〉

シェイクスピア劇のなかで、手紙や書かれた文書が重要な役割を果たす劇はきわめて多い。最初期の『ヴェローナの二紳士』からイギリス史劇、『ハムレット』『オセロ』『リア王』『マクベス』の四大悲劇はもとより、最後期の『シンベリン』『ペリクリーズ』『冬物語』といったいわゆるロマンス劇にいたるまで、手紙は劇の重要なモーメントを形作っている。喜劇、歴史劇、悲劇といったジャンルにかかわらず、手紙は人々の関係をつなぐと同時に壊し、新たなドラマの展開を準備し同時に阻害する、最も重要なメディアの一つである。

音声や映像、あるいは新聞や雑誌のようなマスメディアもなく、また印刷物も大量に出回ることがなかったシェイクスピアの時代にあって、手書きの媒体である書状や文書がコミュニケーションの重要な手段だったことは想像がつく。当時の観客は劇の登場人物が、手紙を書いたり、読み上げたりするのを聞いて、そこに新しい世界が開けることを感じたことだろう。それは観客にとって、劇の展開に必要な情報を得るにとどまらず、文字の読解発信能力《メディア・リテラシー》という、出自や階級や経済的関係に規定された自分の社会的位置やアイデンティティを確認する機会ともなったはずだ。

　さらにシェイクスピア劇における手紙のあり方は、単にコミュニケーションの手段やアイデンティティの契機であるにとどまらず、私たち自身の世界観、哲学や文学批評にもつながる、興味深い問いのいくつかを含んでいる。たとえばメディアによる表象の力学という問題がその一つである。

　メディアはもともと仲介や媒体という意味だが、それは「事実」と「表象」とのあいだを取り持つこと、と一応は解せる。しかしメディアが仲立ちをするということは、一方に事実や実体や真実のような「本質的」なものがあり、他方に表象や表現や文書のような「二次的」なものがあって、メディアはその二つの異なるものをつなぐ手段だ、ということなのだろうか。どうやら事態はそれほど単純なことではなさそうだ。

そもそも私たちは「事実」をどのようにして把握できるのか。「実体」とか「真実」とか呼ばれているものも、何らかのメディアをとおしてしか、私たちにとって理解できるものにはならないのではないだろうか。

　人間にとって最も身近なメディアは言語である。ともすれば私たちは、言語が二次的な産物で、本来的なものとしての真実や実体がそれとは別にあるように考える。しかしこの「考える」というプロセスそのものが、言語の働きなしには一瞬たりとも成立しない。言い換えれば「私は〇〇である」といった「事実」そのものが、言語による構築物にすぎない。

　歴史的事象も、メディアによって表現されると同じような曖昧さを抱えてしまう。現代の複雑な政治や経済的対立を考えれば、「二〇〇一年九月十一日にアメリカ合州国がテロリストの攻撃を受けた」という言い方が、「事実」であるどころか、ある特定の政治的立場の表明にすぎず、「テロリスト」をどのように定義するのか、という言葉の解釈によってさまざまな意味に開かれてしまうことが理解できるだろう。

　つまり私たちは、言語のようなメディアによってしか「事実」にアクセスできない。現実はメディアによって構成され、メディアによってしか現実は私たちの理解のなかに入ってこない。メディアを支配する者が現実の力関係を支配するのだ。その意味で言語に代表されるメディアの働きを探求することは、私たちを作り、私たち自身が作り替えていく文化の力学を知るために欠かせないことなのである。

アイデンティティや性といった人間にとって最も基本的な問題領域を発現する場もメディアであるが、ここで重要なのはメディア・テクノロジーの問題だ。書記言語も一つのメディアとして、筆や活字や紙、本、印刷物といった実用品を生み出す技術に支えられて、はじめて書記作用を発揮できるからである。

メディアはどの時代でもきわめて強力な政治的道具として、人々の心を操作することもできれば、人々が自由と解放を獲得する手段ともなりうる。「手紙」をはじめとする書記言語の力や影響を考えることは、演劇がどんな政治的力学に関わるものだったのかという問いにもつながるだろう。書かれた文書はどんな時代にも両刃の剣であって、人々を殺しもすれば生かしもする。それは全体主義やファシズムのような圧制を支える政治的技術ともなれば、民主主義や平等、正義といった、困難だが改良と革新の可能性をもった政治的価値を作り出す基盤ともなりうるのだ。

演劇は古来、人間の欲望を発現すると同時に制御するきわめて強力なメディアだった。とくにシェイクスピア劇に代表されるイギリス・ルネサンス期の演劇は、言葉の力だけを頼りにおよそ人間の営みに関するありとあらゆる主題を扱い、きわめて多種多様な登場人物を網羅して観客を魅了する。演劇は客席の現実と舞台の幻想とを仲介するメディアであることによって、芝居を見た人々が新たな生に目覚めるような文化的変革力を有していたのである。

「手紙」を筆頭とする書かれた文字による表現、言い換えれば書記作用による表象の力学が、本来は口移しの口承言語を主な伝達手段とする演劇で注目に値するのは、シェイクスピア演劇が書記言語と口承言語とのせめぎ合いのなかで、人が書くという行為によってどのような自己と他者との関係を構築するのかを、鋭く問う契機を提供しているからなのである。

クエスチョン

①男女のジェンダー観の違いを示す友情と恋愛との相克のなかで、男たちにとっては友情のほうが恋愛より重要だと考えられているとすれば、それはなぜか？

②男同士の絆（「ホモソーシャリティ」）に対して、女同士の友情（「シスターフッド」）のありようは、どのように描かれているか？

③階級的従属者である召使たちは、どのようにしてメディア・リテラシーを発揮し、主人に対する批評をおこないうるのか？

④シェイクスピア劇で変装するのはどうして女性主人公のほうが多く、男はあまり女装しないのか？

⑤最後に山賊たちが公爵に許される「ハッピーエンド」にはどんな意義があるだろうか？

ストーリー

ヴァレンタインとプロテウスは幼いころからの親友である。ヴァレンタインは冒険を求めてミラノの公爵の下へ旅立っていくが、プロテウスは恋人ジュリアのいるヴェローナにとどまる。ヴァレンタインにはスピード、プロテウスにはローンス、ジュリアにはルセッタという召使がそれぞれいる。彼らには、使用人というその立場ゆえに身につけなければならない賢さがあり、さまざまな機会に主人たちの行状に対する批判者とも助言者ともなる。

ミラノでヴァレンタインは公爵の娘、シルヴィアとひそかに相思相愛の仲となる。一方プロテウスも父親アントーニオの命によって、自らもミラノ宮廷へと送られることになり、ジュリアに永遠の愛を誓いながらヴェローナを後にする。ところがプロテウスはミラノでシルヴィアと会ってたちまち恋におち、親友であるヴァレンタインを裏切る。しかしながらシルヴィアは、そのようなプロテウスをまったく信用しない。

シルヴィアの父親であるミラノ公爵は、ヴァレンタインでなくサーリオという男とシルヴィアを結婚させたいと願っている。プロテウスはそれを好機と見て、ヴァレンタインとシルヴィアの仲を公爵に告げ口し、おかげでヴァレンタインは宮廷を追放となり、山賊の一味の首領となる。シルヴィアはヴァレンタインの後を追い、プロテウスも彼女を追っていく。

一方、プロテウスを恋焦がれ続けるジュリアは、少年に変装してプロテウスのもとを訪れる。しかしジュリアは、すっかり心変わりしてしまったプロテウスのありさまに直面する。彼女はプロテウスの小姓として雇われ、恋文をシルヴィアに届けなくてはならなくなる。しかしそのようなプロテウスの恋情を一切受け入れようとしないシルヴィアに、ジュリアは感謝の気持ちを覚える。

プロテウスは山賊たちに捕らえられる。その首領であるヴァレンタインは、自分を裏切ってシルヴィアに恋慕したことでプロテウスを責める。しかし彼の改悛を前にして、あっさりとシルヴィアをプロテウスに譲ってしまおうとする。だがそこで変装を解いたジュリアに直面したプロテウスは自らの非を悔い、彼女の許しを請う。出奔した娘を追ってきたミラノ公爵は、山賊たちを前にひるむ臆病なサーリオに失望、代わりにヴァレンタインの勇気に心を動かされて、シルヴィアとヴァレンタインの結婚を許すことにする。かくしてヴァレンタインとシルヴィア、プロテウスとジュリアというカップルに落ち着き、山賊たちも公爵に罪を許され、ハッピーエンドとなる。

†境界侵犯と変装

演劇は役者と観客とが共同でおこなう身体的越境であり、舞台での演技と観客による解釈という二つのおこないを構成要素とする社会的な芸術形態にして情報メディアである。そこでおこなわれる変装は観客の了解、あるいは共犯感覚のもとにおこなわれる劇的慣習であると同時に、新たな関係性をもたらす身体的侵犯行為となりうる。シェイクスピア演劇での変装行為は、いまだに私たち自身の情念と行動を規定しているヨーロッパ近代的な地政的力学における、演じるという擬態行為とそれを受容して送り返す解釈行為との関係について、本質的な考察を迫るのだ。

†エリザベス朝演劇における変装という慣習

一つの歴史的条件として、シェイクスピアを含むイギリス・エリザベス朝演劇では「女優」を使わず、すべての「女役」は少年俳優によって演じられていた、ということがある。それは仮面を利用したギリシャ演劇や日本の能、化粧や人物類型を自在に活用する中国の京劇やインドのカタカリ、日本の歌舞伎などと同様、ジェンダー軸での侵犯をはじめとする力学に基づく演劇形態にとって、実際上の制約であるとともに芸術的な解放の契機でもあった。変装による境界侵犯は、既成の社会的規範によって審判されると同時に、ジェンダー、階級、セクシュアリティといった社会的力関係において変革をもたらしうるのである。

シェイクスピア演劇がしばしば用いる「少年が性的にいままさに成熟しようとしている瞬間の女性を演じる」という劇的仕掛け――それは、セクシュアリティやジェンダーを考察の鍵とするとき、変装を一回性の単純で安定した装置にとどめずに、登場人物同士、あるいは観客と役者との関係のゆらぎをもたらす交通に変える。たとえば女性の観客が、「少年によって演じられた女が、男に変装して、女の言葉と身体を代理表象する」という、二重三重の語り／騙りに接したときの情動は、人種や階級、宗教などといったほかの文化的指標をも横断しながら、新たな意味の磁場を構築する境界侵犯的な契機を生み出しうるだろう。

†シェイクスピア演劇と男装

シェイクスピア演劇において、（少年が演じた）女性の役柄による広い意味での「男装」をいくつか整理してみよう。まず、『タイタス・アンドロニカス』のタモーラや、第一イギリス歴史劇のエリザベスを経て、マクベス夫人、さらには『ペリクリーズ』のアンティオカスの娘や『テンペスト』のシコラックス（劇では言及されるだけで実際には登場しないが）へといたる「魔女」の系譜がある。これは「男勝りの女性」というステレオタイプを踏まえながらも、さらに変奏することとと言えるだろう。

次に『ヘンリー四世』のフォルスタッフのような擬似家父長・国王の価値観を解体する「母親的」で孤立した中年

男性の役柄も注目に値するだろう。これは「男性の女性化」という主題の強調と考えることもできる。

さらには、クレオパトラのような自己言及性にあふれた役柄がもつローマの現実政治に対抗する力も見逃せない。これなどは年端もいかない少年俳優が成熟した女性を演じながら、しかもそれが自己パロディ的に少年によって演じられていることを意識化することによって、かえって演劇性が増幅する例である。

こうしたいずれの場合も、シェイクスピア劇での変装は、身体の変容が言語というメディアで書かれる操作を通じて既成のジェンダー規範への介入をなす。そのことによって、歴史的に特殊な支配的権力構造を侵犯／審判しながら、変装によって新たに創造された身体性が時代を超越した普遍的問いをひらくのである。

†男装と書記作用

『ヴェローナの二紳士』は、ジャンルとしては「喜劇」と称される作品だから、因習上の約束として「結婚と和解」でドラマが収束する。そのような収束をもたらすのは、女主人公の男装によるセクシュアリティの変容である。さらにそうした変装行為は、書くことと読むことという書記作用の力学と密接に関わっている。

シェイクスピア演劇での変装を考えるとき重要なのは、特定人物の変装がどのような力学のもとで誰に向けられたものであり、その行為と解釈との関係で、何が社会的に変容しあるいは隠蔽されているのかという点だ。変装に際しては「書く」という営みがしばしば現れる。書記作用と、階級的に構成されたそれを読み解く能力との関係が、変装の鍵を握っているのである。

†手紙の流通

『ヴェローナの二紳士』では、「手紙」とその流通経路、運び手、読解過程がドラマを進展させる。書記作用を担うメディアとして「手紙」ほど、その宛先も、書き手の意図や目的も明らかであるものはないはずだ。それにもかかわらず、というかそれゆえにこそ、手紙はその本質においてつねに「誤送」され、「誤解」される。手紙とはつねにコピーであることを運命づけられたメディアであり、「本物」と「偽物」との区別を無効化する書記作用の産物なのである。「事物のしるし」としての手紙、それは「記号」による代替物としてしか「本当」であることを証明できず、その証明はつねに自己言及的であることによって、曖昧なテクスト性の介入を受けざるをえない。

手紙は、変装というニセの所業を必然的に伴う行為と本質的に共通するメディア的特性をもっている。この劇におけるメディアの役割を考えるために、「手紙」をめぐる書記作用と、演技がコピーであることを強調する変装との関係を検討していこう。

†書くこと、読むこと

『ヴェローナの二紳士』は、書かれたメディアとその読解に憑かれた劇だ。開幕劈頭から終幕まで、書き物とその解釈をめぐる場面が執拗に現れる。ヴァレンタインとプロテウスによる「深い愛を語る浅はかな物語」という比喩にかけた恋愛と名誉との葛藤（一幕一場）。プロテウスとジュリアとのあいだで交換される「手紙」（一幕二場、三場）。ヴァレンタインとスピードのあいだで交わされる「外見と内実」をめぐるやりとり、およびシルヴィアがヴァレンタインに書かせた彼自身宛の恋文（二幕一場）。ヴァレンタインへの故郷からの手紙とプロテウスの「推薦状」（二幕四場）。ラーンスとスピードの会話を支配する「曖昧な語り」（二幕五場）。ジュリアがルセッタを呼ぶときの「思いが書き記された手帳」という表現（二幕七場）。ヴァレンタインが友人に宛てたと偽ったシルヴィア宛の手紙とヴァレンタイン追放の「布告」、さらにはラーンスの恋人の「カタログ」を記した書き付け（三幕一場）。プロテウスがサーリオに涙で綴ることを勧める「詩」（三幕二場）。プロテウスが少年に変装したジュリアにシルヴィアへと渡すように預ける「手紙」と、そのかわりにジュリアがシルヴィアに誤って渡してしまう別の「手紙」（四幕四場）……。

このように書き記すという行為が生み出してしまう誤解と意味の不確定性をめぐって、男同士の友情と男女の恋愛との葛藤が展開されていく。ここではとくにそれが、ジュリアの男装というジェンダー規範の攪乱によってどのように重層化されているのかを見ていこう。

†誤送される手紙

一幕二場でジュリアは、侍女のルセッタの前で、自らのプロテウスへの恋心を隠そうとして、彼からきた手紙を破る。この場面は、ジュリアがルセッタに自分に言い寄る男たちの名前を挙げ、彼らの評価を求めるところから始まる。そのリストがプロテウスにいたると、ジュリアの気持ちを知るルセッタは彼が一番である理由として「女の理由があるだけです。そうだと思うからそうなわけで (I have no other but a woman's reason: / I think him so, because I think him so)」(二三―二四行) と言う。

ここには女の直感が正しい解釈をもたらすという読解力への信頼がある。その証拠としてルセッタが示すのが、「ジュリアへ」と書かれた書き付けである。これはプロテウスによって書かれたものらしいが、興味深いことにその流通経路はかなり複雑だ。すなわち一幕一場で、プロテウスはヴァレンタインの召使であるスピードを使ってジュリアに手紙を届けさせようとする。でも彼にはローンスという召使がいるのだから、スピードに仕事をさせるのは不自然である。同じ場でスピードはジュリアに手紙を渡したと言っているが、二場のルセッタの台詞によれば、彼女が「じゃまをしてジュリアの名前でそれを受け取った (I being in the way / Did in your name receive it)」(三九―四〇行) ことになっている。これをこの劇でのほかのいくつかの「不整合」と同様、シェイクスピアの若書きゆえの不注意と見なす向きもあるようだが、ここでは「手紙」とはおしなべて意図した宛先とは異なって誤配されるものだ、という発想に従いながら、この伝達過程について考えてみよう。

ルセッタが「ヴァレンタインの小姓」から受け取ったというこの手紙は、のちにジュリアがプロテウスの小姓に変装することによって「正当な恋人たち」のペアリングが回復される結末の伏線となっている。なにより、この手紙はジュリアの命令によって「返送され (see it be return'd)」(四六行) ようとし、ジュリアではなくルセッタによって地面から「だいじに拾い上げられ (took up so gingerly)」(七〇行)、さらにはジュリア自身の手によって「引き裂かれ (tears)」(一〇〇行) たのちに、「ジュリア」や「プロテウス」といった名前を記した紙片として読み取られることで、書記と解釈との闘争の媒体となるのだ。

ここでこのような手紙の流通ないしは誤配を、変装という主題に引き付けて考えてみよう。円滑な流通が阻害されてかろうじて相手に渡った手紙が、その十全なかたちにおいてではなく断片によって心情を伝える役割を果たす。つ

図1－1 「賢い召使たち」：ローンスとスピード 演出：ピーター・ホール、ローンス：パトリック・ワイマーク、スピード：ジャック・マクゴウラン（RSC、1960年、写真：ホルテ・フォトグラフィックス）

まり、ときに状況や差別の暴力によって強いられた擬態／偽態とならざるをえない変装の場合と同じように、手紙を記すという書記作用も、返送や破壊といった阻害要因があってはじめて新たな自己と他者の関係を構築できるだけの力を作り出すのではないだろうか。すでにこの場面で、ジュリアが男装によって埋めようとする男女間の断層が、「手紙」の伝達と読解の（不）可能性によって示されているのである。

†主人より賢い召使

ジュリアは男装してプロテウスのもとに出かける際、ルセッタのことを「わたしの思いが目に見えるように表され刻まれた手帳（the table wherein all my thoughts / Are visibly character'd and engrav'd）」（二幕七場三—四行）と呼んで、ふたたび彼女の相談を請う。彼女がジュリアに男装を勧めるときの表現は、セクシュアリティにまつわる卑猥なジョークとジェンダーの境界侵犯に満ちたものだ。どんな男装がいいだろうかとジュリアに聞かれたルセッタは、ズボンには「前袋（cod-piece）をつけなくては」と言う。華やかな飾りのついた前袋は男性性器のありかを如実に示すことによって、ジュリアの男装を成功させるポイントとなるはずだが、ジュリアが「女性」であるかぎりその内実は不在である。しかし仮に「少年」が演じることを考えれば、そこには単なる不在という以上の、曖昧で過渡期的なセクシュアリティが介在せざるをえない。しかもそのような男装を経ることによってだけ、ジュリアはプロテウスの不実という男女の断層を目撃することができるのだ。

後で見るように、少年俳優によって演じられたジュリアが少年を模倣するという仕掛けは、まだ成長しきれていない少年の男性性が未熟であるがゆえに、「男」と「女」をめぐるセクシュアリティの争点を明らかにする。この劇で

〈引用Ⅰ—A〉

仲間が女役をやってみろというものですから、
ジュリアさんの上着を借りて着てみたのですが、
それがどんな男が見てもあまりに私にぴったりで、
まるで私のために仕立てられたもののようでした、
だから私はあの方が
私と同じくらいの背丈だと知っているのです。
それでそのとき私はあの方を
泣かせてしまいました、
私が悲しい役を演じてみせたからです。

Our youth got me to play the woman's part,
And I was trimm'd in Madam Julia's gown,
Which served me as fit, by all men's
judgments,
As if the garment had been made for me;
Therefore I know she is about my height.
And at that time I made her weep agood,
For I did play a lamentable part.

（四幕四場157—164行）

Edited by Clifford Leech

男装によるジェンダーの侵犯は、両義的なセクシュアリティを含んだ少年の介在によって、プロテウスのシルヴィアに対するセクシュアリティ的侵犯を暴く。しかしそれはまた、元の二組の恋人の復活という異性愛主義的観点から見た円満な解決を導きもするのである。

†文字と絵姿

次にプロテウスが男装したジュリアとは知らずに届けさせたシルヴィアへの恋文を、彼女がシルヴィアに「誤送」する場面を検討しよう。ここでも、引き裂かれた文字によってメッセージの不通が示唆される。ここでは、手紙を補うメディアとしての肖像画と指輪の役割にも注目しよう。

まずシルヴィアは、プロテウスの小姓を演じているジュリアに自分の絵姿を渡しながら、「ジュリアという女のほうが、こんな影より彼の寝室にはふさわしいでしょう（One Julia, that his changing thoughts forget, / Would better fit his chamber than this shadow)」（四幕四場一一七—一一八行）と言う。それに応えるジュリアは「誤って」プロテウスから託された手紙ではなく、かつてプロテウスが自分に送った手紙をシルヴィアに渡してしまう。ここには「実物」と「影」との照応と、同じ男を基点とする二人の女に宛てられた恋文の誤送という二種類の交換関係がある。それはさらに、プロテウスからの「正しい」恋文を破り捨てるというシルヴィアのおこないによって、手紙を破り捨てた一幕二場のジュリアの行為と響き合うことになる。

さらにジュリアはシルヴィアにプロテウスから託された「指輪」を渡そうとするが、これは彼がジュリアとの別れに際して変わらぬ恋心の誓いとして交換した

図1－2 「恋は盲目」：男装してプロテウスの小姓になったジュリア
演出：ロビン・フィリップス、ジュリア：ヘレン・ミレン、プロテウス：イアン・リチャードソン
（RSC、1970年、写真：ドナルド・クーパー）

ものである。ここにあるのは、プロテウスの裏切りによるジュリアとの恋愛途絶と、シルヴィアの拒絶によるプロテウスの交情挫折という二つの交換の不成立だ。男装がもたらす手紙の誤送――こうした書記作用（の沈滞）こそが、かつて自らの役を演じて女主人であるジュリアを泣かせたことがあるという、ジュリア／小姓セバスチャンの台詞の「演劇的真実」を駆動させるのだ。〈引用I―A〉

　プロテウスの裏切りによって目覚めたジュリアのセクシュアリティが、テクストそれ自体に含まれた「少年性」を介して、もう一人の「女性」であるシルヴィアの目前で開花する瞬間。このとき観客が見ているのが少年俳優であるか女優であるかにかかわらず、観客はセクシュアリティの侵犯力によるジェンダーの境界領域に投げ込まれるだろう。曖昧なセクシュアリティの持ち主だけが可能にする新しいセクシュアルな絆への誘いがそこにあるからだ。

　男装によってだけ可能となるセクシュアリティの多層性を通じたジェンダー秩序の攪乱に、このような女性同士の新たなセクシュアルな関係を構築する可能性があるとすれば、それは男装した女役を少年として「誤解」するという既成のジェンダー秩序の揺らぎがそこに含まれているからにほかならない。変装とは、愛情と友情に整然と判別された家父長制度的ジェンダー秩序の回復をもたらすだけでなく、それを攪乱し続け、意味の不確定性を生産し続ける多様なセクシュアリティに基づく関係性の構築を展望させる仕掛けなのである。

†指輪トリック

〈引用Ⅰ—B〉

プロテウス　でもなんで、おまえがこの指輪を?	Pro. But how cam'st thou by this ring?
これは別れるときジュリアにあげたものだぞ。	At my depart I gave this unto Julia.
ジュリア　ジュリアその人が私にくれたのです。	Jul. And Julia herself did give it me;
そしてここに持ってきたのも、ジュリア自身。	And Julia herself hath brought it hither.

（五幕四場96—99行）

プロテウスからシルヴィアに渡すようにと、小姓に変装したジュリアに託された指輪は、シルヴィアからジュリアに返される。こうして、ジュリアは別れに際してプロテウスから渡されたものと、プロテウスからシルヴィアへの贈り物として渡されたものとの、二種類の指輪を獲得する。それが最終の五幕四場の「指輪トリック」につながる。つまりそこでジュリアは、シルヴィア用の指輪の代わりに、かつて変わらぬ愛情の印としてプロテウスが自分にくれた指輪を、「誤って」最初にプロテウスに返してしまうのだ。〈引用Ⅰ—B〉

指輪の誤った返送によって解かれる変装。誤送こそが、少年を女性へとふたたび変換し、正しい関係を築く護送となる。このトリックは、指輪という女性の性器および生殖能力の象徴を過剰にもってしまった「少年」が、自らの未熟で境界的な男性的セクシュアリティを一気に性的に成熟した女性的セクシュアリティの横溢に転換する仕掛けなのだ。

男装というエリザベス朝演劇独特の因習に基づく遂行だけが可能とする、セクシュアリティの新たな身体的書き込みによる既成のジェンダー秩序の侵犯。『ヴェローナの二紳士』という書記作用に憑かれた劇は、外見と内実にまつわる男女のジェンダー闘争を、友情と恋愛という擬似的な対立と融和に収束されるように見せながら、返送をつねに伴わざるをえない変装がもたらす新たな情愛と身体の誕生を余白に書き込むのである。

二組の男女の恋人たちの結婚で終わるように見える喜劇が、（シルヴィアとジュリアとの関係、ヴァレンタインと山賊たちとの関係といった）まったく予期しえない侵犯を遠望させる。それは、男装によって拓かれるセクシュアリティとジェンダーの組み替えという、限りなく豊かな領野の風景ではないだろうか。

参考文献・映像

メディアとしての言語と身体の可能性について

マーシャル・マクルーハン『メディア論――人間の拡張の諸相』栗原裕／河本仲聖訳、みすず書房、一九八七年
ウォルター・J・オング『声の文化と文字の文化』林正寛／糟谷啓介／桜井直文訳、藤原書店、一九九一年

電子メディア環境におけるメディアの媒介性について

大澤真幸『電子メディア論――身体のメディア的変容』（メディア叢書）、新曜社、一九九五年
北田暁大『〈意味〉への抗い――メディエーションの文化政治学』せりか書房、二〇〇四年
土井隆義『友だち地獄――「空気を読む」世代のサバイバル』（ちくま新書）、筑摩書房、二〇〇八年
阿部潔／難波功士編『メディア文化を読み解く技法――カルチュラル・スタディーズ・ジャパン』世界思想社、二〇〇四年
伊藤守編著『よくわかるメディア・スタディーズ』（やわらかアカデミズム・〈わかる〉シリーズ）、ミネルヴァ書房、二〇〇九年

「シスターフッド」の可能性について

北原みのり『フェミの嫌われ方』新水社、二〇〇〇年
竹村和子『愛について――アイデンティティと欲望の政治学』岩波書店、二〇〇二年

友情と恋愛、そしてメディアを考えるための映画

ジャン＝ピエール／リュック・ダルデンヌ監督、アルタ・ドブロシ主演『ロルナの祈り』二〇〇八年

II

第2章 コショウをよこせ

――『夏の夜の夢』(一五九五年)とインドの征服

夢をみたのはあたしか、赤の王さまか、そのどっちかのはずよ、ね。王さまはわたしの夢のなかにでてきた、もちろんそう――でも、あたしもやっぱり、王さまの夢のなかにいたんだし。夢をみたのは王さまのほうかしら……。

(ルイス・キャロル『鏡の国のアリス』)

キーワード2 ロバとグロテスク〈Grotesque〉

『夏の夜の夢』のなかで、パックのいたずらによって、ボトムが「翻訳され」、ティテーニアが恋してしまうロバ《ass》。文化圏によって異なるだろうが、この動物は、労働とか精力、愚鈍や多産、大声で傍若無人といったイメージに結び付けられることが多い。この劇で人間からロバへの変化は、笑いとともに一抹の不安を私たちに抱かせる――はたして人はロバよりも本当に賢いのか？ もしかすると人は自分の同類よりも、ロバのほうに魅かれるのでは？ いったい人間とロバはそんなに遠いものなのだろうか？ 私たちはロバにされてしまったボトムを笑いながら、ふと自分の姿をそこに認めてさまざまな問いにさらされてしまうのだ。

　人間が自らを理性的存在として規定するとき、ロバは正反対のものを代表するようでありながら、同時に私たち自身の性質や傾向をも反映する。ロバは人間にとって遠いようだが、また近接してもいる。その意味で、イヌやブタやウマといった人に身近な動物と同様、あるいはそれ以上に人と動物との境界に位置するのが、ロバである。ロバは、反対だが同一、という魅力と忌避の対象なのだ。そもそも家畜とは家族の一員のようなものなのだから、人とこうした動物とのあいだの境界線は、つねに引き直され、交渉の対象となってきた。

このような境界的な実体を考えるために有効なのが、グロテスクという概念である。もともとこの語は、ルネサンス時代に地下の遺構から出土した古代の曲線文様を示すイタリア語に由来し、文学や思想、芸術に転用されて、幻想的な恐怖や怪奇な滑稽さを含んだ破格で不条理な表現一般をさすようになった。さらにそこからグロテスクは、相反して矛盾するものが混交して作り出される異世界的な感覚にも適用される。

人間の身体の下部や出っ張り、また食事とか排泄、性交、あるいはブタやロバといった動物も、身近ではあっても、ときに奇妙で見慣れないものとして出現し、笑いや驚きを醸し出す。グロテスクなものは日常性を侵犯し、既成の秩序や硬直した体制的思考を変革するきっかけを作り出す。グロテスクは、上から見たときの下、日常から見たときの逸脱、人間から見たときの動物といったように、一般には他者の形象でありながら、同時に自己のアイデンティティを根底のところで支えている境界領域の動態なのである。

アイデンティティは歴史的・政治的状況と、それがもたらす権力関係と切っても切り離せない。たとえばある社会で力を握っているマジョリティと、力を奪われているマイノリティとでは、アイデンティティに対する捉え方もまったく異なるだろう。マイノリティが好むと好まざるとにかかわらず、「自分は何者で、どこから来てどこへ行くのか?」という問いにいつも捕らえられているのに対して、マジョリティの方はそのような問いと一見無縁に過ごすことが可能だ。というか、マイノリティが「自分が誰なのか?」と問い続けることによって自らの定義を探し続けなくてはならないのに対して、マジョリティのほうは定義上そのように問わなくてもすんでいるからこそ、マジョリティでいられる。自らのなかに潜むグロテスクを思考することは、このような一見固定されたマジョリティとマイノリティとの関係を変えることに寄与するだろう。

シェイクスピア演劇における、印象深い他者たち——オセロのような異人種、シャイロックのような異教徒、マクベスの魔女、貴族と庶民の混合物であるフォルスタッフ、エジプトの褐色の女王クレオパトラ、新世界の先住民キャリバン、アテネの森の妖精たち——彼らはいずれも中心的な権力機構＝上層・白人・男性・キリスト教・ヨーロッパ・都市から逸脱し周縁的な存在であるがゆえに、「グロテスク」な侵犯性を備えた形象であり続ける。

　私たちが「自分とは何者か？」と問うとき、そこにはグロテスクを抑圧しながら、しかし同時にそれに憧れる自分がいる。自分が何かを知るためには、自分だけに閉じこもっていることはできない。人間が社会的生き物であるかぎり、人は生まれたときから死ぬときまで他人や環境と交渉しながら自己を作り上げ、改変していく。つまり自己というもの自体が、「グロテスクな他者」との関係のうちにしかないのだ。自分は、社会との関係で、さまざまな範疇——肌の色、体つき、能力、階級、出身、職業、経済的収入、言語、民族、国家、年齢、宗教、性別、性的指向——によって色分けされながら、そのそれぞれにグロテスクなものを見出し、それと交渉することによって自己の実体とイメージを作り上げている。夢の中で自分がそれに変化したり、契りを結んだりするロバとは、グロテスクな自分自身の鏡像なのである。

クエスチョン

①シーシウスとヒポリタ、オーベロンとティテーニアという二組の男女の力関係をどう考えるか、またそれは「一人二役」という劇的仕掛けによってどのように増幅されうるだろうか？

②父親から長男へと権力・財産・名誉が引き継がれる「家父長制度」をめぐる問いは、この劇でどのように問題化されうるか？

③貴族、職人、妖精という三つの世界の人物たちの交歓と差異化は、ジェンダー・人種・階級が交錯する政治的力学のなかで、どのように捉えられるか？

④この劇での植民地的征服のモチーフと、夢物語の体裁をとった男女の性的交渉はどういう関係にあるだろうか？

⑤最終場の職人たちによる「恋愛劇のパロディ」は、この劇の力学のどんな側面をあぶり出すだろうか？

ストーリー

アテネの公爵シーシウスは、戦いによって征服したアマゾン族の女王ヒポリタとの結婚を四日後に控えている。シーシウスの廷臣イジーアスの娘ハーミアとライサンダーは相思相愛の仲だが、父親イジーアスはハーミアをライサンダーではなくディミートリアスと結婚させたがっており、ディミートリアスもハーミアに恋をしている。そのディミートリアスはハーミアの幼なじみのヘレンに慕われているが、彼はヘレンのことなど歯牙にもかけておらず、ハーミアに夢中である。父親の承認が得られないハーミアとライサンダーはひそかに結婚式を挙げるべくアテネの森へと駆け落ちし、ディミートリアスとヘレナも森のなかへ彼女たちを追っていく。

アテネの森では職人たちが、シーシウスたちの結婚式の余興に上演する劇の練習に余念がない。とりわけ熱心なのが織物工のボトムだ。

同じ森のなかでは、妖精の王オーベロンと女王ティテーニアがインドの小姓の所有をめぐって、天地の季節が狂ってしまうほどの諍いを続けている。かつてインドの地でその男の子を産みながら亡くなった自分の信奉者への思いから小姓を渡そうとしないティテーニアを罰するため、オーベロンは部下の妖精パックに命じて、「西国の花」を取ってこさせる。この花びらの汁を寝ている者の目に注ぐと、目覚めたときに見たものがなんであれ、それに恋焦がれるという魔法の媚薬だ。

森にやってきたディミートリアスがヘレナをすげなくあしらうのを目撃したオーベロンは、パックにディミートリアスがヘレナを好きになるよう、寝ている彼の目に花の汁を注ぐよう命じる。ところが「アテネ人の服装をしている男」と教えられたパックは、誤って最初に見かけたライサンダーに花の汁を注いでしまう。おかげでライサンダーは目覚めたとき最初に見たヘレナに恋焦がれ、ハーミアのことはそっちのけとなる。さらにディミートリアスにも花の汁を注いだので、ヘレナは二人に追いかけられることになる。ヘレナは二人の男たちが共謀して自分をバカにしていると思い込む。さらにヘレナはハーミアまでがそれに加担していると考え、四人の男女は大混乱に陥る。彼らを「元の鞘」に収めるため、オーベロンとパックはライサンダーの目に媚薬の効果を消す汁を注ぎ、四人を眠りにつかせる。

一方、ティテーニアの目にも花の汁を注いでおいたオーベロンは、パックのいたずらによってロバに変身したボトムに彼女を恋焦がれさせる。そして、その効果が続くあいだにティテーニアから、インドの小姓を奪うことにも成功する。

森での一夜が明けて、シーシウスとヒポリタが狩りにやってくると、恋のライバルだったはずの四人の男女が仲良く眠っている。ハーミアはライサンダーと、ヘレナはディミートリアスと結ばれたところで、三組の婚礼が執り行われることになる。その余興には、アテネの職人たちによる恋愛悲劇「ピラマスとシスビー」が上演される。抱腹絶倒のうちに演じられるなかで、夫婦となった恋人たちは、いったいこの演劇の内容からどんな教訓を受け取ることができるのだろうか。

†インドへのまなざし

地理的・政治的・文化的な境界侵犯として、植民地征服はあらゆる点で包括的な暴力をはらんでおり、それがもたらした社会変容の程度は、歴史上ほかに類を見ないほど激しいものであった。現在でも、私たち自身の社会構成や思考のありようを規定している「ヨーロッパ的近代」と、それを形作った植民地主義。それは象徴的には、一四九二年に西回りで「インド」に到達しようとしたコロンブスたちの航海と、その結果「発見」された「アメリカ新大陸」へのヨーロッパ勢力の侵攻によって開始された、と言っていい。

初期近代と呼び慣わされる十五世紀末の時代に、なぜヨーロッパ人は「インド」を目指したのだろうか。資本膨脹の開始、テクノロジーの発展、他者への知的関心など、多くの要因を挙げることができるだろうが、なかでも食と性の欲望にまつわる衝動を抜きにして、海外交易と侵攻、植民地経略を考えることはできない。食肉を保存する香辛料への需要と、他者の身体を領有する欲求とは、互いに刺激し合いながら、冒険商人や植民者たちを見知らぬ土地へと駆り立てたのだ――コショウを追い求める旅へと。

†一四九二年、植民地征服の開始

一四九二年のコロンブスによる「新大陸」到着というヨーロッパ的近代の開始を象徴する事件は、その後の歴史に大きな影響をもったほかの出来事と重なって起きた。ユダヤ人追放、レコンキスタ（国土回復運動）、異端審問、アントニオ・デ・ネブリハによる『カスティリア語文法典』発行——いずれもスペイン（当時はカスティリアとアラゴン両王国）を嚆矢とするヨーロッパ世界が、国民言語と正統派宗教、火器と羅針盤、印刷術と法概念を武器に、他世界の征服を正当化するうえでの自己確立と他者排除に関わる現象である。

異文化同士の接触は、異種混交という社会や文化のあらゆる側面にわたる相乗的な境界侵犯を招き寄せずにはおかない。しかし他者と出会うことで自己の純粋さと優越性を確認する必要に迫られたヨーロッパ人は、そのような混交の過程を否認し隠蔽するために、言説的にも軍事的にも大規模な暴力を発動した。

軍事的な征伐や土地収奪。住民の奴隷化。「食人種カニバル」言説の流布。ヨーロッパからもたらされた新種のウイルスによる伝染病の蔓延。先住民間の「同性愛」の捏造。なかでも西回りでインドに到着したと信じたコロンブスの「信念」と「誤解」に基づく「インディオ」「インディアン」という総称によって、自己命名権だけでなく生存の条件をも剝奪された先住民への暴力は、その最も破壊的なものの一つだった。

†「インド」のグローバル化

コロンブスのパトロンとしてその「新大陸発見」に財政的基盤を提供したスペインは、ポルトガルと並んで植民地征服における植民先進国だったが、王室領土として宣言した土地の先住民たちを押しなべて「インディオ」と総称した。このような征服者の知的怠惰と傲慢な自己中心主義の結果として、スペイン領とされた土地では、南北アメリカからフィリピン諸島まで「インド人」があふれることになる。まさに「インドのグローバル化」である。

たとえば“I am an Indian”というアイデンティティの表明について、少なくとも四通りの出自の解釈が可能だということだ。一つは、インダス川の下流に発達した古代文明から発祥した南アジアの「東インドないしは東インド諸

図2−1 「魔法の花を取ってこい」:「西方」の地を思い出すオーベロンとパック
演出:エイドリアン・ノーブル、オーベロン:アレックス・ジェニングス、パック:フィンバー・リンチ(RSC、1994年、写真:クライヴ・バルダ)

島のインド人」。二つめは、コロンブスたちが最初に到着したグァナハニ島の周囲に展開する「西インド諸島のインド人」。三つめは、北アメリカ大陸でのアメリカ先住民の総称としての「インディアン」。そして四つめは、スペイン国家が侵略する先々で先住民たちを呼称/誤称していったそれぞれの土地に土着の「インド人」たちである。

シェイクスピアが『夏の夜の夢』を書いた十六世紀終わりのイギリスで、「インド」という固有名詞はすでにこのような過重の意味をはらんでいた。正確な地理的知識とは無縁の多くの観客たちにとって、東インドと西インドとの区別は問題にはならなかっただろう。彼らにとって大事だったのは、「インド」という他者の記号が発散する、未知への憧憬と征服の暴力への欲望を含んだ、世界における自己の位置を確認させてくれる力学だったのだ。こうして植民地主義に支えられたヨーロッパ中心主義的な世界表象には、東と西と二つの「インド」が出現することになる——ともにヨーロッパから見た他者の土地として、差別の徴《しるし》を担いながら。

†シェイクスピア演劇における「インド」

十六世紀末のイギリスでのエリザベス朝演劇では、東インドも西インドもともに他者の徴として、同質でありながら差異をはらんだイメージを観客に与えたことだろう。ある演劇中の記号が二つの異なるアイデンティティを同時に喚起するとすれば、それはその二つが同じように表象されているからではなく、その劇が他者に関するいくつかの異なる言説を利用しているからである。

シェイクスピア演劇では、富や女性美の温床として「インド」が漠然と使われることが多い。そのなかでも西インド諸島ないしはアメリカをさしていると思われるのは、『間違いの喜劇』『ヘンリー四世(第一部)』『十二夜』『テンペスト』だろう。また『ウィンザーの陽気な女房たち』や『お気に召すまま』のように「東西インド」を併記したものもある。*

*たとえば、"Where America, the Indies? Oh, sir, upon her nose" (*The Comedy of Errors*, III,ii, 136); "Wondrous affable and as bountiful / As mines of India" (*1 Henry IV*, III,I,169-170); "Here come the little villain. How now, my metal of India?" (*Twelfth Night*, II,v,17); "When they will not give a doit to relieve a lame beggar, they will lay out ten to see a dead Indian" (*The Tempest*, II,ii,34) など。次の例のように「東西インド」を併記したものもある："They shall be my East and West Indies" (*Merry Wives of Windsor*, I,iii,79), "From the east to western Ind, / No jewel is like Rosalind" (*As You Like It*, III,ii,93).

かたや東インド、つまりインド亜大陸ないしは東インド諸島に言及していると思われるのは、『ヴェニスの商人』と『夏の夜の夢』だ。このうち『ヴェニスの商人』の場合は、アントーニオの船荷の行き先であり、貿易によって成り立つヴェニスの富の源泉について語られているのだから、それが東インドである必然性は、演劇的な力学よりも背景にある歴史的言説の影響が大きいだろう。*

*"What not one hit? From Tripolis, from Mexico and England, from Lisbon, Barbary and India?" (*The Merchant of Venice*, III,ii,272).

それに比して『夏の夜の夢』の場合には、東インドを囲む海洋的地理の性格、さらには新たに征服された西インドに対する旧い交易地である東インドの意味といった、歴史や地理や文化をまたぐ力学がほの見えてくる。この劇でのインド表象は、ヨーロッパと非ヨーロッパ、男と女、親と子、貴族と民衆をめぐる境界設定の力学で、政治的な力関

〈引用Ⅱ―A〉

オーベロンはとても機嫌が悪くて怒りっぽい、 ティテーニアが自分の取り巻きにと インドの王様から盗んだかわいい男の子を手放さないからだ―― あんなに素敵な取り替えっ子は女王様も初めてで、 嫉妬に駆られたオーベロンはその子を 自分の部下の騎士にしようと森じゅう追いかける でも女王は愛するその子を決して放そうとせず、 花の冠をかぶせ、目に入れても痛くないほどのかわいがりよう。	For Oberon is passing fell and wrath, Because that she as her attendant hath A lovely boy, stol'n from an Indian king? She never had so sweet a changeling; And jealous Oberon would have the child Knight of his train, to trace the forests wild: But she perforce withholds the loved boy, Crowns him with flowers, and makes him all her joy. （二幕一場21―27行）Edited by Harold F. Brooks

係が演劇的な効果と相乗効果をもって増幅されているのだ。

✝胡椒の国インドという呼称／小姓

『夏の夜の夢』で「インド」が盛んに登場するのは、妖精の王オーベロンと妖精の女王ティテーニアが最初に対面する二幕一場だ。まず妖精パックが二人の仲違いの原因が「インドの小姓」をめぐる嫉妬にあると説明する。〈引用Ⅱ―A〉

「インドの王様」が西インドと東インドのどちらを示唆するのかは、ここだけではあまり問題にならない。しかしオーベロンとティテーニアが直接出会う場面になると、インドという地理的記号が担う政治的負荷はがぜん増大する。ティテーニアはオーベロンの嫉妬を非難しながら、彼がこの妖精の森に「インドという最果ての地からやってきて（Come from the farthest step of India）」、ヒポリタという「気丈夫のアマゾン（the bouncing Amazon）」で「猟用の編み上げ靴を履いたあなた好みの戦う女（Your buskin'd mistress and your warrior love）」の結婚を祝うためにやってきたのだろうと言う（二幕一場六八―七三行）。

それに対してオーベロンのほうは、ティテーニアのシーシウスに対する愛情を言い立てるのだが、この嫉妬による喧嘩の基礎には男による女の征服と「凌辱（ravished）」（同七八行）というテーマがあることが目を引く。現実世界での男女や異民族間の暴力や収奪や抵抗や闘争を、「夢」や「森」のなかで担う妖精たち。この争いの経過を評価するためには、まず劇を最初から見ていく必要がありそうだ。

〈引用Ⅱ—B〉

ヒポリタ、俺はおまえを剣で口説き、
おまえを傷つけてその愛を勝ち取った。
だが婚礼は別の仕方で、
華麗に勝ち誇り、騒いでやろう。

Hippolyta, I woo'd thee with my sword,
And won thy love doing thee injuries;
But I will wed thee in another key,
With pomp, with triumph, and with revelling.

（一幕一場16—19行）

〈引用Ⅱ—C〉

何が私にこれほどの力を与え、大胆にしているのかわかりませんし、
私の慎みにふさわしいかも確かではないのですが、
このような方々の前でこうして私の考えを述べさせていただくのは。

I know what by what power I am made bold,
Nor how it may concern my modesty
In such a presence here to plead my thoughts,

（一幕一場59—61行）

†アマゾンの征服と抵抗

劇の冒頭、アテネの公爵シーシウスは妻として迎える、アマゾン族の女王ヒポリタに、彼女を剣で征服し暴力で獲得したが、結婚式は浮かれ騒いで迎えたいという。〈引用Ⅱ—B〉

アマゾン族というのは、ヨーロッパに古代から伝わる伝説で、女だけのきわめて戦闘的な共同体。男は征服した種族から生殖のためだけに調達し、男の子が生まれると殺してしまう。そのアマゾン族を戦いで屈服させ、その女王を性的伴侶として娶るという男性の見果てぬ夢と欲望が、この劇を貫くテーマの一つなのだ。

興味深いのは、シーシウスのきわめて手前勝手な男の言葉に対するヒポリタの直接の返答がテクストに記されていないことだ。この後この場面は、シーシウスとヒポリタが退場するまでハーミアの恋愛騒ぎを軸にして百行以上も続くのに、そのあいだヒポリタはひとことも発言しない。ヒポリタに発言させないからといって、女性に沈黙を強いて権利を侵害しているといったことには必ずしもならない。演劇テクストの解釈は役者・演出家・観客・読者に開かれており、舞台上で沈黙しながらも自らの意志を主張する道はいくらでもある。

当然この場面で注視されるのは、ヒポリタ以外には唯一の女性であるハーミアの挙動だ。ここで彼女は父親と主君の権威に挑んで、自らの思いを押し通そうとする。〈引用Ⅱ—C〉

彼女の発言は礼節を装ってはいるが、内容は家父長制度の権力に対する

真っ向からの挑戦だ。このようにハーミアがシーシウスに訴えかけるとき、その「大胆」さの理由は、自分の立場を恋人として女性として理解してくれるだろうヒポリタの存在を頼りにしているからではないか。そう考えれば、舞台上でハーミアとヒポリタとの沈黙の連帯を表現することも十分可能だろう。

ハーミアの反抗とヒポリタの沈黙に示唆される女たちの抵抗力の発現は、シーシウスやイジーアスに代表される父／夫権に対する抗議ともなりうる。とすれば、退場寸前にシーシウスがヒポリタに言う「どうした、元気をお出し(what cheer, my love?)」(同一二二行)という台詞も、彼女の怒りに対する彼の気まずさや戸惑いを示しているとも取れそうだ。

†ダブリングの政治学

『夏の夜の夢』を上演する場合、シーシウスとオーベロン、それにヒポリタとティテーニアを同じ役者が演じる「ダブリング(一人二役)」がよくおこなわれる。それがある正当性をもちうるのは、現実と夢との、宮廷と森との表裏一体性や相互交換の可能性と同時に、この男女二組が対になって示す仲違い・仲直りの道筋と、それに伴うジェンダー・人種・階級をめぐる権力闘争が対称的だからだ。ダブリングとは、一つの役柄をほかの役柄との比較対照において変奏するための演劇的な境界侵犯の仕掛けになりうるのである。

この劇でダブリングがおこなわれる場合、宮廷でシーシウスとヒポリタを演じた同じ役者が、アテネ郊外の森で今度は妖精の王と女王として出会う。最初の場でのシーシウスとヒポリタの饒舌と沈黙という対照的な関係とは異なり、森のなかでのオーベロンとティテーニアは互いに言葉を尽くしての大喧嘩となる。原因はすでに見たように、ティテーニアがオーベロンの言い付けに逆らって「インドの小姓」を渡さないからだというのだが、たかがインドの少年ぐらいのことで、自然の秩序が大混乱を起こすほどの仲違いが、なぜ起きるのだろうか。

†女だけの共同体

オーベロンにとって「魔法の花の汁」を使用しようと予定していた相手は、アテネの恋人たちではなく、ティテーニ

〈引用Ⅱ—D〉

この子の母親は私の門下の修道女でした。
そして香料に満ちたインドの大気のなかで、夜、
私の傍らでこの娘は語り明かしたものだった。
そしてネプチューンの黄色い砂浜に一緒に座り、
波に乗って出かける商人たちのことを語った。
船の帆がまるで子どもができたように
奔放な風に大きく腹をふくらませるのを見て笑い、
可愛いこの娘は波の上を滑るような真似をして
（そのとき娘のおなかには私の小姓がいたのよ）、
そんな格好で陸の上を船で行くようにしては
私のためになにくれとなく持ってきてくれた
まるで船荷を満載した旅から帰ってきたように。
でも人間だから、この子を産むと死んでしまった。
だから彼女のために私はこの子を育てています。
そして彼女のために私はこの子を手放しません。

His mother was a votress of my order;
And in the spiced Indian air, by night,
Full often hath she gossip'd by my side;
And sat with me on Neptune's yellow sands,
Marking th'embarked traders on the flood:
When we have laugh'd to see the sails conceive
And grow big-bellied with the wanton wind;
Which she, with pretty and with swimming gait
Following (her womb then rich with my young squire),
Would imitate, and sail upon the land
To fetch me trifles, and return again
As from a voyage rich with merchandise.
But she, being mortal, of that boy did die;
And for her sake do I rear up her boy;
And for her sake I will not part with him.

（二幕一場123—137行）

アである。なぜこのようなずる賢い手段を使ってまで、オーベロンはティテーニアを屈服させなくてはならないのか。あるいは、彼女がオーベロンに反抗してまでインドの小姓を渡そうとしないのは、どうしてだろうか。ティテーニア自身によれば、このインドの小姓を手放さないのは、そこに確固とした歴史的理由があるのだ。〈引用Ⅱ—D〉

　最後の二行の冒頭で繰り返される「彼女のために」という女同士の連帯宣言——そこに極まる、この数十行の力強さと美しさは『夏の夜の夢』のなかでも屈指のものだろう。光と風と香りと色彩とにあふれたインドの海の情景や交易の様子を背景として、生殖と出産能力への賛歌が類まれなユーモアを振りまきながら、喜びと悲しみを含んで詠われるのだ。一幕一場のヒポリタの沈黙を償うかのような、ティテーニアのこの華麗な雄弁の前に、オーベロンもなすすべを知らないのか、彼の応答は台本にはない。かろうじて苦々しげに「この森にはいつまでいるつもりだ（How long within this wood intend you stay?）」（一三八行）と彼女に聞くだけである。

　興味深いことに、以前のパックの報告にあった「インドの王様」の男性的影もここでは消滅してい

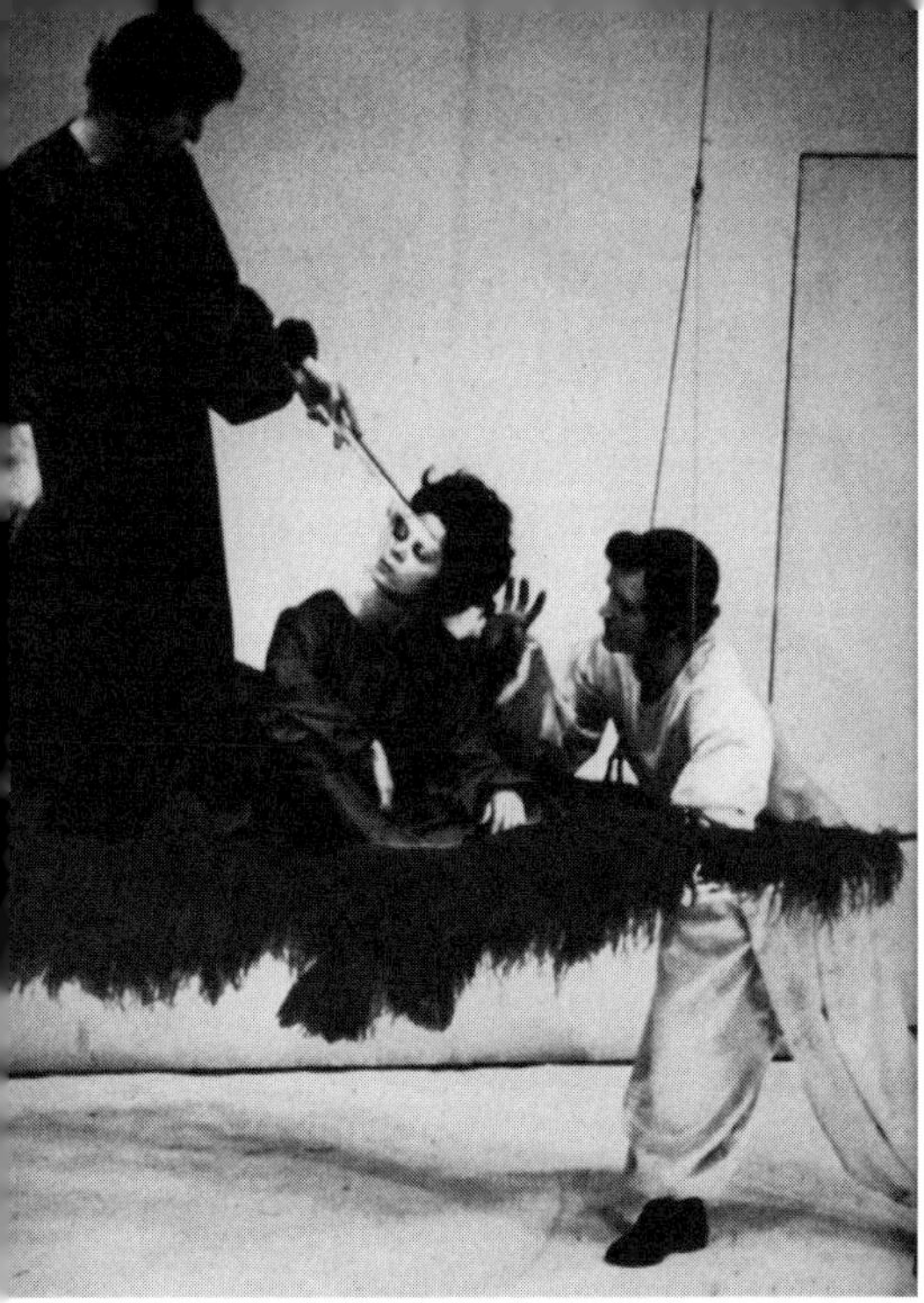

図2－2 「目覚めて最初に見たものが怪物であろうとも」：魔法の花の汁
演出：ピーター・ブルック、オーベロン：アラン・ハワード、ティテーニア：サラ・ケステルマン、パック：ジョン・ケーン（RSC、1970年、写真：ホルテ・フォトグラフィックス）

る。つまりティテーニアのこの言葉は、「ティテーニアが自分の取り巻きにと／インドの王様から盗んだかわいい男の子」という二幕一場のパックの説明と明らかに矛盾する。ティテーニアにとってこの少年は、インドの王様から盗んだ「取り替えっ子」どころか、自分の信奉者あるいは部下、というよりむしろ、かけがえのない友であった「インド」の母親の思いがこもった子なのだ。心の通い合った二人の女が、まるで二人で同時に妊娠するようにして、育ててきた子。海外から荷を満載した船が訪れる島々の港で、胡椒の香りが漂う海と砂と風と夜と大気に包まれた女性だけの共同体が残した形見が、「インドの小姓」なのである。

とすれば、ティテーニアにとってこの子を失うことは、その共同体の自由と誇りを、そのような歴史や記憶を共有しない男によって踏みにじられることだ。他方オーベロンからすれば、ティテーニアが女たちの連帯と誇りを主張すればするほど、この小姓を奪うことは、反抗的な妻をもった一人の夫の問題ではすまなくなる。

男性中心主義的・植民地主義的ヨーロッパに対して、生殖能力を武器として抵抗する女たちのインド――こんなふうにも言ってみたくなる闘争の構図が透けて見えそうなこの場面に、強烈な劇的インパクトをもたせる一つの方法がある。それは、インドの母親が「人間だから、この子を産むと死んでしまった」とティテーニアが思い出を語った瞬間、聞いているオーベロンとパックに小さな嘲りを含んだ勝利の笑い声を上げさせることだ。*そうなればこそ、続くティテーニアの台詞、二行にわたる「彼女のために私はこの子を育てている」のだから、「彼女のために私はこの子を手放しはしない」という対抗声明も、そうした男性側の侮蔑への怒りを包み込んだ、生殖の権利をめぐる言説闘争の狼煙となるのである。

＊一九九四年のエイドリアン・ノーブルの演出によるロイヤル・シェイクスピア・カンパニー公演では、アレックス・ジェニングスの演じるオーベロンとフィンバー・リンチの演じるパックがこうした演技を効果的におこなっていた。

こうして「インド」は、男たちの女たちに対する征服と凌辱への抵抗の要となる。ヨーロッパ／男性による「アマゾン」を含めた〈新大陸／アメリカ／女性〉に対する侵略が、より悠久の時間と交易的地理を担う〈旧大陸／インド／女性〉によって批判される、と言ってもいい。ティテーニアが言及する「インド」が、一方的に征服される女性としての西インドではなく、異なる人種や階級が相互に交流する地である東インドでなければならないのもここに理由がある。ティテーニアのこの台詞は、女たちの男への、インドのヨーロッパに対するささやかな、しかしきわめて劇的な宣戦布告なのである。

†フェア・プレイ

その戦いの結末を見る前に、女性の身体性に関わるもう一つの記号に注目しておきたい。

ヘレナはディミートリアスを片思いに恋しているが、彼から相手にされないのは自分がディミートリアスにハーミアほど「きれい（fair）」と思われていないからだと言う（一幕一場一八一、二二七行）。『オクスフォード英語大辞典』で“fair”を引くと「顔色や髪の毛の色。黒の反対の明るい色」の意味での初出例は一五五一年。「白＝美」と「黒＝醜」との二項対立がここに見えている。

歴史上、このころからイギリスでは、顔色の異なる「異人種」が一般の人々にもなじみになる。イギリスの航海者にして商人、船大工で海賊でもあったジョン・ホーキンス（一五三二―九五年）が西アフリカで奴隷貿易を開始したのが一五三〇年。一五五〇年代にはロンドンで通訳修業するアフリカ黒人がいたという。レオ・アフリカヌスの『アフリカ国の描写』（一五二六年）をはじめ数々のアフリカ文献がイギリスで翻訳出版されたのもこのころであり、シェイクスピアのロンドンでは、異なる肌の色はすでに強力な文化的符牒だった。
「フェア・プレイ」というと、多くの人が真っ先に思い浮かべるのはスポーツの世界だろう。歴史をひもとけば、多くのスポーツ、とくに団体スポーツが十九世紀のイギリス、すなわち世界に植民地を獲得して支配と収奪をおこなった国を発祥の地とすることに気づかざるをえない。つまりスポーツマンシップの本義である「フェア・プレイ」とは、強い者が強者の論理や恣意を弱い者に押し付けながら、しかもそれを「平等」や「ルール」といった公平さを装う観念によって正当化するイデオロギーのことなのだ。もちろん恣意だから、そこに敗者に対する同情とか尊敬とかが入り込む余地は十分にある。しかし誰にいつ同情し尊敬するかの規則は、スポーツのルールと同じようにもともと強者によって決定されている。「フェア・プレイ」こそは、強者が誇り強者を尊ぶ植民地主義の精神にほかならないのである。

図2－3　「あなたはなんて素敵な御方」：ティテーニアとボトムの性の交歓
演出：ピーター・ブルック、ティテーニア：サラ・ケステルマン、ボトム：デヴィッド・ウォラー（RSC、1970年、写真：レグ・ウィルソン）

『夏の夜の夢』の「フェア」を、女性の美醜という男性から見たときのジェンダー的価値観と、肌の色という人種主義の強力な符牒、そして植民地支配という三つどもえの関係で読み取ること。"fair"という女性美の記号と、植民地主義。この劇における魔法の花の汁による恋人の取り違いも、肌の色に基づく人種差別を含んでいる。ここで「フェア」は「美しい」というより、もっと直接に肌の色の白さを表しているとも考えられる。「白」とは肌の色であると同時に、劣等な徴のない「透明」さのことなのだ。ヘレナとハーミアは、無意識のうちに自分の肌の「白さ」によって男に気に入られる程度を測っているのではないだろうか。

そうした肌の色への意識は、人種差別の言説としてアテネの森のなかで噴出する。花汁の魔力でハーミアを見限ったライサンダーの

図2－4「ほら、ロバがそこに寝ているぞ」：一夜の夢から醒めて
演出：ビル・アレクサンダー、オーベロン：ジェラルド・マーフィー、ティテーニア：ジャネット・マクティアー、ボトム：ピート・ポッスルワイト（RSC、1986年、写真：イヴァン・キンクル）

目には、突然ハーミアが“fair”とは正反対の「エチオピア女（Ethiope）」（三幕二場二五六行）や「褐色のタルタル人（tawny Tartar）」（二六三行）に見えだす。彼はハーミアを見捨ててヘレナに乗り替える理由を、「カラスをハトに代えようとしないものがいるだろうか（Who will not change a raven for a dove）」（二幕二場一一三行）として正当化する。「黒」と「白」を比べる「理性」こそは、人種差別主義の根本に横たわる、幼稚なだけに強力な論理なのである。

シェイクスピアの劇場という境界侵犯の空間が現出する、アテネの森での夢と現実の交錯。そこでは男女の仲違いの解決や、正当な恋人の組み合わせの復活、あるいは家父長制度の権威の回復だけでなく、人種主義とジェンダー差別と階級格差が蔓延し、男性の支配願望が過剰に表象される。アテネの郊外、都市の周辺にある森は、植民地言説と、男の気紛れな女性支配幻想との共犯性が暴かれる場なのだ。

†西方の花の汁

オーベロンが二人のアテネの男たち、ライサンダーとディミートリアスの目に注いで恋人二組を作り出そうとし、さらにティテーニアの目にも垂らして、ロバのボトムに恋焦がれるようにさせる花の汁。それはパックが「西方の国（the west）」（二幕一場一五八行）から取ってきたものだ。そこには異国情緒だけでなく、男女や階級の境界と、人間と動物の敷居をも超えるような性愛幻想を含んだ植民地主義の萌芽がある。

この花の汁は、ヨーロッパ人が新大陸での生活に夢想した怠惰と放縦を連想させるだけでなく、その後の歴史におけるアフリカやヨーロッパ、西インド諸島をめぐる「三角貿易」の主要産品であるラム酒をも思わせる摩訶不思議な

〈引用Ⅱ—E〉

教えて、どうして今夜わたしが
このような地面で寝る羽目になったの、
こんな人間たちと一緒に。

Tell me how it came this night
That I sleeping here was found
With these mortals on the ground.

（四幕一場99—101行）

代物である。ラム酒は先住民や黒人奴隷の労働力を収奪して作られた。それは過酷な労働の疲れを忘れさせる「媚薬」として、イギリス本国でも植民地でも下層階級や奴隷労働者たちの健康を蝕《むしば》み、植民地の抑圧体制に対する反抗の意志を挫《くじ》く効果をもっていた。

その名も「放埒な愛（love-in-idleness）」（同一六八行）と呼ばれる花汁の魔力で、ティテーニアはロバになったボトムを恋い慕う。あげくに、東インドの女性共同体のこともすっかり忘れてしまったかのように、オーベロンの言いなりに小姓を手渡してしまう。しかも彼女は目覚めたとき、花汁の魔力で記憶さえも失っている。そのありさまは、ちょうど被植民者や奴隷たちが、自分たちの文化や歴史や言語を奪われていった事実を思わせないだろうか。〈引用Ⅱ—E〉

夢から醒めた後、オーベロンを「ご主人さま（my lord）」（九八行）と呼んで、教えを請うティテーニアはまったく従順な妻の座に安住してしまっているように見える。このように記憶を奪われたティテーニアは、奴隷や征服された先住民さながらに、自らの体験を自分で言語化する能力を奪われており、自己表象の権利をオーベロンに譲り渡してしまっているのだ。

女性の主体性が消去されるとき、暴力の記憶も隠蔽され、被害者自身の合意のもとに支配が完成するかのように見える。ヨーロッパ男性にとって、西インドの制圧は、東インドへの従属の記憶を償ってくれるのだ。「西国」の花汁の魔法によってインドの小姓を奪ったオーベロンは、文字どおり「東西両インド」の征服者としてグローバルな権力を行使できるのである。

†男たちの勝利？

この劇の結末は一面でたしかに男性征服者の勝利を言祝ぐかに見える。しかし完全勝利とも思える終結には、かならず綻びがある。『夏の夜の夢』でもそうであり、その勝利は苦い記憶と暴力の痕跡をとどめている。それが明らかになるのが、最終場の職人たちによる劇中劇の場面だ。

森での一夜が明けて、乗馬服で現れたシーシウスとヒポリタは、冒頭場面での気まずさもどこに

〈引用Ⅱ—F〉

ヒポリタ　クレタの森ではスパルタ犬で 熊いじめをしました。 あれほど勇ましい吠え声は 聞いたことがありません。…	Hippolyta　When in a wood of Crete they bay'd the bear With hounds of Sparta; never did I hear Such gallant chiding;…
シーシウス　俺の犬だってスパルタ種だよ、 上唇がたれさがり、毛並みだって砂色だろう。	Theseus　My hounds are bred out of the Spartan kind, So flew'd, so sanded;

（四幕一場112—119行）

いったのかと思わせるほどに、ともに男性的な言語でスパルタ犬の優秀さを賛美する。〈引用Ⅱ—F〉

おそらくクレタ島に熊はいないはずだが、ここでは猟犬による熊狩りよりも、森という境界侵犯の空間、すなわち劇場が位置するロンドンの「リバティ」空間での熊いじめの娯楽を想像したほうがいいかもしれない。いずれにしろここでは、「スパルタ犬」を賛美する男性的な言説によって、朝の現実による夜の夢の混乱の回収が準備されているのだ。

妖精の王の企みによる女王の悔悛に終わる夢を私たちが見ている間に、ハーミアの反抗を契機にふたたび血を噴き出したシーシウスとヒポリタの痴話喧嘩も解消というわけなのだろうか。しかし姦計による征服の記憶は、夢だろうが現実だろうが、そう簡単には葬り去れないはずである。

†征服の記憶

最終場の職人たちによる劇中劇のおかしさと奇妙な不協和音をかなでているのが、見物する貴族たちの温情主義と意地悪さである。しかし貴族の観客も、一方に職人たちにやや同情的なヒポリタと、一言も発言しないハーミアとヘレナ、他方で下層階級に対する軽蔑と温情主義を露骨に示す男たちとに分けられる。劇中劇の最後にボトム扮するピラマスは、きわめて大げさに自殺する。それは笑いとともに、一抹の悲しさを観客に与える。

自分の「心」に聞いてみてボトム／ピラマスに同情するというヒポリタの一言には、笑いや冗談を超えた真率さと自己反省の響きがないだろうか。それに対してピラマスの大げさな死にぶりが続いた後の男たちのコメントには、嘲笑と揶揄があからさまに示さ

〈引用Ⅱ―G〉

シーシウス　この情熱、それに愛人が死んだとなれば、 男なら悲しく見えぬはずはあるまい。 ヒポリタ　不思議なことに、 なんだかこの人がかわいそうになってきたわ。	Theseus　This passion, and the death of a dear friend, would go near to make a man look sad. Hippolyta　Beshrew my heart, but I pity the man.

（五幕一場277―279行）

ディミートリアス　死ぬ死ぬと、一度だけにしては、よく死んだな。 ライサンダー　一度というより、ゼロだろう、もう死んじゃったのだから。 シーシウス　医者でもいればまた生き返って、バカは死んでもロバでございとなりそうだ。	Demetrius　No die, but an ace for him; for he is but one. Lysander　Less than an ace, man; for he is dead, he is nothing. Theseus　With the help of a surgeon he might yet recover, And prove an ass.

（五幕一場296―299行）

れている。〈引用Ⅱ―G〉

ここにはそれほど面白くも鋭くもないジョークに交じって、女たちを征服し、階級的格差に安住する男たちが漏らす支配の優越感の響きが確かにある。しかし聞き捨てることのできないのが、シーシウスの台詞の最後の「バカ／ロバ（ass）」である。つまりこの語は、ボトムがかつて「夢」のなかで演じていたロバをさすと同時に、身体的・精神的下層領域を示唆するのだ。

もしこの劇の演出でダブリングがおこなわれていたとして、しかもこの単語をシーシウスがことさらヒポリタの耳元で彼女自身の夢を思い起こさせるように言ったとしたら――「昨夜のおまえ［＝ティテーニア］のセックスの相手がそこにほら死んでいるぞ」、と。そうなるとこの芝居は、男性支配の確認どころか、下層階級と他者としての女性の征服の記憶を隠蔽しようとする男性側の欲望と偏執狂的ないじめを、過度に表象したものとなってはこないだろうか。

ダブリング効果はさらなる重層化が可能だ。たとえばパックと宴の演出家フィロストレートを同一の役者に演じさせることによって、主従の男性同士の絆は強調されるだろう。またアテネの職人たちとロバになったボトムをもてなす妖精たちをダブリングさせれば、ボトムの境界侵犯的欲望が職人たちの共同幻想であることが示唆しうる。* 男性中心主義的な支配階級による、ジェンダー・階級・民族・セクシュアリティを横断した差別のイデオロギーは、結婚を寿《ことほ》ぐ笑いのなかにも、その影を落としているのである。

＊これも前述のエイドリアン・ノーブル演出の仕掛けである。なお、この舞台上演を基にしてノーブル自身が監督した映画『夏の夜の夢』（一九九六年）もあるが、細部では多くの異同がある。

ボトムに象徴される常軌を逸した「グロテスク」な形象を生産し、かつそれを支配的言説から排除するために、動員されるさまざまな境界形成の力学。回帰する「夢」を通じて、「アス」のなかに垣間見える「インド」の記憶。この劇はそのような他者の痕跡を示唆することによって、女性支配と植民地経略と下層階級統制とが相互に強化し合うさまを表象する。「コショウ」をめぐる男女／上下／東西の闘争は、境界侵犯を通じた異種混交に対する恐れと憧れを伴いながら、抑圧された欲望と支配的階層による侵犯の監視とをともに暴きだす。『夏の夜の夢』は、植民地主義での過剰なまでに暴力的な言説が目指そうとする身体の支配が、実はさまざまな抵抗をかわしながらかろうじて維持されており、そこには幾多のほころびがあることを明らかにしているのである。

参考文献・映像

グロテスクな身体について

ミハイール・バフチーン『フランソワ・ラブレーの作品と中世・ルネッサンスの民衆文化』川端香男里訳、せりか書房、一九七四年

「他者」を表象した記号の生産と流通について

ピーター・ヒューム『征服の修辞学――ヨーロッパとカリブ海先住民、1492―1797年』岩尾龍太郎／正木恒夫／本橋哲也訳（叢書・ウニベルシタス）、法政大学出版局、一九九五年

正木恒夫『植民地幻想――イギリス文学と非ヨーロッパ』みすず書房、一九九五年

「インディアン」の歴史について

藤永茂『アメリカ・インディアン悲史』（朝日選書）、朝日新聞社、一九七四年

豊浦志朗『叛アメリカ史――隔離区からの風の証言』（ちくま文庫）、筑摩書房、一九八九年

エドゥアルド・ガレアーノ『新版 収奪された大地――ラテンアメリカ500年』大久保光男訳、藤原書店、一九九一年

動物という「他者」について

宮沢賢治『注文の多い料理店』（新潮文庫）、新潮社、一九九〇年、ほか

ロバート・ダーントン『猫の大虐殺』海保真夫／鷲見洋一訳、岩波書店、一九八六年

人間と動物との根本的な関わりを考えるための映画

ホルヘ・サンヒネス監督『鳥の歌』一九九五年

エイドリアン・ノーブル演出によるRSCの舞台の映画化（細部で舞台とは演出が異なるが……）

エイドリアン・ノーブル監督、アレックス・ジェニングス主演『夏の夜の夢』一九九六年

第3章 名前なんて

——『ロミオとジュリエット』(一五九五年)と記号の叛乱

ある人の真の名前を知ることができれば、その人の運命を手中にできる。

(アーシュラ・K・ル・グウィン『アースシーの魔術師』)

〈そこに在る〉ということの淋しさよ
水を吸い上げて
清々しく咲きみちる
静かな薔薇よ

(田上悦子「淋しい薔薇」)

キーワード3 バラとシニフィアン〈Signifiant〉

『ロミオとジュリエット』のなかで、ジュリエットがロミオの「名前」とともに想う「バラの香り」。芳《かぐわ》しい匂いは、どんなに言葉を尽くしても、それを十全に表すことはできない。バラはおそらく多くの文化圏で、華やかで麗しいが、トゲを隠した注意すべき花の代表だ。それは美しく不思議な男女の象徴としても使われてきた。

そもそも「花の美しさ」とは何か。日本の昭和期を代表する批評家・小林秀雄は、「花の美しさなどというものはない、美しい花があるだけだ」と言って、具体的な実在より抽象的な観念をありがたがる風潮を戒めた。いつごろから人は、実体と観念、外面と内面、身体と心、現実と表象、行動と言葉といった二元論的な考え方をするようになったのだろうか。

二十世紀後半のフランスの哲学者ミシェル・フーコーは『言葉と物』という本で、ルネサンス以降、表象の約束事と、表象される世界とのあいだの関係がどのように変容してきたかを歴史的に分析した。フーコーによれば、かつて言葉と物とのあいだには大いなる結び付きが存在した。この二つは類似と近接性という関係によって結ばれていたので、言語を知る、すなわち表象の規則を知るということは、同時に世界をその汲み尽くせない豊かさのうちに知ることでもあった。しかし時がたつにつれて、この本来の結び付きは壊れていき、言葉と物が乖離するようになる。連続であったものがかけ離れたものに変化し、こうした差異化のおかげでますます複雑になっていく事態に対処する方法を編み出さなくてはならなくなったというのだ。

十七世紀なかごろから十九世紀はじめまでのいわゆるヨーロッパの古典時代に、物事の表象は記号による意味作用という形式をとっていた。すなわちそこでは記号が、ということは単なる言葉というよりも、数や図表といったさまざまな分離と整序の枠組みが、意味を生み出すために世界に押し当てられていたのだ。さらに十九世紀初頭から現代にいたって、言語と世界とのあいだの断絶が深まり、そのような枠を維持することが不可能になる。境界のない全体を統御する知があるという信念が崩壊してしまったことで、現代の知識は自らの有限性を意識せざるをえなくなる。世界との結び付きから切り離された知は、いかにして知そのものが生み出されるのかの探求となっていくのである。

フーコーもその流れを汲んでいた構造主義言語学の祖と言われる二十世紀初頭のスイスの言語学者フェルナン＝ド＝ソシュール。彼は言語を記号として捉え、それぞれの記号が、記号の音声・視覚的イメージであるシニフィアンと、記号の意味内容・概念であるシニフィエとの組み合わせで成り立っていると考えた。「バラ」という記号で言えば、〈ＢＡＲＡ〉という音や〈ばら〉という文字の眼に見えるイメージと、あの甘い香りをもってなかにトゲを含んで、色が赤とか白とかでといった精神的概念という二つの面によって、その記号が成立しているというのだ。

　このように記号を二側面に分けることで、ソシュールは人間の言語的表現に関して二つの大きな貢献をなしたと言える。一つは記号の恣意性。つまり特定の語で特定の概念を記号表現するための本質的な論拠はなく、語の意味は社会慣習や歴史的・文化的特性によって決定される。「バラ」の場合、ばらの花を見たことも聞いたこともなければ、その音とあの花の概念内容が結び付くことはありえない。他の例をあげれば、たとえば〈NET〉という音を聞けば、いまは多くの人がインターネットを思い浮かべるだろうが、それは二十年前にはありえなかった。そもそもインターネットなどなかったのだから、人は網のネットとか、洗濯ネットとかを思い浮かべたはずだ。さらにバラにしてもネットにしても、この場合は日本語で話をしているのだから、違った言語でまったく異なる意味内容をもつ記号が存在することは十分ありうるだろう。

　ここからソシュールの記号学の第二の重要な貢献、すなわち言語の価値は差異化の機能であるという認識が導かれる。つまり語の意味は内在的ではなく、文化的慣習や歴史的・地理的力学によって制度化されているのだから、それぞれの記号はシニフィエとシニフィアンが相互に依存しながら作っているシステムのなかで、ほかの記号との違いや対立によって意味や価値や同一性を獲得する。たとえば「バラ＝花」は同じシニフィアンをもつ「バラ＝各個、ばらばら」との差異によって、あの花に特定の概念内容と結び付くことができるのだ。

　シェイクスピアはたしかに歴史的には十六世紀から十七世紀はじめ、つまりヨーロッパのルネサンス後期に当たる時代の劇作家だが、その演劇に頻出する物の名前や言葉の意味に対する問いかけは、フーコーやソシュールが考察した、私たち人間の言葉と世界の物との複雑な関係に迫っている。シェイクスピアをこうした現代の言語学的哲学的知見から見直すことは、いつの時代にも同時代の産物として、そのテクストを読むことにつながるはずである。

クエスチョン

①ロミオとジュリエットが、最初の出会いだけで深い恋におち、恋する相手こそが世界すべてであると考えるようになるのは、どうしてだろうか？
②ロミオとジュリエットが恋をしている対象とは、結局のところ何なのか、互いの身体か、恋愛がきりひらく新しい世界か、恋愛そのものか？
③親が敵同士である両家の世代闘争の劇として、親と子どもの世代との葛藤はどのように表現されているか？
④男性共同体と女性共同体との葛藤は、ジェンダー間の差異として、どのように表現されているか？
⑤恋人たちの悲劇と敵同士だった両家の和解は、いったいどのようにもたらされ、それはどんな秩序の再興を示唆しているのだろうか？

ストーリー

ヴェローナを二分する名家であるキャピュレット家とモンタギュー家は、古くからの敵同士。ヴェローナ大公の権威にもかかわらず、この町では流血の争いがたえず、今日もささいなことから使用人から親戚、当主まで二家全体を巻き込んだ喧嘩騒ぎが起こされる。

モンタギュー家の跡取りであるロミオは、恋に恋する十六歳の青年で、お目あてはロザリンドという女性らしい。ロミオはベンヴォーリオやマキューシオといった親友たちとともに、敵方のキャピュレット家の仮面舞踏会に出かける。

キャピュレット家では跡取りジュリエットと、その婚約者として父母が見込んだパリスも招かれた舞踏会が開かれる。しかしその舞踏会で、ロミオとジュリエットは運命的な出会いを果たし、ひと目で互いに恋におちる。その夜、ひそかにキャピュレット家の庭園に忍び込んだロミオは、ジュリエットと永遠の愛を誓う。

翌朝、まだ早いうちにロミオはロレンス神父のもとに出かけ、ジュリエットと婚礼の式を挙げてくれるよう頼む。最初は、時をおかずにロザリンドから心変わりしたロミオを責めた神父だが、これを敵同士の両家の和解につながる好機と考え直して、助力を約束する。ジュリエットの乳母の仲介で、ロミオとジュリエットはロレンス神父のもと、親たちには内緒で結婚する。

ジュリエットのいとこティボルトは誰でも一目おく剣の使い手で、モンタギュー家の者たちを心から憎んでおり、仮面舞踏会にロミオたちがやってきたことに憤慨していた。復讐の機会をうかがっていたティボルトは、ひそかにジュリエットと結ばれたロミオが自分と親しくしようとするのを蔑み、拒絶する。その態度に腹を立てたマキューシオとティボルトは剣で争うが、仲裁に入ろうとしたロミオの身体《からだ》の影からマキューシオは刺され死んでしまう。親友を失って我を忘れたロミオは、ティボルトに襲いかかり、激しい闘いの後、ロミオはティボルトを殺害する。

その結果、大公の命令によってロミオはヴェローナから追放となる。世界はジュリエットのいるヴェローナの城壁のなかにしかないと自殺しようとするロミオをロレンス神父はいさめ、ひとまずロミオをマンチュアに行かせる。ジュリエットの嘆きを、いとこのティボルトが殺されたせいと考えたキャピュレット夫妻は、ジュリエットとパリスの結婚を急ぐことにする。それを拒んだジュリエットは父親の激怒を買い、母親にも見捨てられる。頼みの乳母も、ロミオのことは忘れてパリスと結婚すべきだと言う。誰も頼れる者がいなくなったジュリエットは、ロレンス神父のもとに赴く。神父はジュリエットに薬を渡して彼女の窮地を救おうとする。これを飲めば二日間は死んだように見えるが、その後まるで眠りから覚めたように生き返るという妙薬だ。そうしてジュリエットがキャピュレット家の墓場で眠っているあいだに、神父がマンチュアのロミオのところに使いを出し、目覚めたジュリエットを迎えに来るよう手はずを整える。

しかしそのことをロミオに伝えるはずの手紙は、疫病で道がふさがれてしまったため、ロミオのもとに届かない。ロミオの召使であるバルサザーがジュリエットの葬列を見て彼女が死んだものと思い込み、その知らせをロミオに告げる。絶望し運命をのろったロミオは馬を駆ってヴェローナに舞い戻り、キャピュレット家の墓所の前でパリスを殺害、墓所のなかに横たわるジュリエットの身体の傍らで毒薬を仰ぐ。直後に目覚めたジュリエットに、ロレンス神父が不運を説明しようとするが、人々がやってくる物音を聞いて神父も逃走。ひとり残ったジュリエットはロミオの短剣で自害する。

ともにかけがえのない息子と娘を失ったモンタギューとキャピュレットは、自分たちの敵意が招いた悲劇を反省して和解する。しかし、両家の人々とヴェローナ社会がこうむった損失と悲嘆はあまりに大きく、その傷はあまりに深い。

†『恋におちたシェイクスピア』

アカデミー賞を七つも取った映画『恋におちたシェイクスピア』は、シェイクスピアが『ロミオとジュリエット』を書いた経緯《いきさつ》を、一人の貴族階級の女性ヴァイオラとの恋愛に求めるフィクションである。シェイクスピアとヴァイオラとの現実の恋愛と階級差ゆえの別れが、『ロミオとジュリエット』の内容に重なる。当時の大衆劇場の舞台裏や観客の雰囲気、庶民社会や宮廷の様子なども描かれ、決闘やセックスシーンも満載の楽しい娯楽映画だ。

映画の最後のほう、『ロミオとジュリエット』の初演に際して、突然声変わりしてしまった少年俳優に代わって、ヴァイオラが飛び入りでジュリエットを演じる。その直後、親の命に従って愛なくして結婚した貴族の夫に伴って、彼女はアメリカのヴァージニア植民地へと船出する。その別離の印として、エリザベス女王とヴァイオラの要請により、彼女を主人公とする次作喜劇『十二夜』をシェイクスピアが書き始める、という趣向でこの映画は終わる。

『ロミオとジュリエット』は一五九五年ごろ書かれ、一方『十二夜』は一六〇一年ごろの作品と考えられるので、映画は史実をかなり歪めている。しかし、ジュリエットからヴァイオラへという女性主人公の自立と成長や、ジュリエットを囲んでいたヴェローナという閉鎖社会からヴァイオラの自由を求める「新大陸」への旅立ちという環境の変化を考えるとき、史実に反して二つの作品を結んだ原作者トム・ストッパードとマーク・ノーマンの発想に感心する。

『恋におちたシェイクスピア』でも女主人公の名前が重要なプロットを形成するが、その元ネタの『ロミオとジュリエット』も、名前とそれをまとう身体との関係、いわば記号と実物をめぐる侵犯を扱った作品だ。恋人たちの名と体、

図３－１　「演劇か、現実か」：大衆劇場での『ロミオとジュリエット』の初演が終わった瞬間。『恋に落ちたシェイクスピア』作：マーク・ノーマン、トム・ストッパード、監督：ジョン・マッデン、シェイクスピア：ジョセフ・ファインズ、ヴァイオラ：グウィネス・パルトロウ（ユニヴァーサル映画、1998年）

その一対一対応関係や同一性への疑いが、ヴェローナ社会の敷居を越えようとする彼女たちの叛乱と、多くの若者たちの死にいたる悲劇を招く――ジュリエットが出会って一目で恋してしまったロミオを夢想してつぶやく「名前なんて」という独り言は、現代思想的奥行きをもって、彼女たちの境界領域への跳躍を暗示しているのではないだろうか。

†一九六八年の世代闘争

『恋におちたシェイクスピア』よりちょうど三十年前、一九六八年に、『ロミオとジュリエット』の優れた映像化としていまだに評価の高いフランコ・ゼッフィレリ監督の映画版が作られた。

この年は「一九六八」としてすでに世界的に固有名詞化しているように、反抗や反省、見直しや転換を示唆する、いわば近代の「終わりの始まり」を象徴する、まさに画期となる年だった。ポスト・モダニズム（脱近代）、ポスト・コロニアリズム（脱植民地）、ポスト・フォーディズム（脱産業社会）といった思想的・文化的・政治的契機が社会の思考様式として表面化するようになったのもこのころからである。ヴェトナム戦争反対闘争や第三世界連帯運動、女性解放運動を中核として世界中で学生紛争が盛り上がった。世代間の確執、公害や環境悪化、南北の経済的格差の問題、科学技術や進歩イデオロギーへの疑念など、それまで西洋・男性・白人中心の価値観を支えにしていた既成の社会的枠組みが大きく揺らぎ始めた時代だった。

その年に登場したゼッフィレリの映画『ロミオとジュリエット』も、まさにそんな時代の空気を呼吸していたと言えよう。主人公にレナード・ホワイティングとオリヴィア・ハッセーという当時無名だった十代の新人を起用したこ

図3－2 「ロミオ、ロミオ…」：名前を捨てて
演出：フランコ・ゼッフィレリ、ロミオ：ジョン・ストライド、ジュリエット：ジュディ・デンチ（オールド・ヴィック、1960年、写真：ヒューストン・ロジャース）

の映画は、いまだ社会的認知を獲得していない若者たちが、恋愛と身体によって社会の根幹を揺るがす反抗を成し遂げるさまを、めくるめく速度で画面に刻印した。シェイクスピアの古典というより、時代に抗《あらが》う「怒れる若者たち」を代弁する同時代作品として、この映画は多くの人々の共感を呼んだのである。

この映画は、「一九六八年世代」の若者たちの情動と身体を画面に押し出しながらも、場所と時代をルネサンス期のヴェローナとして確定し、その閉鎖性とそこからの解放の欲動を描ききる。確固とした境目によって印された時空間の秩序が、それを超えようとする若者たちの閉塞感と侵犯への希求とせめぎ合うのだ。私的な空間で抑圧された欲望や情熱が、公的な空間で支配的権力を脅かすまでに噴出する。そんな情念と思考の侵犯力が、若者たちの躍動する身体そのものを場として画面からあふれ出してくる。太陽・埃・剣・衣服・暴力といった外的な形象と、暗闇・音楽・裸体・化粧・祈禱といった内的な形象とが交錯し、少年少女たちの自らの欲動の捌け口を求める肉体的・精神的熱望が、境界的時代の空気と混合していたのである。

†「名前」への問い

なにより、シェイクスピアのテクスト自体が、こうした私的次元と公的次元との交渉過程、すなわちジェンダー、階級、世代によって引き裂かれた閉鎖と侵犯の力学をさまざまな局面で描き出す。なかでも傑出しているのが、名前をめぐる考察だ。とすれば、まずここであの有名な「バルコニーシーン」を取り上げないわけにはいかない。その晩の舞踏会ではじめてロミオと出会ったジュリエットが、自室のバルコニーにたたずんで庭の暗闇のなかにロミオを想う場面、ここには名前と身体をめぐる現代的な省察の契機がある。〈引用Ⅲ—A〉

あまりにも有名な台詞なのでかえって見過ごしてしまいがちだが、読

〈引用Ⅲ—A〉

ああロミオ、ロミオ、あなたはどうしてロミオなの?	O Romeo, Romeo, wherefore art thou Romeo?
お父さんなど忘れて、あなたの名前を捨てて。	Deny thy father and refuse thy name.
もしそれが駄目なら、わたしに愛を誓ってほしい	Or if thou wilt not, be but sworn my love
そうすればわたしも、もうキャピュレットなんかじゃないわ。	And I'll no longer be a Capulet.
	(二幕二場33—36行) Edited by Brian Gibbons

〈引用Ⅲ—B〉

わたしの敵はあなたの名前だけ。	'Tis but thy name that is my enemy:
あなたはあなた自身、たとえモンタギュー以外の名前であったとしても。	Thou art thyself, though not a Montague.
モンタギューってなに? 手でもない足でもない	What's Montague? It is nor hand nor foot
腕でも顔でも、男の人に属する	Nor arm nor face nor any other part
他のどの部分でもない。どうか他の名前になって。	Belonging to a man. O be some other name.
	(二幕二場38—42行)

んでみてまず気がつくのは、ジュリエットの言葉には論理的な錯乱があることだ。ここで彼女は、一目で恋におちた自分たちが敵同士の家の出身であることを嘆いているのだから、ロミオが「名前を捨て」なければならないとすれば、彼女自身が最後の行で「キャピュレット」でなくなると言うのと同様、彼も捨てるべきは「モンタギュー」という姓でなければならないはずだ。だから論理的に正確を期すとすれば、ジュリエットの最初の発言は、「ああ、ロミオ、ロミオ、あなたはどうしてモンタギューなの?」となるべきである。どうしてそうならないのか。なぜここで私的な名前であるファーストネームと、公的な名前であるファミリーネームとのあいだの混同が起きているのだろうか。「ロミオ」を三回重ねたほうが語呂がいいからとか、ジュリエットは興奮して言い間違えているにすぎないのだといった説明も可能かもしれないが、もう少し私たち自身の生き方や社会と結び付けた考え方ができないものだろうか。

ここでジュリエットは恋におぼれると同時に、彼女の将来における成長や自立の伏線として、家父長制度の妥当性や制約を疑問に思い始めているのではないか、と仮定してみよう。そのような反抗的疑問と対比されることで、彼女のなかではロミオ自身の実在が一層の価値をもってくるのではないか、と。ジュリエットは続けて言う。

〈引用Ⅲ—B〉

ここでは一応、当初の論理的錯乱の影は姿を消し、名前よりも実体が重要だとの主張は一貫している。実物を記号よりも重視する姿

〈引用Ⅲ—C〉

名前なんて何があるの？　バラと呼ぶものを
なにか他の名で呼んでも、その甘い香りは同じ。
だからロミオも、ロミオの名前で呼ばれなくても、
あの人がもっている愛しい完璧さに変わりはない
そんな称号などなくとも。ロミオ、あなたの名前を脱ぎ捨てて、
あなたのからだの一部でもなんでもない、そんな名前の代わりに、
わたしのすべてを取ってちょうだい。

What's in a name? That which we call a rose
By any other word would smell as sweet;
So Romeo would, were he not Romeo call'd,
Retain that dear perfection which he owes
Without that title. Romeo, doff thy name,
And for thy name, which is no part of thee,
Take all myself.

（二幕二場43—49行）

勢、と言っていいだろう。しかし人間は言葉を話し、言葉で考える動物だから、記号なくして実物を想像することはできない。この二つは切り離せないのであって、言語や記号はときに現実の暴力となったり、富や財産を作り出したり、感情や芸術を創造したりもする。若者たちが「他の名前」になることによって、自分たちの恋愛の邪魔になる家父長制支配から脱したいという境界侵犯的欲望は、現状の社会体制への疑問を超えて、西洋的記号による身体支配の根本にまで届く射程をもった問いとなりうるのだ。

さらに次のように考えてみよう。最初にジュリエットがモンタギューと言うべきところをロミオと呼んでしまった「誤称」は、ロミオという記号にひそむ身体と名称との二律背反に起因するのではないか、と。つまり、ジュリエットは一方でロミオの声や手足、顔といった身体の事実性そのものを所有することを夢想している。しかしその想像を具体化する手段は「ロミオ」という具体的な名指しによってしか成しえない。とすればジュリエットが、その矛盾を「ロミオ」という名前が記号として身体を表象する機能に対する疑問として提出するのも、ある意味で必然的なことではないか。さらに彼女は、右の発言に続けて言う。〈引用Ⅲ—C〉

名前という記号は、多くの場合自ら選択できるものではなく、他者から、親や支配者といった自分より力のある者から「名指し」というかたちで強制的に身体にかぶせられる。ちょうどここで、ジュリエットがロミオにその名を「脱ぎ捨てて」と言うように、まるで身体を拘束する衣服のようなものとして。ジュリエットが恋愛によって目覚めさせた、名前という恣意的に適用される社会を支配する記号への反感。それは支配的な社会体制への批判へとつながるかもしれない。

かくして二人の男女の恋愛は、名前の言語的・社会的機能への疑いに始まって、

言葉が表象記号として力を発揮する支配的体制への問いかけとなる。名前はその社会的所属を明示しながら、敵と味方を峻別するのだ――ヴェローナという閉鎖的階層社会における家父長制度と、家庭を中核とする相互監視のシステムによって支えられることによって。モンタギュー・キャピュレット二家の対立が先にあったのではなく、ヴェローナの権力機構そのものが二者の対抗を必要としているのだ。家への帰属をつねに確認しながら、家族・親族・地域によって果たされていく社会道徳の浸透と徹底。ジュリエットの名前に対する疑いは、そこまで射程を広げて考えるとき、シェイクスピアの一五九〇年代と私たち自身の一九六〇年代をつなぐ問題機制としての潜勢力をもちうるのではないだろうか。

この劇では、一目で誰がどちらの家に属しているかが、そのような相互監視の網の目によって判別される。ヴェローナが閉鎖社会であるのは、その全住民がモンタギュー家かキャピュレット家のどちらかに属しているという、記号による身体の支配を受けているからにほかならない。ジュリエットの「名前なんて」という疑問は、近代ヨーロッパ社会を支える公共性と固有性との矛盾を突き、自己の属する社会の外部を目指す、きわめて革命的な問いとなるのだ。このような根底的な問いを『ロミオとジュリエット』という「永遠の恋愛劇」に託して提出したところにこそ、シェイクスピアという作家の近代過渡期における境界的な感性と、ヨーロッパ近代の遺産と負債のなかに生き続けている私たち自身への問いかけがある。

†命名される実体

ジュリエットが私たちに差し出す、身体存在の確かさと、それを確認する手段としての名称の暴力との齟齬《そご》。この問題を直接的なかたちで問い直す作品として、シェイクスピア晩年の作品『テンペスト』を挙げてみよう。この劇のなかで、島の支配権をプロスペローに奪われ、その奴隷として暮らすキャリバンがその剝奪の経緯を述べるくだりに、次のような思い出に基づく歴史的記述がある。〈引用Ⅲ―D〉

あらゆる言葉は本来ローカルな属性を含み、現地の状況にふさわしい表現をもっている。だがキャリバンが自分自身の土着の言語で「大きな明りと小さな明り」として表現していた物体が、その植民地主義的な言語教育の一環とし

〈引用III―D〉

この島は俺のものだ、母さんのシコラックスから
もらったのだから。
それをあんたが俺から取り上げた。あんたが最初
やってきたとき、
あんたは俺をなでて可愛がってくれて、イチゴの
はいった飲みものを
よくくれたもんだった。それから教えてくれたな
大きな明りと小さな明りの名前を、
昼と夜に燃えるやつさ。だから俺、あんたが好き
になったよ、
それでこの島のことはなんでも教えてやった、
真水の出る泉や、塩水の池、どこが痩せてどこが
肥えた土地かまで。

This island's mine by Sycorax my mother,
Which thou tak'st from me. When thou cam'st first,
Thou strok'st me and made much of me; wouldst give me
Water with berries in't, and teach me how
To name the bigger light and how the less,
That burn by day and night; and then I love thee,
And showed thee all the qualities o'th'isle :
The fresh springs, brine pits, barren place and fertile.

（一幕二場332―339行）

Edited by Virginia Mason Vaughan

て、「太陽」や「月」という記号として新たに命名されることで普遍化、すなわちこの場合はヨーロッパ化された瞬間に、その記号を含む言語体系は被支配者に対する拘束力を発揮するのだ。名前を教えてもらった見返りに、キャリバンが島で生き延びるために最も肝要な知識をプロスペローに与えてしまったように、言語は情報に従属し、地理的知見として流通することで植民活動が推進される。プロスペローやロビンソン・クルーソーのような植民者にとって、キャリバンやフライデーのような人間が必要なのも、奴隷労働を担う以前に、彼らがローカルな特質を伝達可能な情報へと置き換えてくれるからだ。島の先住民であるキャリバンは、新来の漂着者プロスペローによって、自らの文化を「野蛮」として否定され、征服者から教えられた言語を使って歴史を語るほかない。もちろん受容は同化とは限らないから、そこには抵抗や領有の契機があり、キャリバンほど「呪い」や「雑音」に満ちた詩的表現によって、被植民者の闘いを体現する者もいないのだが。

言語は、もともと混交した指示対象を純化して整序するための道具であり、それゆえ記号はいつ、現実の混交性に逆襲されないとも限らない。だからこそそれを防ぐために、命名者が誰であり、その名前の権威を何が支えているのかという「起源」の定立が必要となる。十五世紀末に始まるヨーロッパ的近代を支えた植民地主義の根幹には、命名者とその名称を受け入れる者とのこのような非対称な関係があった。あらゆる名前は記号であるかぎり、その指示対象と

図3－3 「あなたの肉体のあるこの地がすべて」：性と死の合一
演出：マイケル・ボイド、ロミオ：デヴィッド・テナント、ジュリエット：アレクサンドラ・ジルブリース（RSC、2000年、写真：ボブ・ワークマン）

の関係は恣意的にならざるをえない。しかし同時に記号の意味や価値は、共同体の構成員にとって強制的で、ある特定の文化圏での規範的な約束に基づいている。「太陽」や「月」を特殊な天体の名称として認めない人々にとっては、それは意味をなさない音のつながりにすぎない。はじめて「新大陸」で先住民に遭遇したヨーロッパ人にとって、住民たちのしゃべる言語が「たわごと」に聞こえたように。あらゆる名前とは「誤称」にすぎないのである。

『ロミオとジュリエット』という劇のジュリエットの名前に対する疑いも、近代への端境期でのこうした記号支配への疑問に棹さしている。あらゆる記号は、記号と指示対象との乖離や矛盾を隠蔽することで機能し、「太陽」が「大きな明かり」に、「ロミオ」が「あなたの身体《からだ》」に優先することで、支配力を発揮する。ジュリエットの最初の発言での「錯乱」、およびそれに続く名前への問いかけは、ある特定の支配的記号が恣意的に身体を編成し、それによって社会機構が成り立つ近代の言語的意味作用に対する躊躇の表明なのである。

†身体への渇望

舞台でも映画でもそうだが、『ロミオとジュリエット』ほど、現代的な趣向を凝らされて上演されることの多いシェイクスピア劇も珍しい。現代の舞台ではそうでない演出を見つけるのが難しいくらいだし、映画でもミュージカルでも、『ウエスト・サイド・ストーリー』から最近のバズ・ルーマン監督の映画まで、観衆の時代に設定された『ロミオとジュリエット』のほうがむしろ標準だ。おそらくその一つの理由としては、この劇が時代を超越した若者たちの情熱や反抗を表しているとの信仰が根強いことがあるだろう。

しかしこのような舞台を見て、首を傾げる人もいるはずだ。たとえば車やオートバイが登場するのに、どうしてジュリエットは死を装う眠り薬を飲む前にロミオに電話をかけて、真相を伝えておかなかったのだろうか？　しかし、シェイクスピアのテクストが伝えようとする主人公たちのあり方に関するかぎり、そうした疑問は上演が説得的なものであるかどうかには関わりなく、気の利いた思いつきの範囲をでない。

なぜなら、ジュリエットはたとえ携帯電話やメールがあったとしても、ロミオにそのような連絡方法は取らなかっただろうから。彼女たちにとって互いの身体に触れ、その存在を確かめていられる空間だけが世界なのだ。追放の宣告を受けたロミオが言うように、ジュリエットのいない「ヴェローナの壁の外に世界なんてない（There is no world without Verona walls）」（三幕三場一七行）のである。

真の恋人たちは電話線による遠隔コミュニケーションとは無縁だ。ジュリエットにとってはロミオの体、声、息吹がすべてであり、つねに彼女たちは互いの身体を確かめ合い、触れ合っていなければならない。

こうした欲求はある意味で前近代的なものかもしれない。事実、序章で見たようにシェイクスピアの大衆劇場における重要な特徴は、人工光がなく陽光の下で、何時間も立ち通しで話を聞くことに慣れた観客たちの、自然の音や風のそよぎに対する五感の鋭さや、互いの体臭への不感症などといった、いまの私たちには決して追体験できない身体性のありさまだった。しかしときには、私たちのなかにもそのような感覚が芽生えようとして、内心の欲望や抑圧を感じるときがあるだろう。恋愛やセックスはその主要な契機であるし、『ロミオとジュリエット』での身体への渇望が、疼きの感覚を私たちに与えるのもそのためだろう。しかしこの劇では、そういった渇きや希みをつねに抑えようとする実体として、家が、親が、社会がある。そこで次に、その身体的欲動と社会的規制との葛藤を見ていこう。

†ヴェローナ大公の権威

『ロミオとジュリエット』という劇を動かす原動力は、家父長制度に代表される公的な権力と、私的なセクシュアリティ（性的欲望のあり方）との争いである。この相反する力のどちらが若者たちの恋愛と身体をより強力に統御でき

〈引用Ⅲ―E〉

聞こうともしないのか？　おまえたち、男ども、おまえたちは獣か！	Will they not hear? What ho! You men, you beasts!
	（一幕一場81行）
おぬしらだ、家長のキャピュレット、それにモンタギュー……	By thee, old Capulet, and Montague…
	（一幕一場88行）
ロミオが彼を殺し、彼はマキューシオを殺した。誰が彼の高価な血の代価を支払うのか？	Romeo slew him, he slew Mercutio. Who now the price of his dear blood doth owe?
	（三幕一場184―185行）

るのか、それが劇の帰趨を決する。とすれば、この劇での最大の対立軸は、ヴェローナ大公といういわば大文字の父と、ジュリエットという娘、家庭の枠に閉じ込められた少女から、孤立を余儀なくされた成熟した女へと移る女性との、境界侵犯をめぐる葛藤に見出されるはずだ。

　この劇でヴェローナ大公は三度だけ登場する。それはいずれも暴力や死が出現した直後である。このことは家父長制度の本質を考えるとき、重要な示唆を含む。犠牲者やスケープゴートの死によって強化される権力、ウロボロスのように自らの身体の一部を食することで再生する社会秩序、それを体現するのが家父長だからだ。〈引用Ⅲ―E〉

　実はヴェローナ大公もト書きによればエスカラスという名前をもっているのだが（その名もト書きに現れるのは、最初に登場する一幕三場だけで、あとの二回は大公とだけ記される）、その名は一度も台詞のなかで口にされない。

　エスカラスという名が、いわば空白の記号である理由は明白だ。彼は最高権力者として、被支配者を名指しする権限をもってはいても、名指しされる必要はないのだから。ちょうど究極の権威である神が名無しの存在（それは非在と同じであり、それゆえに最終的な権威たりうるのだ）であるように、最大の家父長である彼も名前をもたない。そのかわり、彼は他人を名指しし、その本質を決定する。他者を裁断することにその職務と権限が懸かっているのだ。彼の発言はすべて、そのような他者の命名とその名前の境界画定に費やされるといっても過言ではない。〈引用Ⅲ―F〉

　キャピュレット、モンタギュー、ロミオ、マキューシオと個人的名指しをおこなうと同時に、人々を家族やジェンダーや種類で判別し、さらには「す

〈引用Ⅲ―F〉

敵どもはどこにいるか? キャピュレット、モンタギュー、
おまえたちの憎しみがどんな罰を受けたかを見よ、
愛し合ったばかりに、天がおまえたちの喜びを殺す術を見つけたのだ。
そして私も、おまえたちの不和に目をつぶっていたばかりに、
二人の身内を亡くしてしまった。すべての者が罰せられたのだ。

Where be these enemies? Capulet, Montague,
See what a scourge is laid upon your hate,
And I, for winking at your discords too,
Have lost a brace of kinsmen. All are punish'd.

(五幕三場290―294行)

べての者」を罰することができる超越的な実在。大公だけが、特定の家への住民の所属を名前によって直接的に明示し、記号と指示対象との距離を暴力的に隠蔽する権限をもっている。その暴力の行き着く先は言うまでもなく、肉体の破滅である。かくして名前と死とは深いところで連関するのだ。

ヴェローナ大公が独占的に所有する名指す権力は、身体の生死をも統御し、大公の支配下には二人の家長がいて家族と親族と地域を統括する。この機構の外部は、少なくとも名前による所属、記号による身体支配を疑わない者にとっては存在しないのである。

†生と性の管理

生死をコントロールするとは、性を支配することだ。この劇では、若者たちがことごとく三角関係に巻き込まれ、死を迎える。そのことは、家父長体制の維持がどんな犠牲を必要としているかを暗示している。家父長とその権威に従う支配層は、若者間の三角関係を維持し、その対立を利用することによって、社会的支配体制への直接的反抗を防ぐのである。

三角関係には主なものだけでも、マキューシオ/ロミオ/ジュリエット、ティボルト/ジュリエット/ロミオ、マキューシオ/ロミオ/ティボルトといったつながりがあり、構成する全員が犠牲となることによって、ヴェローナの家父長制度は存続する。そこではセクシュアリティをめぐるさまざまな反社会的逸脱、ロミオとジュリエットの異性愛や、ティボルトとジュリエットとの近親相姦的な結び付き、ロミオとマキューシオとの同性愛的友情など、あらゆる性的侵犯が、家父長体制の要である「通常の」(現実には「強制的な」)異性愛と違う反社会的行為として名指され、

〈引用Ⅲ—G〉

ああ、君にこれ以上の好意をなすことができるだろうか、 君の若い命を断ち切ったこの手で、 敵だった者の若い命を引き裂こうというのだから。	O, what more favour can I do to thee Than with that hand that cut thy youth in twain To sunder his that was thine enemy?

（五幕三場98—100行）

若者の自暴自棄な情熱による自滅の相を装って罰せられていくのである。

大公は「すべての者が罰せられたのだ」と最後に言うが、それにしてはあまりに死者の年齢に偏りがありすぎないだろうか。たとえば、先に挙げた三幕一場での大公の台詞。ここでは犠牲者自身の名が名指されないティボルトの「高価な血の代価」を誰が支払うのか、という問いは、結局ロミオ自身が自らの罪をティボルトに詫びる形での自死に帰着する。〈引用Ⅲ—G〉

さらにこの直前にロミオによって殺されたパリスでさえも、「マキューシオの身内（Mercutio's kinsman）」（五幕三場七五行）であることが明かされる。ヴェローナという社会の血族的つながりの驚くべき親密さ。身内同士が殺し合うという暴力的閉鎖性のなかで、反抗する若者たちを犠牲にし、しかもそれが若者たち自身の意志によるという体裁が保たれることで、家父長制度が維持されてきたし、今後も維持されていくのだ。愛情はすべて近親相姦に隣接し、死は生と、セックスは浪費に限りなく近づき、そのことが超越的な権威である天罰と家父長の権威を存続させる理由にして条件となるのである。

†閉塞する少年たち

このように若者のセクシュアリティがきびしく監視され、性的逸脱が死や追放をもって罰せられる社会にあって、彼／女らが圧迫感を感じ、それに対する反抗を通じて境界の侵犯と解放を熱望するのは当然のことだ。その典型をマキューシオとジュリエットに見てみよう。

マキューシオはロミオの友人であり、しかも彼のためにティボルトと決闘して命を落とすから、一応モンタギュー家の側の人間であると言える。しかし、同時に彼はヴェローナ大公やパリスの親戚でもあるから、中立的位置にも立ちうる。ロミオとジュリエットとの恋愛に関して、彼は第三項的な位置を占めており、その意味では恋愛という劇の主な動力に対して、批判的な視点を維持する一種の道化的な役回りでもある。対立・連携関係での第三項という意味では、マキューシオもロレンス神父やジュリエットの乳母と同じように、中間的な媒介の役割を担う立場にもあるのだが、この劇では、そうした仲介がことごとく挫折し、対立項同士の死によって終焉する点が注目されよう。

マキューシオの行動に特徴的なのは、男性同士の絆の強調と、その裏面である女性嫌悪である。それを如実に示すのが彼の最も有名な発言、マブの女王についての長台詞だ。場面は少年たちがキャピュレット家の夜会に、変装して乗り込もうというところ。彼らはみな新たな出会いへの期待と将来への漠然とした不安、それに抑えられた欲望が鬱積した焦燥を抱えている。大公を頂点とし、家長によって統率された閉鎖社会への不満を解消する手段が、ときに広場での喧嘩であり、ときに恋愛であり、そしてなにより、自らの言葉への信頼なのだ。そしてシェイクスピアの場合、言語に託された侵犯への熱望は、たぐいまれな詩的情念を抱えた身体表現として噴出する。〈引用Ⅲ—H〉

おのれの言語表現への過剰な自信が、女性嫌悪を噴出させ、やがて自暴自棄な絶句にきわまる。ゼッフィレリ監督の映画でマキューシオを演じたジョン・マケナリーが見事に表現しているように、ここには発話が内心を吐露する手段として機能しなくなり、指示対象を超えて暴走するさまが描かれている。詩的言語による私的身体への復讐。結局、抑圧された身体の渇きは言葉によっては満たしきれないのではないか——そのような不安と恐怖が彼ら若者たちを、とくに女性をターゲットとしたさらなる言語的暴力へと駆り立てるのである。

図３－４　「ロミオの短剣でこの胸を」：ジュリエットの自死
監督：フランコ・ゼッフィレリ、ロミオ：レナード・ホワイティング、ジュリエット：オリヴィア・ハッセー（パラマウント映画、1968年）

マキューシオがそうであるように、そうしたジェンダー的対立の文脈では対話が成立しない。彼は愛するロミオへの思いを結局言語化できないまま、最後はいわばロミオの身代わりとなって、ティボルトの暴力に屈し、「どちらの家も呪われろ（A plague o'both your houses）」（三幕一場一〇八行）という叫びを残して死ぬ。ここに私たちは、女性嫌悪として表明される男同士の絆が同性愛に対する怯えとなって、男同士の性愛を抑圧するという、家父長制度下の強制的な異性愛体制の典型を

〈引用Ⅲ—H〉

とすると、マブの女王が取りついていたわけだ。
妖精たちの産婆役、出てくるときには
役人の人さし指につけられた瑪瑙の宝石のように
小さな姿。
粒のように小さな一団に車を引かせて
寝ている鼻先へとお出ましだ…
かくのごとくに威儀正しく、夜ごと女王は登場し、
恋人たちの頭を過ぎれば、たちまち恋の夢、
宮廷人の膝を通れば、すぐにお辞儀の夢、
法律家の指を通れば、すぐに謝礼の夢、
ご婦人方の唇を通れば、すぐにキスの夢…
これこそマブの女王
夜中に馬のたてがみを編み上げたり
あばずれ娘の髪の毛をもつれ髪にしたて、
それをほぐすと、不幸の前兆ともいう。
これがあの婆あの仕業だ、生娘があおむけに寝ていると
上から押さえ付け、重い荷物を乗っけることを最初に教え、
子どもを孕めるいい女を作り上げる。
これもあいつだ——

O then I see Queen Mab hath been with you.
She is the fairies' midwife, and she comes
In shape no bigger than an agate stone
On the forefinger of an alderman,
Drawn with a team of little atomi
Over men's noses as they lie asleep…
And in this state she gallops night by night
Through lovers' brains, and then they dream of love;
O'er courtiers' knees, that dream on curtsies straight;
O'er lawyers' fingers who straight dream on fees;
O'er ladies' lips, who straight on kisses dream …
This is that very Mab
That plaits the manes of horses in the night
And bakes the elf-locks in foul sluttish hairs,
Which, once untangles, much misfortune bodes.
This is the hag, when maids lie on their backs,
That presses them and learns them first to bear,
Making them women of good carriage.
This is she--

（一幕四場53—94行）

見ることができる。

ロミオとジュリエットとの出会いは、このような二家の対立を支えるヴェローナの閉鎖社会への異議申し立てとして対話の可能性をひらくのだ。それは暴力につながらない言語の力、新たな身体的関係の構築を導く。そうした関係は、言葉によると同時に、身体の密接な接触を伴う。直接的な性の営みが、実体を隠蔽し支配する「名前」への反逆の証しとなるのである。ロミオはジュリエットという他者を知ることによって、マキューシオを筆頭とする男性共同体からの離脱を果たすが、ジュリエットにとってロミオとの出会いは、同時に自立への歩みでもあった。

†自立する少女

ロミオのヴェローナ社会からの追放が、マキューシオによる仲介の失敗をきっかけとしていたように、ジュリエットの自立も二人の媒介者、乳母とロレンス神父の仲介が失敗することが契機となる。これら大人たちの仲立ちの失敗は、これから十四歳になろうとする彼女の過渡期の身体性によってさらに際立つ。ジュリエットは、一方では結婚による大人社会の支配的秩序への参画、他方ではロミオとの恋愛による孤独への跳躍という、二律背反に直面しながら自らの個性を育てていくのだ。*

＊日本で一九五〇年代からの特異な詩人思想家として多くの足跡を残した谷川雁に、次のような名言がある――「ジュリエットがロミオの短剣で自死したのは、もうすぐ十四になろうとするときだった。古今東西を問わず、個性がおのれを歌いだすのは判で押したようにこの年である」（谷川雁「原基としての空」『KAWADE道の手帖　谷川雁』河出書房新社、二〇〇九年、八一ページ）

ジュリエットがそれまで最も信頼していた乳母は、追放されたロミオを捨ててパリスと結婚するよう勧めたことで、「年寄りの裏切り者！悪辣な鬼（Ancient damnation! O most wicked fiend)」（三幕五場二三五行）と責められる。ロレンス神父は最終場でロミオの死体を前にして、自らの責任の発覚を恐れて墓から逃亡し、ひとり取り残されたジュリエットが自死する。どちらの場合にもジュリエットは、これまで支援されてきた人々から見捨てられることによって孤独となる。しかし、その孤立はロミオとの結び付きを深め、追放によって不在とされた彼の身体だけを拠りどころとして、彼女は成熟した女性としての再生をはたすのだ。

自死を選択するジュリエットの最後の台詞で、ロミオという「名前」が一度も発言されないのは示唆的である。

〈引用Ⅲ―Ⅰ〉

ここではロミオの「名前」ではなく、あくまでロミオの手や唇という身体的部分――言語の発生場所、他者とつな

〈引用Ⅲ―I〉

ここにあるのは何?　わたしの最愛の人の手に握られた杯?
毒なのね、これがあの人の時ならぬ最期を招いたのだわ。
なんてひどい。飲み干して、愛しい一滴も残さず、
私に後を追わせないなんて。唇にキスしてみよう。
もしかしたら少し毒がそこに残っていて
わたしを死なせてくれるかも、幸いに。
あなたの唇は、まだ暖かい!

What's here? A cup clos'd in my true love's hand?
Poison, I see, hath been his timeless end.
O churl. Drunk all, and left no friendly drop
To help me after? I will kiss thy lips.
Haply some poison yet doth hang on them
To make me die with a restorative.
Thy lips are warm!

（五幕三場161―167行）

〈引用Ⅲ―J〉

これ以上悲しい物語はなかったのだから
このジュリエットとそのロミオの話ほど。

For never was a story of more woe
Than this of Juliet and her Romeo.

（五幕三場308―309行）

がる部分――との接触を通じて、愛と死が確認され、完成される。そのとき彼女たちの身体だけがまさに全世界であって、そのほかの世界は「雑音（noise）」（五幕三場一六八行）にすぎない。

名前への懐疑から出発した『ロミオとジュリエット』の劇的世界は、恋人たちの身体を前にして逃走するか、為すすべなく立ちすくむ恋愛以外の社会の醜態を暴き出す。そのような無能力を隠蔽し、家父長制度を維持するために、ヴェローナの権力体制は天罰による合理化を図らざるをえないのだ。そのためにこそ、この物語が何としても「名前」の悲劇という印象によって終わる必要がある。劇をしめくくる大公の台詞の最後の二行はこう語られる。〈引用Ⅲ―J〉

劇が終了する間際というのに、すでに過去形（「なかった」）で表現され、歴史とされてしまう「物語」。そこにはあくまで権威をもった「語り＝騙り」によって、身体を名称という記号をとおして管理しようとする欲望が透けて見える。近代の記号的支配に根底的な否を突き付けた恋人たちの肉体の破滅こそが、「ジュリエットとそのロミオ」という名前を永遠のものとし、「恋におちたシェイクスピア」の幻想をも可能にするのだ。名前と存在のパラドックスに果敢に挑戦した『ロミオとジュリエット』という演劇こそは、家や戸籍や民族や国民国家に縛られた近代人としての我々に、近代への移行期における、より自由で侵犯的な身体を垣間見せるのである。

参考文献・映像

恋愛について考えるための基本文献

エーリッヒ・フロム『愛するということ』鈴木晶訳、紀伊国屋書店、一九九一年

ドニ・ド・ルージュモン『愛について――エロスとアガペ』上・下、鈴木健郎／川村克己訳（平凡社ライブラリー）、平凡社、一九九三年

言語と指示対象との関係について

ミシェル・フーコー『言葉と物――人文科学の考古学』渡辺一民／佐々木明訳、新潮社、一九七四年

フェルナン・ド・ソシュール『ソシュール一般言語学講義――コンスタンタンのノート』影浦峡／田中久美子訳、東京大学出版会、二〇〇七年

内田樹『寝ながら学べる構造主義』（文春新書）、文藝春秋、二〇〇二年

町田健『ソシュールと言語学――コトバはなぜ通じるのか』（講談社現代新書）、講談社、二〇〇四年

丸山圭三郎『言葉とは何か』（ちくま学芸文庫）、筑摩書房、二〇〇八年

『ロミオとジュリエット』の映像は多いけれど、やはり

フランコ・ゼッフィレリ監督、レナード・ホワイティング／オリヴィア・ハッセー主演『ロミオとジュリエット』一九六八年

『ロミオとジュリエット』から触発された映画も多いなかから

ロバート・ワイズ、ジェローム・ロビンズ監督、ナタリー・ウッド／リチャード・ベイマー主演『ウェスト・サイド物語』一九六一年

ジョン・マッデン監督、ジョゼフ・ファインズ／グウィネス・パルトロウ主演『恋におちたシェイクスピア』一九九八年

ケン・ローチ監督、アッタ・ヤクブ／エヴァ・バーシッスル主演『やさしくキスをして』二〇〇四年

第4章 シナの夜
——『ジュリアス・シーザー』(一五九九年)と表象の抗争

百人の死は悲劇だが、百万人の死は統計にすぎない。(ルドルフ・アイヒマン)

IV

キーワード4 マントと権力〈Power〉

『ジュリアス・シーザー』では職人や市民、政治家や軍人が何を着ているか、何を表現しているか、つまりその人のアイデンティティを表す表象をいかに操作するかによって、支配権や金銭や主従関係が流動し、人の生死さえもが左右される。シーザーの着ていたマント、すなわちブルータスたちの短剣が刺し貫いたトーガと呼ばれるローマ市民独特の上着がアントニーによる権力奪取の決め手となる。民衆は目に見える印《しるし》によって容易に支持する対象を変え、メディアをとおして熱狂し暴徒化するのだ。

政治とは、つまるところ権力をめぐる闘争である。とすれば、シェイクスピアがジャンルを超えて描き続ける力のせめぎ合いは、すべて広い意味での政治劇であると言える。

より狭い意味での政治とは、端的に言って金銭の分配のことだ。選挙や政党、世論や税金といった現代世界での私たちのいわゆる「民主主義政治」の慣例も、ひろく人々から徴収したお金をどのように使い、そのことで権力を維持していくかという営みにほかならない。だから例外なく権力は腐敗する。人間にとって他人から集めた金銭を自由に使い、そのことで他人の意志や人生を支配することほど魅力的なことはないからだ。どんなに高潔な人物であっても、そのような力をいったん身につければその誘惑を切り捨てることは難しい。民主主義の政治体制が何らかの形で権力の世襲をふせぐシステムを構築しようとしてきたのは、そうした歴史の教訓による。

　シェイクスピア演劇で、そのような政治の世界を最も雄弁に表明し、かつ詳細に分析するのは、彼が生涯制作し続けた歴史劇においてだろう。ローマ史に題材をとったローマ史劇でも、自らの国であるイギリスの中世から近過去にいたる歴史を扱ったイギリス史劇でも、シェイクスピアは異なる政治体制や時代を行き来して、それぞれの政治システムに敏感でありながら(民主的か独裁か、平和主義か軍事優先か、血統による世襲か能力による権力奪取か)、同時に権力を志向する人間の性《さが》という普遍的なテーマを追求してきた。権力基盤が脆弱だったヘンリー六世をめぐる権謀術数。タイタス・アンドロニカスのような傑出した軍事的英雄の迷妄。政治姿勢でまったく対照的なリチャード二世とボリングブルックとの闘争から、リチャード三世へといたる凄惨な権力への妄執。アントニーとオクテーヴィアスの宿命的な闘争。ヘンリー八世による統治の正当性への疑問。こうした例に見るように、シェイクスピアによるパワー・ポリティクスの解析は、一方で権力者の個人的な性質を探り、他方で個性を超えた普遍的な主題を追求することで、権力闘争の本質をあぶり出すのである。

　しかしシェイクスピア演劇は、このような狭義の政治にとどまらない権力の確執を、恋愛や結婚をめぐる喜劇でも、家父長制度の暴力や文化的差別の結果として起こる悲劇でも描く。恋愛や結婚が単なる個人と個人との関係ではありえず、特定の社会機構で認可されたり非難されたりする制度であるかぎり、そこには権力による介入や広い意味での政治的力学が関係せざるをえない。どうして女性の登場人物が、意中の男性を射止めるために変装するのか(『ヴェローナの二紳士』『終わりよければすべてよし』)。指輪やハンカチーフのような贈り物が、いかに男女の絆に決定的な影響を及ぼすのか(『ヴェニスの商人』『オセロ』)。長男と次男、嫡子と婚外子との争いが、どのように和解や決裂にいたるのか(『お気に召すまま』『リア王』)。息子の喪失は、なぜ娘の回復によって贖われるのか(『シンベリン』『冬物語』)。異人種に対する性欲と同民族との情愛はどうせめぎ合うのか（『トロイラスとクレシダ』『テンペスト』）。このように家族や兄弟、夫婦や親子といった私たちの誰もが逃れられない人間関係を、シェイクスピアはミクロな心の機微とマクロな機構の動静を横断しながら、時代の特殊性に留意し、かつ時代を超えた汎用性を示唆する政治権力の問題として取り上げる。だからこそ、多くの人がその演劇に同時性を感じるのだろう。

シェイクスピア演劇を社会全般にわたる政治的権力の物語として見るとき、私たちはそこに、個人の本質としての悪徳よりは圧倒的な制度の暴力を、高貴な人格よりは歴史の必然にあらがう抵抗の系譜を、同種の連合よりは異者が構成する集団の錯綜を見出す。そうした発見は、現実に対する以前とは異なる認識と、自らが変革し形作る文化への信頼につながるだろう。演劇という集団的な営みが、どのような時代環境でも権力への問いとして秘めている起爆力もそこにある。

シーザーのマントとは、権力者が操作するメディアであるとともに、権力を監視する任務を負った我々の視覚をとぎすます表象である。マントにあいたさまざまな目は、観客自身が政治に参画するための通路でもあるのだ。

クエスチョン

①この劇が描く、古代ローマの共和制が帝政に移行する過渡期における民衆たちの政治的役割は何か、またその限界は？

②権力を高貴で名誉あるものにするという理想を抱く主人公ブルータスが、権力奪取に失敗した理由は何だろうか？

③記号と表象を利用する政治的な現実主義者としてのキャシアスとアントニーとは、どのような点が似ていて、またどの点が違うのか？

④この劇に頻出する「夢」「予言」「亡霊」といった、超現実的な要素をどのように考えるか？

⑤この劇が描くパワー・ポリティクスにおける、ジェンダーや階級の局面をどのように捉えるのか？

ストーリー

古代ローマの民衆たちが、ムンダの戦い（紀元前四五年）でのジュリアス・シーザーの小ポンペイウスに対する戦勝を祝い、仕事を休んで街に繰り出している。それを共和制の危機と考える護民官たちが叱責する。

豊饒を祈願するルペルカリア祭の催しに、妻のカルパーニアやアントニー、ブルータス、キャシアスらと参加していたシーザーは、占い師から「三月十五日に気をつけよ」との警告を受ける。祭りの最中に、シーザーはアントニーによって何度も王冠を捧げられる。その知らせを聞いたブルータスとキャシアスは、シーザーが皇帝の位に対する野望を抱いているとの確信を深める。キャシアス、キャスカ、シナなど数人は、ブルータスを説得し、ともにシーザーの野望をくじくため彼の暗殺を決意する。しかしシーザーに近いアントニーも殺すべきだという意見をブルータスは肯んじることなく、あくまでローマのためにシーザーだけが死ななくてはならないと主張する。

三月十五日がやってきた。シーザーはカルパーニアの不吉な夢を無視して元老院へと出かけ、暗殺者たちに殺される。自らの身の危険を覚えたアントニーは、ブルータスたちの意志に従うことを約束するが、シーザーを弔うために民衆たちの前で演説させてほしいと頼む。キャシアスの反対にもかかわらず、ブルータスはアントニーのその願いを許可してしまう。ブルータスは、シーザー殺害を正当化するため民衆たちを前にして演説する。シーザーが王位への野望を抱いていたので、共和制を重んじる者としてシーザーを殺さざるをえなかったのだ、と。いったん民衆は納得するが、シーザーを讃えるアントニーのたくみな弁舌に扇動され、彼らは暴徒と化す。ブルータスたちはローマから落ちのびざるをえなくなる。

ローマの支配権をめぐる戦争は、アントニーとオクテーヴィアス、レピダスの三者連合に対するブルータス、キャシアスらとのあいだで戦われるが、前者の勝利に終わる。アントニーは暗殺者のなかで、ブルータスだけが私心でなく名誉を重んじる「真のローマ人」であったと称賛して、その死を悼むのだった。

†表象と権力

先年日本国の首都の知事が自らの「民主主義的姿勢」を、アレクサンダー大王やジュリアス・シーザーのそれと比較して自画自賛したことがある。日頃から誇大妄想と弱者差別に貫かれた言動を繰り返すこの「小皇帝」の幼児性には失笑を禁じえないが、スケールの大小はともかく、ジュリアス・シーザーがこの知事のようなポピュリスト的独裁者の一つの原型と見なされてきたことは事実だろう。

『ジュリアス・シーザー』においてシーザーの権力を支えているのは、記号と言説と儀礼を司るマスメディアの操作、民衆の関心を政治的課題からそらす祝日と娯楽の提供、そして名誉や伝統に基づく男性的共同体の系譜の強調である。そして、この三ついずれもが、表象と現実の領域における権力闘争のカギとなるのだ。

権力者たちの最大の関心事は、観衆の視線を操作することにある。歴史は繰り返すというヘーゲルの言葉を補足して、マルクスは『ルイ・ボナパルトのブリュメール十八日』のなかで「一度目は悲劇、二度目は笑劇として」と言った。しかしそこでのマルクスの主眼点は、歴史が表象として立ち現れる、ということにある。

人はたまたま遭遇したり、過去から伝わってきた状況を借りて、自分の歴史をこしらえる。死んだあらゆる過去の伝統が、生きている人の上にまるで悪夢のようにのしかかる。そして人は変革の危急に際し、過去の亡霊を競って呼び起こす。過去から名前や戦いの合言葉や衣装を借りてきて自らに役立て、時によって育まれた変装や借り物の言語で、世界の歴史の新しい一場を演じようとするのである。

表象と実物、演劇と歴史とのねじれた関係。歴史は表象であり、そうであるがゆえに反復するとは、すなわち歴史を自らの都合に合わせて表象する権力が、つねに演劇を目指すということにほかならないのではないだろうか。ローマ共和制の末期を題材とした『ジュリアス・シーザー』が時代と地理を超えた普遍性を有するのも、表象によって保持される権力、権力の記号である表象が、演劇として反復されることで、批判的まなざしの対象となりうる可能性を具現しているからである。

†シェイクスピアの歴史劇と表象権力

『リチャード二世』から『コリオレイナス』にいたるシェイクスピアの歴史劇では、権力と表象の関係が一貫して追求され、観衆の視覚を独占する者に権力が渡ることが示される。

リチャード二世は、影が影にすぎないという認識のゆえに、記号として王権を永久に留めようと自己劇化をおこなう。その結果、実権を失い肉体は滅びた後も「リチャード」という記号がイギリス史劇全体にその影を落とすのだ。彼は鏡のなかの己の影像に王の理想像を見出し、現実の権力を鏡の迷宮に呪縛しようとする。自分を悲劇の主人公として表象しようとする彼の試みを、すでに王国の実権を握っているボリングブルック（のちのヘンリー四世）が、「あなたの悲しみの影があなたの顔の影を破壊したのだ（The shadow of your sorrow hath destroy'd / The shadow of your face）」（四幕一場二九二―二九三行）と批評し、それがすでに否定されたものの虚像にすぎないと主張する。リチャードの鏡像は不死の実体の反映なのか、それともかよわく死すべきものの影像にすぎないのか。一枚の鏡の表面で理想像と虚像という二つの表象がせめぎ合い、観衆の視線を捉えようと争い合う。彼が鏡を割ると「リチャード」という個人の像は破壊されるが、舞台上に散乱した鏡片の一つ一つが不滅の王権を映し続けているかもしれない。実際の身体とは別に、鏡が視線をめぐる権力闘争の場となっているのである。

図4－1　「破壊されたリチャードの鏡像」：リチャード二世とヘンリー・ボリングブルック
演出：バリー・カイル、リチャード：ジェレミー・アイアンズ、ボリングブルック：マイケル・キッチン（RSC、1986年、写真：ドナルド・クーパー）

一方、コリオレイナスはあくまでも演劇的表象を拒否した結果、拍手の代わりに観客の暴力的復讐を

図4－2 「マントに開いた無数の目」：エリザベス1世「虹の肖像画」
マーカス・ギアレーツ作（1611年、ハットフィールド・ハウス所蔵）

受ける。コリオレイナスの「謙譲の衣」は民衆の視線を絡めとり、執政官という地位を獲得するための衣装だが、同時にその衣はコリオレイナスをコリオレイナスたらしめている肉体の傷痕という、権力の本当のありかを民衆の視線から隠蔽する。表象を拒否しながら権力を維持しようとすれば、政治の現場を捨てて、己一人の肉体が全世界であるような自己言及のパラドックスに身をゆだねるしかない。コリオレイナスは自分の行為が複数の他者によって解釈され表象となる劇場を捨てて、記号と指示対象とが完全に一致するような理想郷へと、観衆の視線の及ばぬ虚空へと逃走しようとする。しかし、そんな行為を天の神々は笑い、社会は突発的な暴力によって罰するだろう。

権力は視線によって生み出され、視線は権力を囲繞する。シェイクスピアの歴史劇は、そのような民衆のまなざしと支配者の身体との境目における鏡像関係をドラマ化するのだ。

†エリザベス女王の表象権力

表象としての権力、権力としての表象。その力は視線と身体との臨界で発動する。その事情を、当時の政治支配者の言説から探ってみよう。エリザベス一世が一五八六年十一月、スコットランドのメアリーの処刑について、国会の代表者に語った言葉のなかに次のような一節がある。

> 我々君主は、舞台の上にすえられ、観察を怠らない全世界の視覚と視線にさらされている。多数の目（eyes）が自分の行為を見つめている。衣装のしみ（spot）はすぐに目を付けられ、やましいおこないは素早く見抜かれる。ゆえに、己の行動が公正無比であるように気を配ることこそ君主にふさわしいだろう。

エリザベスは、装いにしみがなく、その振る舞いが公明正大であることを前提として、大衆の眼前に自らの曇りない鏡像を示そうとする。さらに少し後で、自分の国会欠席の理由を説明して、彼女は次のように述べる。

大勢のなかに（そのなかには歪んだ心を抱くものもあるだろうから）わざわざ出向く理由など何もないのだが、国会から足を遠ざけていたのは、この身が被るかもしれない危険を恐れてのことではない。それはこの件に関して、位も高く血のつながりもある者の判決が公衆の面前で下され、この国が不実の汚点に汚される（spotted with blots）のを目のあたりにしなければならない悲しみのゆえだった。

自らを「良きもの」としたエリザベスは、メアリーを「汚点」として処刑を決定する。エリザベスの歪みのない影像は散乱することもなく、自らの涙が視覚を曇らせることもない。彼女の内面はあくまで「公正無比」だから、外面に「汚点《しみ》」は決して見えてこない。こうした言説のなかで実体と記号の乖離はなく、権力は安定した表象を獲得する。たとえ衣装に「しみ」が見えたとしても、それは衣服の表面に留め置かれて、人々の視線をその上に釘づけにし、内まで届くことを妨げる。

権力とは、自分の衣装を着替え、他人に衣装を着せる技術でもある。誰の目にも見えやすい汚点をメアリーの衣装の上に指摘し、自分にも見出されかねない負性を謀反人に転嫁することで、女王は「公正無比」にして“spotless”でありえるのだ。

君主は、鏡に映った自らの像を臣民の視覚にさらすことで、君主であることができる。とは言え、人々の視線は王の内面や生身の肉体に直接及ぶわけではない。人々は、表象によって王権を認識するからである。エリザベスの汚れない衣は、いわば明澄な鏡である。それは民衆を見る「目」として、逆に民衆のあらゆる視線をはねかえし、遮蔽幕のように機能して、彼らの視覚をさえぎるのだ。『ジュリアス・シーザー』で誰が権力を握るのかも、そのような民衆のまなざしの操作と関わっているのではないだろうか。

〈引用Ⅳ—A〉

フラヴィウス　こら、家だ、怠け者たちめ、家に帰らんか!
今日は休日なのか?　知らんのか、おまえらは、
職人というのは出歩いてはいかんのだ、
労働日に職業の記標《しるし》なしでは、な。
おい、おまえの職業はなんだ?
大工　大工でさあ。
マルラス　皮のエプロンと、定規はどうした?
なんで一張羅など着ておるんだ?
おい、おまえの職業は?
靴屋　本当のところを言えばですね、ご立派な職人方にかけて申しますが、
わたしはおっしゃるところの、ぶきっちょにすぎんのでして。
マルラス　だから職業は何だ?　正直に答えろ。…
靴屋　…いや、実際ですね、休日にして
シーザーさんの大勝利を祝おうということで。

FLAVIUS Hence! Home, you idle creatures, get you home!
Is this a holiday? What, know you not,
Being mechanical, you ought not walk
Upon a labouring day without the sign
Of your profession? Speak, what trade art thou?
CARPENTER Why, sir, a carpenter.
MARULLUS Where is thy leather apron and thy rule?
What dost thou with thy best apparel on?
You, sir, what trade are you?
COBBLER Truly, sir, in respect of a fine workman, I am but as you would say, a cobbler.
MARULLUS But what trade art thou? Answer me directly.…
COBBLER … But indeed, sir, we make holiday to see Caesar, and to rejoice in his triumph.

（一幕一場1—32行）Edited by David Daniell

†労働と余暇

『ジュリアス・シーザー』の最初の場面は、階級や出自や職業を示す記号や印《しるし》が、見る者の置かれた政治的立場により異なって解釈されることを示す。この場で問題となっているのは、祝日の意義を誰が決めるのかという、労働と余暇に関わる政治的力学である。〈引用Ⅳ—A〉

労働者をその職業特有の衣服や道具や記号によって判別する護民官たちには、職人たちが休日の晴れ着を着ているために、彼らのアイデンティティを識別することができない。"cobbler"という単語には、「靴職人」という意味のほかに、「不器用な愚か者」とか「たわごと」という意味がある。靴屋による言葉遊びは、ある言葉や記号が一つの固定された職業を意味するべきだ、と信じている護民官の怒りと焦燥を誘うのだ。

ローマでの権力闘争は、「記標《サイン》」という目に見えるものをめぐる闘争である。民衆の人気を支配基盤とするポピュリスト独裁者であ

るシーザーのための「休日」を祝おうとする人々が、職業が一見してわかる衣服を着ていないので、独裁者の基盤強化を恐れて民衆を統制しようとする護民官たちには民衆たちの政治的意図が判断できない。政治家にとって、誰を支持し何を志向するのかわからない民衆ほど恐ろしいものはない。民衆は何度でも投票したり、支持する対象を変えたりすることができるが、政治家・権力者にとっては一度の敗北が命取りとなりうるからである。

ローマでは、さまざまな記号、すなわちシンボルや像、衣服や儀式的身振り、肉体的特徴や身体の傷といった、外面に現れた印《しるし》を支配する者が権力を握る。護民官たちの叱責に対して靴屋は、職業の記標と性格の表現という二つの記号を混ぜ合わせ、表象の混乱を引き起こす。「正直に答えろ」という命令は、歪みのない表象体系を前提としている。しかし、表象がそもそも何らかの矯正や歪曲を含んでいるものだとすれば、名前や職業という記号を映し出すローマという鏡も歪んでいるのではないか。その歪みから出現するのが、生死の境界を侵犯する暴力だ。のちに、暴徒たちの問いに「みなさんに正直に短く、賢く本当に答えて（answer everyman, directly and briefly, wisely and truly）」（三幕三場一五行）「本当の」名を告げた詩人シナは、その名前が暗殺者の一人と同じという理由だけで撲殺される。「シナの夜」とは、反乱や戦争、リンチや暴動が日常となった時空間なのである。

図４－３　「血の付いた短剣を持って」：シーザーを暗殺したブルータスとキャシアス
監督：ジョゼフ・L・マンキエヴィッツ、ブルータス：ジェイムズ・メーソン、キャシアス：ジョン・ギールグッド（MGM映画、1953年）

†「立像」をめぐる解釈の闘争

ローマの公共の場所に立てられた「立像」。それは恣意的に解釈されることによって、ローマの政治権力の行方を左右する。キャシアスが反シーザーの文書を貼り付けるのは、ローマ共和制の原点、タークィン追放の象徴とされる「老ブルータスの立像（old Brutus' statue）」の上である（一幕三場一四六行）。このキャシア

〈引用Ⅳ—B〉

平民四　ブルータスの像を建てて、先祖たちに並べろ。	FOURTH PLEBEIAN　Give him a statue with his ancestors.
平民五　彼をシーザーにしよう。	THIRD PLEBEIAN　Let him be Caesar.

（三幕二場50—51行）

スの行為は、一つの立像が表象する価値をほかの立像（ポンペイやシーザーの）のそれと拮抗させることだ。シーザーの台頭を恐れる護民官マルラスとフラヴィウスは、民衆たちがシーザーの像に付けた装飾を奪いとり、その罪で弾圧される。

さらに象徴的なのは、ディーシウスによるカルパーニアの悪夢の再解釈だろう（二幕二場）。シーザーの妻カルパーニアは、昨夜夢見た「シーザーの立像」から流れ出す血がその肉体の死を予見するものと考えるのだが、ディーシウスはそれを、ローマという政体が吸入して甦る再生の血と読み直す。立像の石は見る者の意志に従って、その像がもつ権力を左右していくのである。

さらにシーザーの暗殺後、ブルータスの演説に動かされた民衆は、生身のブルータスを立像と化し、ローマの歴史を作ってきたほかの立像に重ね合わせるのだ。〈引用Ⅳ—B〉

「シーザー」となるためには、権力の象徴である「立像」とならなくてはならない。だからこそ最終場で、ブルータスの死後、アントニーの弔辞は、ブルータスを「人間（man）」（五幕五場七六行）として普遍化し、オクテーヴィアスは屍を乾いた「骨（bones）」（七九行）にして、テント内に安置しようとする。ブルータスの死体が、シーザーのそれと同じように公共の場で立像となり、復讐と再生の血を逆流させては困るからではないだろうか。

さらに立像をめぐる闘いは、その像を中心とする劇場をいかに創造するかという、想像力の争いでもある。暗殺者たちが会合するのは、「ポンペイの劇場（Pompey's Theatre）」（一幕三場一五二行）であり、殺害したシーザーは、「ポンペイの立像の足元に、埃のように斃され（now on Pompey's basis lies along, / No worthier than dust!）」（三幕一場一一五—一一六行）たままである。シーザーの肉体を像としてではなく生身の骸として倒したままにしておくことで、彼ら自身の表象権力を生成する劇場が永遠化されるのだ。

それに対して、アントニーが広場の演説で試みることは、シーザーの屍を「円形舞台（a ring）」（三幕二場一六一行）の中心に立像として復活させ、その周りに劇場を再建することである。そして

〈引用Ⅳ―C〉

キャシアス　どうだろう、ブルータス、君は自分の顔が見えるか?
ブルータス　いや、キャシアス、目は自分を見ることができない、
複数の他のものに映してはじめて見ることができる。
キャシアス　そのとおり。
だがブルータス、とても残念なのは、
君にはそのような複数の鏡がないことだ、
君の隠れた価値を君の目に見せてくれる、
自分で自分の影が見えるように。……
そこで君が自分自身を、写った像ほどはっきりと見ることができないのなら、
僕が鏡になって、
はばかりながら君自身に見せてあげよう
まだ君が知らない君自身を。

CASSIUS　Tell me, good Brutus, can you see your face?
BRUTUS　No, Cassius; for the eye sees not itself
But by reflection, by some other things.
CASSIUS　'Tis just;
And it is very much lamented, Brutus,
That you have no such mirrors as will turn
Your hidden worthiness into your eye,
That you might see your shadow. …
And since you know you cannot see yourself
So well as by reflection, I, your glass,
Will modestly discover to yourself
That of yourself which you yet know not of.

（一幕二場51―70行）

最後にブルータスの「骨」がオクテーヴィアスのテントに奉納されるということは、侵犯を旨とする大衆劇場が、選良《エリート》だけが参加できる私的な儀式に回収されることだ、と言ってよいかもしれない。立像の建立を阻止することによって、誰が記号の解釈を領有するかという表象権力の争いが幕を閉じるのである。

†鏡と自身

一幕にもどって、記号の解釈闘争における鏡の比喩の重要性について考えよう。キャシアスは、ブルータスにシーザー暗殺を決意させるため、次のように鏡と実体の比喩を持ち出す。〈引用Ⅳ―C〉

ここでキャシアスがブルータスの「鏡」になって映し出そうとするのは、ブルータスの「真正な」姿というよりは、彼のなかにある「隠れた価値」、すなわち彼自身が「知らない自身」という「影」である。鏡像が己にどれだけ近いかは、自身を見ることができない自らには判断できないことであって、自己の価値に対する判断は他者のまなざしと解釈に頼るほかない。

ローマの政治的世界では私的世界と公的世界とが密接につながっており、人は他者の、そして自分自身の視覚にいつも曝《さら》されている。ローマそのものが一つの大衆劇

〈引用Ⅳ―D〉

名誉を一方の目で見て、死を他方の目で見る。	Set honour in one eye, and death i'th' other,
俺はどちらも公平に見るのだ。	And I will look on both indifferently;
なぜなら神々も望まれるとおり、	For let the gods so speed me as I love
俺は死を恐れるよりも、名誉の名を愛するからだ。	The name of honour more than I fear death.

（一幕二場86―89行）

場であり、そのなかで視線は、人物の内と外、記号と指示対象との境を侵して交錯する。自己を捉えようとするために、自己そのものではなく、どこかに写された自己の影を問題にせざるをえないような、いわば表象の帝国で、目が自分自身を見ることは決してありえないが、目は反射によって己の影像を見ることはできる。つまり「鏡像（reflection）」とは、実体をいったん不在として括弧に入れた後に、実在として表象し直した産物なのである。

最初にブルータスが無意識に想定する鏡が、「複数の他のもの（some other things）」だということに注意しよう。そこでキャシアスも、「複数の鏡」（五六行）とまず言うが、すぐ後で自分を一枚の鏡にたとえる。キャシアスは、自分の目だけを特権化して「適度な（modest）」鏡として差し出す。彼はブルータスに、「歪んだ（monstrous, evil）」な鏡を避け、自分という適正で身近な鏡を選ぶようにと提言するのである。

のちに四幕三場で、ブルータスが出会うシーザーの「亡霊」は、この意味で“evil”、すなわちブルータスのなかの「適度でない越境的な」部分を表象している、とも言える。つまりキャシアスの言う「複数の他のもの」のなかには、キャシアスには思いもよらないことだろうが、シーザーの亡霊も含まれているのではないだろうか。

しかしブルータスが一貫して求めるのは、「適度な」鏡ではなく、自分の二つの目のどちらにも捉われない公正無比な鏡である。〈引用Ⅳ―D〉

ここでブルータスの論理のナルシスティックな矛盾を指摘することもできるだろう。彼は、名誉と死の両方を公平に見ると言いながら、同時に一方の「名誉の名」という恣意的な外面の記号をより愛しているのではないか、と疑うことによって。ローマ内部での「他者との拮抗（the teeth of emulation）」（二幕三場一三行）とは、理想の自己を追求することを意味している。それは他人の目を頼らずに自分自身を見つめたい、という奥底の欲動である。ブルータスは、自らの二つの目そのものに「まなざし」を向けるような理想の鏡、絶対の知を求める。しかしそのよう

〈引用Ⅳ—E〉

身の毛もよだつようなことを行為することと
最初の動きとの中間の亀裂を埋めるように
亡霊が、悪夢が現れる。

Between the acting of a dreadful thing
And the first motion, all the interim is
Like a phantasm or a hideous dream.

（二幕一場63—65行）

な理想の鏡は存在せず、それゆえまた絶対の知も獲得不可能なのではないか。いわばブルータスは自分自身を見ようとして、「欠如を見る／何ものも見ない」（I see nothing）というパラドックスに陥るのだ。

しかし、悲劇の主人公という観点から見たときのブルータスの偉大さも、こうした表象の罠に陥っていることを自ら知りながら、あくまで理想に固執する姿勢ゆえだ。いわば「明晰な盲目」となってブルータスは、ローマ人の名誉を代表するロマニタスという理想の表象に恋をする。ブルータスの目指す理想のローマ人とは、自分の二つの目では見ることのかなわない己自身である。それは、負の実在、消されるべき存在としてしか見ることのできない、いわば「汚点《しみ》」のような存在なのだ。

†亡霊と悪夢

『ジュリアス・シーザー』とは、二つの目に現実に見えるものと、理想の目にだけ見える「（悪）夢」との緊張が、表象と実像との境目で暴力に転化する劇である。二つの目、二本ずつの手足、二つの耳という現実に対して、隠蔽され抑圧された中間項が亡霊のように出現する。見慣れた、左右の反転した鏡像が、第三の目によって突然見知らぬものとなり、理想は悪夢と化すのだ。存在と非在のあいだ、心に思い描く「行為」と実際の「行動」との隙間に出現する悪夢、それをロマニタスの亡霊と呼んでもいい。ブルータスはシーザーの暗殺を考えるとき、すでに「悪夢」を見ているではないか。〈引用Ⅳ—E〉

ブルータスが庭で内省の時を過ごす二幕一場は、劇の構成としても一つの嵐ともう一つの嵐とのあいだに出現する一瞬の静寂、台風の「目」のような境界的場面である。前場で荒れ狂っていた嵐が止み、彼の庭園では囁き声が交わされ、人々が数行にわたって太陽の昇る位置を論じている（一〇〇—一一〇行）。天体の運行という自然の営みさえも、表象として言説として、解釈と論議の対象となるのだ。

〈引用Ⅳ—F〉

ブルータス　私の両目が弱いせいで
この恐ろしい幻影が見えるのだろう。
私のほうにやってくる。おまえは何ものか?
神か、天使か、それとも悪魔か、
私の血を凍えさせ、髪の毛を逆立てるのは?
お前が何ものか言ってみろ。
亡霊　おまえの邪《よこしま》な霊だ、ブルータス。

BRUTUS I think it is the weakness of mine eyes
That shapes this monstrous apparition.
It comes upon me. Art thou any thing?
Art thou some god, some angel, or some devil,
That mak'st my blood cold, and my hair to stare?
Speak to me what thou art.
GHOST Thy evil spirit, Brutus.

（四幕三場273—278行）

しかしこの場が終わると、またすぐに雷の音が聞こえだす。静かな内省(reflection)のとき、二つの物の合間に見知らぬ影像(reflection)がブルータスを突如訪れる。一方の手の「行為」と、他方の手の「動き」とのあいだの「中間の亀裂」に出現する「亡霊」とは、ブルータスの「透明な心の窓」に映った、絶対の知という理想の鏡だけに見える自分自身の「邪像」なのである。

さらに劇の進行を先取りすれば、この「歪んだ映像」としての自身の影像は、終幕近く、ローマの支配者をきめる戦闘前夜という中間的な時空間において、サルディスの野営地に張られた天幕のなかで、ブルータスを悪夢のように訪れるシーザーの亡霊でもあるだろう。〈引用Ⅳ—F〉

「お前は何ものか?」と亡霊に問うブルータスの体は、まるでメデューサに対面したかのように硬直し、髪の毛が逆立つのだ。ギリシャ神話によれば、ペルセウスがメデューサを退治したとき、彼はその凝視を避けるために、アテナの盾を鏡にして、メデューサの顔の影像を見ながら後ろ向きで接近したという。まるで亡霊は、ブルータスの目の前にメデューサの鏡、つまりペルセウスの盾を掲げるかのように、「おれはおまえの邪な霊だ」と答える。「邪霊」とは、ブルータス自身の死を予言する実体であると同時に、彼の内面の欲望を映し出す記号でもある。

盾に映った自らの歪んだ影像を見てメデューサが石化した瞬間に、ペルセウスはその首をはねた。メデューサの視《まなざし》の迷宮は、盾という表皮に呪縛され消滅したのである。その後、メデューサの首は、アテナの盾の中心で「汚点《しみ》」として魔除けの魔力、力を相殺する力を発揮し続ける。盾は実体の反射を利用しながら、像を呪縛する。ペルセウスによって切り落とされたメデューサの首が、アテナの盾のなかに幽閉されて霊力を発揮するように、権力は視線を呪縛することによって生まれ、維持されるのである。

同様に『ジュリアス・シーザー』においても、権力は視線が交差する地点で発生する。二つの視線の交換が、演劇という表象の場を形成するならば、権力の演劇性とは見る者の視線を呪縛することに等しい。見る瞬間が魅入られる瞬間に、明察が死角に、認識が誤認と重なる接点に権力が成立する。ローマにおける表象権力は、メデューサの像を写す鏡にして、その視線をさえぎるペルセウスの盾という、二つの異なる機能を同時に果たす一つの遮蔽幕《スクリーン》に映し出されることで生まれるのである。

†傷口と目

ローマで、権力は表象を左右する者に移動する。そのことを如実に示すのが、三幕二場でのブルータスとアントニーとの演説による民衆支持を獲得するための闘いである。

視線をさえぎる表皮の効用、それを知り尽くしたアントニーは、ブルータスの掲げようとするロマニタスの理想を写した鏡に対して、民衆の多数性と意味の不確定性を支えとしてオルタナティヴな権力作用を実践する。三幕一場の広場での演説の場面で、ブルータスの理想のまなざしは、アントニーが目指す現実の複数の目によって転覆されるのだ。アントニーが民衆に指し示す、シーザーのマントにあいた傷口。それが無数の目となり、理想のなかにしかない中間的なまなざしを突き刺し、解体してしまう。その結果として、傷口という物言わぬ口の一つ一つから、人々を殺害する紛れもない暴力が放たれるのである。〈引用Ⅳ―G〉

アントニーが代弁するシーザーの身体は、つねに複数性に彩《いろど》られている。アントニーのレトリッ

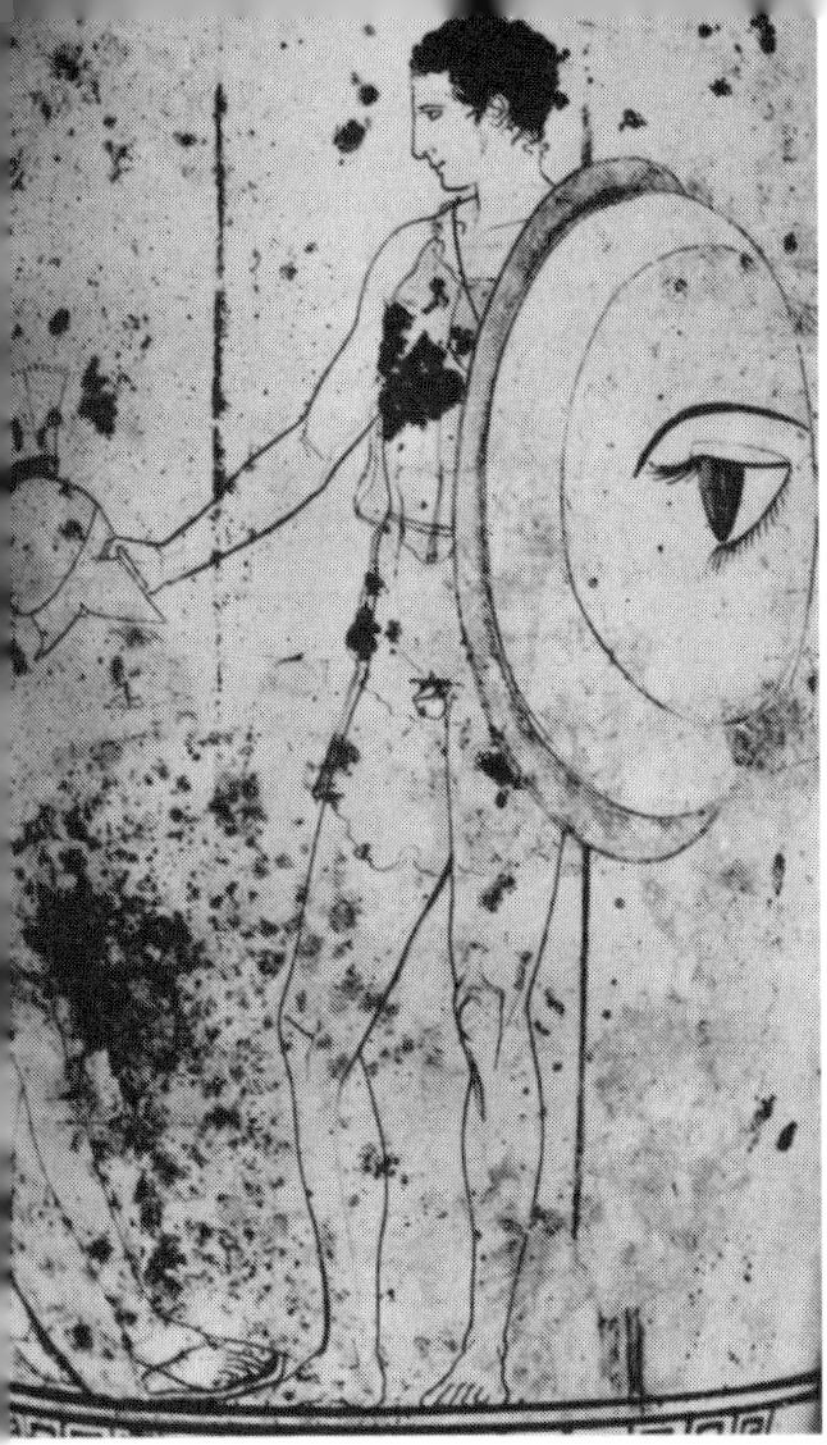

図4―4「メデューサの呪いを封じ込め力となす」：盾についた目
古代ギリシャのレキュトゥス（首の細い瓶に描かれた模様、ブリティッシュ・ミュージアム所蔵）

〈引用Ⅳ—G〉

あなたの傷を見て私は今、予言する
（それは唖の口のように赤い唇を開き
私の舌に言葉を声にせよとせがむのだ）
呪いが男どもの五体に取り憑くだろう、と。

Over thy wounds now do I prophesy
(Which like dumb mouths do ope their ruby lips
To beg the voice and utterance of my tongue)
A curse shall light upon the limbs of men.

（三幕一場259—262行）

〈引用Ⅳ—H〉

この場にローマ人たらんとしないほど、野蛮な者がいるか?……国を愛さぬほど、卑しい者がいるか?

Who is here so rude that would not be a Roman? … Who is here so vile that will not love his country?

（三幕二場30—33行）

クを支える無秩序な多数性が、ブルータスの理想の第三項を内に隠した二項論理を破壊するのだ。ブルータスの演説を支える論理は「ローマには名誉を尊ぶローマ人と、そうでない非ローマ人しかいない」という単純な二項対立に基づいている。〈引用Ⅳ—H〉

しかし、この単純な問いかけは、理想の鏡に映された自分自身を隠蔽してはいないだろうか。「ローマの間《ま》」（Rome/room）に入室できるのは名誉を尊ぶローマ人だけだ、というブルータスの排除と包摂の原理を突きつめれば、ローマに入れるローマ人の資格／視覚を満たすのは、ブルータスだけということにならないか。

しかし結果として、現実に「ローマの間」を占有するのはアントニーのほうである。アントニーの演説に一貫しているのは、視覚の重視だ。彼の最初の一声、「私は諸君の目の前に立つことができ感謝している（I am beholding to you）」は聴衆の一人によってこう繰り返される、「俺たちみんなの目の前に立つことができて感謝しているとよ（He finds himself beholding to us all）」（三幕二場六六—六八行）。'beholding'は、'beholden'の崩れた形で「おかげである、負債がある」の意味であり、視覚において相互に応答責任を感じているということだ。民衆という他者の目を意識して、「対象を見つめている自分自身を自分の目で見つける」こと、それがアントニーの視点である。他者の目を意識しながら、いかにしてその視線を操作するか。自分の身体と心の奥底まで覗き込もうとする観衆の視線を、肉体の表面でいかに遮断するか。そのことにアントニーの戦略はかかっているのだ。

〈引用Ⅳ—Ⅰ〉

ここに羊皮紙がある、シーザーの封印のある。彼の密室で私が見つけたものだ。これこそシーザーの遺書だ。	But here's a parchment, with the seal of Caesar; I found it in his closet ? 'tis his will.

（三幕二場129—130行）

†表皮と汚点

アントニーは己の実体を民衆の視線にさらす必要を認めない。ブルータスと違って、彼にはまなざしを受け入れる心の窓はないのだ。アントニーが鏡の代わりに使うもの、それが「皮」である。〈引用Ⅳ—Ⅰ〉「羊皮紙」「密室」「封印」——シーザーの本物の「意志・遺書」に到達するためには、幾重もの遮蔽物を通過しなければならない。そしてこの隠蔽と遅延を伴う一種の通過儀礼にこそ、アントニーが民衆の扇動に成功する秘密があるのだ。

アントニーはシーザーの目に見えない遺志という切り札に到達するための手段として、目に見える遺体を用いる。彼はシーザーの遺体に民衆の視覚を引きつけるために、まず遺体をおおうマント、暗殺者の短剣によって切り裂かれ、シーザーの血に染まったトーガに注意を促すのだ。屍を覆う、民衆が見慣れたシーザーの「このマント（this mantle）」（三幕二場一六八行）に開いた「傷口（cut）」（一八一行）を彼は一つ一つ数え上げていく。それらは無数の目となって見る者の視線を射返し、人々の目を涙という膜《ベール》で覆ってしまうだろう——「優しい心をもつ諸君は、われらがシーザーの衣が傷ついているのを見るだけで、もう泣いているのか？（Kind souls, what weep you when you but behold / Our Caesar's vesture wounded?)」（一九三—一九四行）。涙というベールによって人々が「盲目」になったこの瞬間、劇的に衣服は取りさられ、シーザーの生身の肉体が出現する。あとは「愛するシーザーの傷の一つ一つが、あまりに哀れな沈黙の口」（sweet Caesar's wounds, poor poor dumb mouths)」（二二八行）になって、アントニーの口の代わりに語りだし、「舌がシーザーの傷口から、人々の亡霊を立ち上がらせ、ローマの石にさえ息を吹き込んで、反乱へと駆り立てる（put a tongue / In every wound of Caesar that should move / The stones of Rome to rise and mutiny)」（二二一—二二三行）。かくしてアントニーの言葉によって甦ったシーザ

図4－5「流された血が復讐を叫ぶ」：シーザーの血にまみれたアントニー
演出：エドワード・ホール、アントニー：トム・マニオン（RSC、2002年、写真：マニュエル・ハーラン）

ーの死体が、「立像」として、「亡霊」として復活するのである。

アントニーは、他者の視線をマントや皮膚や羊皮紙のような遮幕によって封じ、同時にそこに付いた目で挑発することによって、権力の場であるとともに権威を象徴する衣である“mantle”（外套、外皮にして核心、中枢）を獲得する。エリザベスが臣民の視線を衣装の汚点《しみ》に釘づけにしたように、アントニーもマントの血の染みや傷痕に観衆の視線を集約させて権力を得るのだ。エリザベスが衣に着いた汚点を拭い去ることで、汚れない権力を維持したとすれば、アントニーはシーザーの血という「しみ」のついたマントを着込むことで権力を獲得し、さらにそれを維持するために反乱者の名前という「汚点《しるし》」を摘み取るのである――「さて、これだけは死んでもらわねば。そいつらの名前に印をつけておいた(These many, then, shall die; their names are pricked)」（四幕一場一行）。

他者の視線の前にいったん顕在化させた印を消しさることで、表皮の綻びを繕い、汚点《しみ》のない権力として再生させること。汚点として何かを拭い取り、遮蔽によって生まれる力の磁場。権力は、同時進行するまなざしの消去と特権化によって確立されるのである。

†自由と演劇

身体や記号を解釈する視覚の操作によって生まれる権力のメカニズム。自由と解放を目指したはずの政治クーデターが、さらなる独裁と暴力の蔓延に結び付くのはなぜなのか――この問いは、『ジュリアス・シーザー』という演劇が、ほかでもない「自由（liberty）」という名がついた場所に立てられた劇場グローブ座で初演されたことの意味を考えることにつながる。

　シーザーを倒した暗殺者たちは口々に、"Liberty, freedom, and enfranchisement!"（三幕一場八一行）と叫ぶ。私たち現代の観客にとって、この「自由」という意味の単語を重ねた台詞から、専制からの解放を寿《ことほ》ぐ以上の意義を感じ取ることは難しいかもしれない。しかし序章で述べたように、『ジュリアス・シーザー』が初演されたグローブ座をはじめとするエリザベス朝の大衆劇場はロンドン市郊外の周縁の地に建てられ、その特殊な地域事情から演劇的エネルギーを吸収し、同時に制約されていた。そのことに留意すれば、シーザーの暗殺者たちが意図したものが、単なる専制からの解放ではなく、演劇の隠喩を借りた政治の仕掛けからの絶対的逃走という、きわめて過激な発想であったことに思いいたらないだろうか。"Liberty, freedom and enfranchisement"と重ね合わされた台詞は、グローブ座の観客にとっては自明の、五つの「自由」の錯綜のうちに反響するのだ——国王とウェストミンスター宮廷の、ロンドン市政府の、ウィンチェスター司教の、サザック区民の、そしてシェイクスピアが属していた宮内大臣一座の。

　ブルータスが夢見た「自由」とは、「ローマ人であること（be a Roman）」（三幕二場三一行）と「共同体の一員であること（a place of commonwealth）」（四三行）とが矛盾なく直結するような理想社会で享受されるべきものである。ちょうど彼の祖先が「王と呼ばれた」タークウィン一族を追放したように、そうした共同体は君主を必要としない

図4－6　「平和、自由、解放!」：ブルータスの演説
演出：デヴィッド・ファー、ブルータス：ズビン・ヴァルラ（RSC、2004年、写真：マニュエル・ハーラン）

（二幕一場五三—五四行）。しかし彼自身が政治指導者として「仕える者たちの怒りをかきたてておいて後でいさめるふりをする賢い主人（as subtle masters do, / Stir up their servants to an act of rage / And after seem to chide 'em）」（二幕一場一七四—一七六行）の役割を自認していたように、現実社会で「自由」とは権力関係の網目のなかでの相対的な自由でしかありえない。前一世紀のローマにおいてであろうと、十六世紀末のロンドンにおいてであろうと、そして二十一世

〈引用Ⅳ―J〉

ブルータス　ひざまずけ、ローマ人たちよ、	BRUTUS Stoop, Romans, stoop,
そして両手をシーザーの血に浸そう	And let us bathe our hands in Caesar's blood
肘のところまで、我らの剣も血で濡らし、	Up to the elbows, and besmear our swords.
広場まで行進だ。	Then walk we forth, even to the market-place,
赤い血に染まった剣を頭上に振りかざし、	And waving our red weapons o'er our heads,
皆で叫ぼう、「平和、自由、解放!」と。	Let's all cry 'Peace, freedom, and liberty!'
キャシアス　血に浸ろう。時代は移ろうとも、	CASSIUS Stoop, then, and wash. How many ages hence
この崇高な情景は何度も演じられるだろう、	Shall this our lofty scene be acted over
いまだ生まれぬ国、見知らぬ言語で!	In states unborn and accents yet unknown!
ブルータス　芝居のなかでいったい何回シーザーは倒れることだろう。	BRUTUS How many times shall Ceasar bleed in sport,
ポンペイ像の足元にいま倒れているように。	That now on Pompey's basis lies along,
塵ほどの価値もない物のように!	No worthier than the dust!
キャシアス　しばしば繰り返されることだろう、	CASSIUS So oft as that shall be,
我ら、絆を結んだ者たちは、	So often shall the knot of us be called
自国に解放をもたらした者と呼ばれて。	The men that gave their country liberty.

（三幕一場105―118行）

紀であろうと、共同体での絶対的観念としての"freedom"は、社会関係における相対的な"liberty"としてしかありえず、束縛からの最終的な解放"enfranchisement"は、一瞬の演劇的身振り、幻想でしかないのだ。「解放」宣言に続く、演劇の比喩がなにより雄弁にその逆説を物語る。〈引用Ⅳ―J〉

ある特殊な出来事にすぎない暗殺を演劇として恒久化し、普遍的なスペクタクルにすること。観客は、この劇中劇的予言を、演劇と政治、理想と現実との相克と緊張のうちに心を動かされながらも、同時に醒めた思いで聞くのではないだろうか。"Liberty"という単語の相対性を日常のなかで体験しているシェイクスピア時代の観客にとって、演劇的な陶酔は、権力者たちの営みに対する批判意識によって中和されていた。こうした複眼的思考を可能にするのが、シェイクスピア演劇の境界性なのである。

†名前と死体

『ジュリアス・シーザー』には、表象権力が無軌道な暴力として発動する場面がある。ブルータスたちがローマを追われた後、詩人のシナが暴徒に殺され

〈引用Ⅳ—K〉

シナ　おれは暗殺者のシナじゃないぞ。
平民四　かまうもんか、名前がシナなら、名前をどやして、ぶちのめせ。

CINNA I am not Cinna the conspirator.
FOURTH PLEBEIAN It is no matter, his name's Cinna! Pluck but his name out of his heart, and turn him going.

（三幕三場32—34行）

る。その死をもたらす唯一で最大の罪は、彼の名前が暗殺者の一人と同じだったことだ。〈引用Ⅳ—K〉

暴徒となった民衆は、支配者による記号の恣意的解釈を文字どおり濫用して、「名前」そのものを撲滅する。記号の消滅が文字通り肉体の死を生み出すのだ。

劇冒頭の場面でそれぞれの職業の「標識《しるし》」を身につけるよう要請されていながら、独裁者を祝う休日のためにそれを無視していた同じ民衆が、今度はもう一人の独裁者の扇動によって「名前」という、より個人の身体に密着した記号を理由として殺人を犯す。服装や表徴《しるし》ならば剝ぎとって祝日を装うこともできようが、名前を消しさることは難しい。祝祭が暴動に転化するとともに、個人的な符牒である名前が独り歩きして暴力を生む。表象は、身体を守る皮膚として機能することもあれば、意味の不確定性と指示対象を選択する際の恣意性ゆえに、現実の死体を作り出しうるのである。

†悲劇と歴史

民衆暴動を利用した反革命を率い、結果として専制国家を設立するアントニーは、政権を奪取するのに「自由」の宣言も演劇的身振りも必要としない。彼には力を生む言葉のレトリックと、身体、すなわち権力の記号としてのシーザーの骸《むくろ》さえあれば充分なのだ。権力闘争の帰趨を決したのは、アントニーがシーザーの死体と遺言を所有していたことにある。ブルータスの失敗は、アントニーに民衆に語る許可を与えただけではなく、シーザーの肉体と文字という表象権力を引き渡してしまったことだ。

アントニーはブルータスに捧げる弔辞のなかで、彼からローマの衣を剝ぎ取り、「自然」の子として裸の「人間」に戻そうとする。肉体は汚点《しみ》を消しさられ、彼の名前は、「ブルータス」から「ローマ人」へと普遍化されるのだ。〈引用Ⅳ—L〉

〈引用Ⅳ—L〉

これこそあらゆる者のなかで最も高貴なローマ人
だった…
彼だけが汚れなき思想と
すべての人の幸福を願って陰謀に加わったのだ。
その人生は優美で、さまざまな性質が
彼のなかでは混ざり合っていたがゆえに
自然が立ちあがり、全世界に向けて叫ぶだろう、
「これこそが一人の男だったのだ!」と。

This was the noblest Roman of them all.
All the conspirators save only he
Did that they did in envy of great Caesar.
He only, in a general honest thought
And common good to all, made one of them.
His life was gentle, and the elements
So mixed in him that Nature might stand up
And say to all the world 'This was a man!'

（五幕五場68—75行）

「ローマ人（a Roman）」から「人間（a man）」への一般化は悲劇の枠組みを設定するとともに、価値の普遍化と差異の隠蔽によって、言葉が権力である現実政治《レアル・ポリティーク》の力学を覆い隠す。しかし同時にこれは、悲劇が気高い主人公の死によって、万人のものとして成立する瞬間でもある。シェイクスピア悲劇はつねに、このような矛盾と生死の境界で、かろうじて成立しているのである。

アントニーに比すれば、そのような悲劇の情動とは無縁の冷徹な政治家であるオクテーヴィアスは、ブルータスの遺体から肉まで剥ぎとり「骨」として、テントという表皮の奥深くしまい込む——「彼の徳にあやかって我々としても彼を使うとしよう（According to his virtue let us use him）」（七六行）。遺骨ならば、まなざしへと誘う鏡や窓にはなりえないし、羊皮紙で覆えば、英雄の遺物という権力の目として使えるかもしれないからだ。

『ジュリアス・シーザー』という悲劇の主人公は、「ブルータス」という名の、皮膚の上のしみ、シーザーの衣にあいた「最も不親切で見慣れぬ亀裂（the most unkindest cut of all）」（三幕二場一八一行）である。ブルータスとは、ロマニタスの汚点であり、拭われてはじめて高貴さを発揮する負の身体なのだ。

ブルータスは最後に「自分の舌が自らの生の歴史をほぼ語り終わった（Brutus' tongue/Hath almost ended his life's history）」（五幕五場三七—三八行）と言って、歴史を物語る権利を放棄してしまう。権力闘争に敗れるとは身体を抹殺されると同時に、その解釈を他者にゆだねることである。政治にとって唯一決め手となるのは、個々人がどう生きたかではなく、誰がその物語を語るかであり、権力はその語り手のものとなる。悲劇は主人公がもはや死して自らの物語を語りえない時点で成立する。『ジュリアス・シーザー』が表象と実体の亀裂において具現するの

も、死して自らの歴史を物語る「自由」の不可能性と、それを"Liberty"の地で悲劇として繰り返し再現し続ける演劇の可能性なのである。

参考文献・映像

ポピュリスト独裁者について

斎藤貴男『空疎な小皇帝――「石原慎太郎」という問題』(ちくま文庫)、筑摩書房、二〇〇六年

国家権力の成り立ちについて

杉田敦『権力』(思考のフロンティア)、岩波書店、二〇〇〇年

萱野稔人『国家とはなにか』以文社、二〇〇五年

表象の支配する社会における労働と職業をどう理論化するか

渋谷望『魂の労働――ネオリベラリズムの権力論』青土社、二〇〇三年

入江公康『眠られぬ労働者たち――新しきサンディカの思考』青土社、二〇〇八年

大屋雄裕『自由とは何か――監視社会と「個人」の消滅』(ちくま新書)、筑摩書房、二〇〇七年

権力の様相について考えるための映画

ジョージ・A・ロメロ監督、サイモン・ベーカー主演『ランド・オブ・ザ・デッド』二〇〇五年

ガス・ヴァン・サント監督、ショーン・ペン主演『ミルク』二〇〇八年

第5章 兄弟の絆

——『ヘンリー五世』(一五九九年)と統合される身体

我々労働者は工場にいるときは搾られ、資本家の用事がなくなれば勝手に街頭に放り出され、戦争になれば一番先に引ッ張り出される。どの場合でも資本家のためばかりに犠牲にされている。

(小林多喜二『党生活者』)

キーワード5 **ネギとナショナリズム〈Nationalism〉**

『ヘンリー五世』では、民族的出身や階級の異なる兵士がイギリス軍としてフランス軍相手に戦い、民族も階級も言語も性向も同質に描かれるフランス軍と、その点できわだった対照をなしている。イギリス軍は異なる言語や意見、民族・階級間の争いを含み込んでいる。そのような雑居的集合の実力が、アジンコートでの奇跡的な勝利によって肯定されることで、「イギリス国民」というアイデンティティが強調され、ナショナリズムが醸成されるのだ。

どんなナショナリズムも、異質性と均一性とのこうしたせめぎ合いをはらんでいる。職場での仲間や同僚、あるいは旅先で出会う見知らぬ人が自分の同国人であると想定するには、肌や髪の色や服装といった外見の相似だけでは不十分だろう。そこには言語、そしてそのアクセントの同一性や、慣習、知識、振る舞いといった文化全般にわたる近似が不可欠なのだ。似ている

V

という危うい根拠をもとに、私たちは習慣的にナショナルな同一性を想像し、同国人として接するのである。

ベネディクト・アンダーソンが『想像の共同体』というナショナリズム論で言うように、他人を自分と同等のナショナルな共同体の一員であると考えるためには、教育と戦争が不可欠だ。

人は誰でも家庭や地域で話されている言葉を自らの「母語」として育つが、それは学校教育をとおして強制される「標準語」によって矯正され、「母国語」を身につけていく。言語教育だけでなく、身体や文化全般にわたる「国民としての素養」が学校やマスメディアをとおして教え込まれることで、自分と他人が同じ国民国家に属するのだという認識が埋め込まれていくのである。

戦争ほどナショナリズムを涵養《かんよう》する出来事はない。どこの国にも戦死者を顕彰した宗教的施設や記念館、博物館がある。多くは戦勝や独立を祝ったりするものだが、ナショナリズムの観点から重要なことは、戦争に勝ったか負けたかではない。たとえば日本の靖国神社のように、ナショナルな感性は「お国のために亡くなった」という犠牲感覚の共有によって強化されるからだ。多くの国にある「無名戦士の墓」——そこに詣でる人は、名前も知らない兵士が自分たちの国を守るために戦ったことを想像して、自らもその国の一員であることを確認するのである。

ナショナリズムや国民国家の成立を考えるとき、もう一つの重要な鍵はグローバリゼーションだ。グローバリゼーションとは、地球上をめぐる物と情報と金銭と人の急速な流動に伴う地理的・政治的・経済的・社会的変化をさす用語である。グローバリゼーションが世界の動きを表現するキーワードになってきたのは、ベルリンの壁やソヴィエト連邦の崩壊に象徴される東西対立が終焉した一九八〇年代から九〇年代にかけてだ。しかしグローバリゼーションは、少なくとも五世紀にわたる西ヨーロッパ世界を中核とする世界の資本主義過程の常態であった。グローバリゼーションの進展は、ナショナリズムが国家編成の主要なイデオロギーとなった時期と重なるのだ。

十五世紀末以降いち早く海外進出の糸口をつかんだ西ヨーロッパ諸国は、まずスペインとポルトガルが、次にオランダ、フランス、イギリスが植民地争奪戦争を繰りひろげ、グローバルに資本と軍事力とを展開させていった。そのような植民地主義勢力が最初に侵略し、その後も政治的・経済的搾取の拠点であり続けたのが、西インド諸島である。ヨーロッパ人としてそこに最初に到着したコロンブスの幻想をはるかに超えて、帝国主義国家スペインは侵略する先々で出会う先住民をことごとく「インディオ」と名づけていった。ヨーロッパ中心主義的なナショナリズムに基づくインドのグローバル化。他民族の征服と文化の抹殺、経済的搾取というナショナルなグローバリゼーションの本質は、五世紀前も今も変わらない。ナショナリズムを一国内の幻想に閉じ込めずに、グローバルな歴史から考察することが重要だろう。

エリザベス朝演劇は、イングランドという国家がようやく成立し始める、その揺籃期に、雑多な人々が集合離散するロンドンという都市の劇場で花咲いた。観衆の関心は自国の過去や未来であるとともに、それを取り囲む世界情勢だった。異なる階級や民族を登場させるシェイクスピアのドラマは、植民地主義と資本主義とナショナリズムとの連携を、他者の排除と包摂によって強化／教化される自己形成の力学として描いたのである。

『ヘンリー五世』には、ウェールズ出身のフルエルン隊長という印象深い人物が登場する。彼は強引にヘンリー王のことを、ウェールズと近しいと考える。そのフルエルンが、ウェールズの象徴であるネギを使って、イングランド出身のピストルを罰する行為は、勤勉な内なる他者による体制内の逸脱分子の統制、と言えるのではないだろうか。ナショナリズムはフルエルンのように、「完全に自国民ではないが、必死にそれに近づこうとしている従順な他者」によって実践されるとき、その効果を如実に発揮するのである。

クエスチョン

①ヘンリー五世という軍事的英雄の記憶の演劇化として、各幕の最初に置かれたプロローグと劇最後のエピローグはどのような劇的仕掛けを形作っているか？

②近過去を舞台で表象する試みである歴史劇の意義、すなわち劇的な想像力と歴史的記憶との関係をどう考えればよいだろうか？

③この劇における民族、階級、ジェンダー、年齢、言語にわたる差異と差別と統合、とくに女性の身体の領有と異人種の協働に基づく「想像の共同体」の構築をどう評価するか？
④イギリス内部の権力闘争と階級騒乱を、フランスとの対外戦争という手段によって、民衆のナショナリズムを活用しながら回収するヘンリー王の統治権力をどのように分析するか？
⑤国民国家という「想像の共同体」がナショナリズムの喚起によって構築される際に、この劇では、言語と教育という側面がどのように前景化されているだろうか？

ストーリー

父王ヘンリー四世からイングランドの王座を引き継いだヘンリー五世は、自らの権威拡張をたくらむ教会聖職者たちの勧めに従って、先祖の家系を根拠としてフランスの王座を要求し、拒絶するフランス王とのあいだに戦端が開かれる。

イギリスからのフランス侵略軍には、スコットランドのジェイミー、ウェールズのフルエルン、アイルランドのマクモリス、イングランドのガワーなど四地域からの兵士が入っており、その言語や文化も多様だ。またそこには貴族階級もいれば、庶民の兵士もいる。そのなかには、王子時代のハルと多くの時間をともに過ごしながら、ヘンリー五世が王になった途端に彼から見捨てられたフォルスタッフの残党である、バードルフ、ピストル、ニム、フォルスタッフの小姓も含まれている。彼らは病で亡くなったフォルスタッフを惜しみながら、ロンドンで留守を預かるクイックリーと別れを告げる。

イギリス軍はサザンプトンの港からドーヴァー海峡を渡ろうとする。サザンプトンでヘンリー王は、フランス軍に買収された三人の裏切り者、ケンブリッジ伯リチャード、ロード・スクループ、トマス・グレイによる自身の暗殺計画を未然に防ぎ、三人を死刑に処す。

フランス側はシャルル六世王の下、王子ドーファンや軍察長官を中心にイギリス軍に対する迎撃体制を整える。

ヘンリー以下のイギリス軍は、ハーフルー市を取り囲み、果敢に攻めるが、城壁の守りが堅く攻略することができない。そこで抵抗すれば皆殺しにすると市長を脅し、ついにイギリス軍はハーフルー市を手に入れる。しかし疲弊したイギリス軍は、いったんカレーに退却しようとする。行軍の途中でヘンリーは、盗みを働いて軍規をやぶったバードルフを、ほかの兵士への見せしめとして死刑に処する。

イギリス軍と、それを追撃するフランス軍とのあいだで、アジンコートの野で決戦がおこなわれる。戦前の予想はイギリス軍に圧倒的に不利。フランス軍の数は五倍、しかも長い行軍で疲れ果てているイギリス軍と違って元気旺盛だった。しかし戦いはふたを開けてみると、フランス軍の主力である騎馬隊をイギリス軍の長弓が強襲、フランス軍は壊滅する。フランス軍の死者は総数一万、それに対してイギリス軍の死者は二十五人という、後者の奇跡的な勝利に終わる。

アジンコートの戦いが戦争の帰趨を決し、イギリス側の提示する和睦条件を全面的に受け入れたフランスは、王女キャサリンをヘンリー王に嫁がせることにも同意する。かくしてヘンリー五世は、挙国一致と海外侵略を通じた英仏両国の統合という、当初の目的を達成し、歴史に名を残す軍事的英雄となった。しかし、若くして病没したヘンリーを継いだ幼少のヘンリー六世のもとで、ふたたびフランスとの対外戦争が勃発し、海外領土を失ったイギリスでは、王位継承をめぐって血みどろの内戦が続いていくことになる。

†想像力の闘争

『ヘンリー五世』は歴史劇であり、戦争によって人々の意識や感性が国家に取り込まれていく様子を描く劇である。とすれば、この劇を論じるとき、ナショナリズムを問題にしないわけにはいかない。この劇でナショナリズムがどのように人々の身体で喚起されているかを考えるとき、言葉をあやつる人間と、その言葉を聞く他者との関係が浮かび上がってくる。言い換えれば、『ヘンリー五世』における国民的な（無）意識の生成は、自己と他者との関係構築に際して言葉に頼らざるをえない人間の想像力が焦点となるのだ。

想像力によって人間は共同体を作り、言葉を語り、歴史を束ね、芸術を創る。そして戦争と演劇は、そうした想像

〈引用V—A〉

この平土間が
フランスの広大な野原を収めることができるでしょうか?　それとも
この木製の円形劇場のなかに、アジンコートの大気を震えさせた
多数の冑を詰め込めるとでも?
どうかお許しを!　一人のちっぽけな役者が
小さな場所で百万の兵を表そうというのですから。
どうか、この偉大な出来事の暗号として、
私たちにみなさんの想像力を働かせてください。

Can this cock-pit hold
The vasty fields of France? Or may we cram
Within this wooden O the very casques
That did affright the air at Agincourt?
O pardon: since a crooked figure may
Attest in little space a million,
And let us, ciphers to this great account,
On your imaginary forces work.
（プロローグ12—18行）Edited by T. W. Craik

力が極限的な力を発揮する場である。一方は合法的な殺人という破壊行動として、他方はときに支配秩序を攪乱する集団的創造行為として。この二つの想像力の闘争を描くテクストとして、『ヘンリー五世』はある。

第一幕のプロローグは、この問題系に真っ先に切り込む。そこで表明されるのは、演劇が現実を表象するときの力不足に対する謝罪と、しかし、演劇だけにできる想像力の喚起である。〈引用V—A〉

この一節は単に、人間の想像力に頼らざるをえない演劇の限界を提起しているだけではない。『ヘンリー五世』という劇が、シェイクスピアの創作当時どのような時代背景の下に上演され、その後もどのような状況で受容されてきたかを考えれば、ここで言われている想像力が、観客席にいる個人の頭の中で起きることをはるかに超えた広がりをもっていることがわかるだろう。

†『ヘンリー五世』とその時代性

『ヘンリー五世』が書かれ、上演されたのは、テムズ川南岸のサザックにグローブ座が開場された一五九九年である。十六世紀末は、シェイクスピアをはじめとするイギリス・ルネサンスの民衆演劇がまさに王侯から乞食まで広範な観衆を獲得しつつあった時代であると同時に、イギリスという国とそこに住む人間たちが、イギリスという国家、イギリス人という国民、イギリス語という言語の三位一体をようやく自らのものとしはじめたときでもある。

新聞もラジオもテレビもインターネットもない当時、大衆を動員し時代の関心事を伝えるマスメディアとして、演劇は重要だった。近くの街路で、あるいは遠くの世界で起きている事柄を知ろうとして、毎日のようにさまざまな劇場に数万

人規模で押しかける老若男女の好奇心も相当なものがあっただろう。その勢いは、政権基盤が揺らぐことを恐れる支配勢力をして、演劇の統制に向かわせることともなった。そのとき、自己と他者との境界を根底から問い直す契機となりうる対外戦争という題材が、観衆や権力者の興味を引くのもまた必然的なことだったはずだ。

『ヘンリー五世』という演劇は二十世紀でも、戦争の勃発によって象徴される時代の節目に繰り返し上演され、人々の議論を呼んできた。イギリスを例にとれば、一九四五年の連合軍によるノルマンディー上陸の直前に完成したローレンス・オリヴィエによる映画版。最後の植民地戦争とも言うべき、八九年のフォークランド戦争のただなかに封切られたケネス・ブラナーによる映画版。そして米英スペインという、過去と現在の帝国主義国家を中核とする多国籍軍によるイラク戦争開始時に上演された、二〇〇三年のニコラス・ハイトナー演出ナショナルシアター上演。いずれも時々の状況に密接しながら、戦争がいかに起き、結果として何がもたらされるのかについての考察を促してきたのである。

†イギリス史劇における「他者」

劇作家としての最初期（『ヘンリー六世』三部作〔一五九一―九二年〕、『リチャード三世』〔一五九二―九三年〕のいわゆるイギリス史劇第一・四部作）から、中期に『ジョン王』（王権を制限し封建貴族の特権を確認した一二一五年のマグナカルタの調印にいたる王と貴族の構想を題材とした歴史劇で、創作は一五九六年）をはさみながら『リチャード二世』（一五九五年）、『ヘンリー四世』二部作（一五九六―九八年）、『ヘンリー五世』（一五九八―九九年）のいわゆるイギリス史劇第二・四部作を経て、最後の時期（『ヘンリー八世』〔一六一三年〕）にいたるまでシェイクスピアが生涯にわたって書き続けたイギリス史劇。それらは中心となる題材のひとつとして、シェイクスピア当時の人々にとって近過去であり、また現在の支配政権であるチューダー王朝の成立のきっかけとなったバラ戦争（一四五五―八五年）でのランカスター家とヨーク家の王位争奪を取り上げる。一方でそれは現政権の正当性の確認でもあり、他方でその批判ともなりうるのだが、それらはつまるところ、イギリス国民から見た身近な「他者」の征服にまつわる物語と言える。

歴史という自己の物語は、自国民以外の他者を見出すことによって初めて得られる。シェイクスピアはイギリス史

〈引用V—B〉

私はいまさら乳母にすがって片言を習うわけにもいかないし、
学校に通うには年を取りすぎています。
とするなら、閣下のご命令は言葉にならない死刑宣告にも等しい、
私の舌からそこに根付いた息づかいを奪おうというのですから。

I am too old to fawn upon a nurse,
Too far in years to be a pupil now:
What is thy sentence then but speechless death,
Which robs my tongue from breathing native breath?

（一幕三場170—173行）Edited by Peter Ure

劇の題材として十三世紀初頭のジョン王をはじめとして、十四世紀のリチャード二世から十六世紀のヘンリー八世までを選んだが、それぞれの劇は他者の生産と支配という権力の永遠の要請を検討しながら、近代国民国家におけるナショナリズムの育成という普遍的な主題を特殊な歴史的文脈のもとに取り扱っている。ここにも、時代的に特殊であるがゆえに時代を超えて普遍という、シェイクスピア劇の特徴が示されているのだ。

イギリス史劇での他者の現れ方は多様だが、イギリス国民にとって一つの主要な関心の一つは、自己のアイデンティティの指標としての他者の言語に向けられている。『リチャード二世』で王によって追放の命を受けたモーブレイが、次のように言う。〈引用V—B〉

乳母や教師から言葉を習うのは子どものすることであって、立派な大人のすることではない——植民地主義は、征服すべき先住民を文明の言葉を話せない劣等な子どもと見なしてきたが、モーブレイのナショナリズムも、他者を自分より劣った種族として見下す自己中心主義に支えられて、他者の言語の習得という移住者にとって必要な営みを拒絶する。その意味でモーブレイは、ヨーロッパの植民者のメンタリティを代表しているのだ。

異文化の衝突は、他者の言語と自らのそれとの差異の認識をもたらす。しかしあくまで征服者であろうとしたヨーロッパ人は、現地の言語を学ぼうとするよりも、先住民が「進んだ」ヨーロッパの文化や習慣を学習することを当然だと考えた。植民地征服における境界侵犯は、つねに不均衡な力関係のもとで起きる。先住民は「子ども」なのだから「大人」の文明人から教えを受けるべきだという対立構図は、シェイクスピアの歴史劇でも繰り返し問われていくのである。

†国家の歴史と想像の共同体

『ヘンリー五世』の内容に入る前に、少しだけ歴史とナショナリズムとの関係を理論的に

考察しておこう。国家の歴史が作り出されるのは、ナショナルな意識が言説として表明されることによってだ。言い換えれば、歴史とは国家という家族に属する「我々」――それを国民と呼ぶにしろ、市民と呼ぶにしろ――の記憶の物語化である。

歴史は常に勝利者によって書かれるものだと言われるが、過去の記憶は喪失と沈黙の場であると同時に、複数の思い出がせめぎ合う場所でもある。もし歴史に征服者の血塗られた手と、奴隷化の物語しかないのであれば、叙述として整序されたそれは、国民国家や、植民地経略、国民的英雄といった一方的な話しか語らないだろう。物語に完全には還元されえない証言としての歴史、かすかではあっても確かな手触りをもった物語化以前の記憶としての歴史、それは可能か？　そしてそのような問いに対して、演劇はどのように応答するのか？　こうした問いが、シェイクスピアの歴史劇を見るときの私たちの基本的な問題意識である。

植民地主義の理論家であるホミ・バーバは、「二重の語りの運動」という概念を使って、近代国民国家の根底にある両面性を考察する。歴史や文学といった語りの形式が、ある神話的起源の創造を伴って編み出され、押し付けられることで、恣意的に国民的統一が作り出される。バーバも参照するベネディクト・アンダーソンによれば、国民国家とはまさに「想像の共同体」である。ある特定の領域をもつ国家で、顔も名前も出自も知らない人たちを均一な国民として結び付ける絆は、近代以前の王国や部族といった共同体におけるように親族や主従関係の延長として想像されるのではなく、「民族」や「国民」の歴史の発明や、「国語」による教育・出版・マスメディアの浸透であって、それに従って明確に境界づけられた想像された共同体が出現する。

しかしバーバは、こうして文化的・政治的に囲い込まれたネーションの空間や時間も決して一枚岩的なものではなく、その境界をつねに犯される運命にあると主張する。国民や民族は「二重の時間」のなかにあるからだ。つまり、統一された共感の共同体として国民国家を作り出そうとする営みは、連続性のある国民的叙述を目指す「教化訓育的《ペダゴジカル》」な権威と、出来事としての日常を掘り起こそうとする「演技遂行的《パフォーマティヴ》」な戦略とのあいだの分裂や緊張をはらむ、とバーバは言う。

民族とは、単なる歴史的事件でもなければ、愛国的な政体の一部でもない。民族は、社会的参照行為という複雑な修辞的戦略でもある。彼らが社会を代表しようとするとき、意味作用と言説内発話の過程のなかに、ある危機を呼び起こす。そのとき出現するのが対立をはらんだ概念領域であり、そこでは民族は二重の時間のなかで考えられる存在となる。つまり民族は一方で、民族主義的教育の歴史的な「客体」であって、あらかじめ与えられた、すなわち過去に構築された歴史的起源に基づく権威を言説に付与する。だが他方で民族は、意味作用の過程での「主体」でもあり、この過程は、国民―民族が以前に、または原初から存在した痕跡を消し去って、彼らの同時代性という驚くべき生きた原理を証明しようとするのである。民族とはそうした現在の記号であり、この記号を通じて国民生活が、ある再生可能な過程として救い出され反復されていく。

バーバによれば、こうした現在の印としての「日常生活のがらくたや切れ端、ぼろのたぐい」は、安定したナショナルな文化に繰り返し編成されなければならず、人々の国民・民族的主体は物語としてのネーションのなかで一定の位置を与えられていく。国民的語りという両面価値的《アンビヴァレント》な運動が生まれるのは、ネーションが生産される際の「教育における連続的で、累積的な時間性」と「行動における反復し再帰する戦略」とのあいだの「裂け目」からだ。この闘争では、毎日の生活に示される文化の力能が、ある国民的な共同体の統一を目指す物語に回収されていく。ペダゴジカルとパフォーマティヴとの「分裂の過程を通じてこそ、近代社会の概念的なアンビヴァレンスが国民を書く場となるのである」。

想像力を鍵とする演劇である『ヘンリー五世』のなかにも、この「国民的語り」を生む闘争におけるペダゴジカルな「物語としての歴史叙述一般」とパフォーマティヴな「出来事としての歴史」とのあいだの裂け目から聞こえてくる声とのせめぎ合いがあるはずだ。それこそが、近代の国民的主体形成のプロセスでの両義的な場を位置づけ、歴史における記憶と証言の問題を考えようとするとき、聞き落としてはならない軋《きし》みである。『ヘンリー五世』のプロローグが卑下し称賛する演劇の想像力的特性を、矛盾を含んだ想像の共同体としての国民国家の成り立ちと、対外戦争を可能にする条件の考察に結び付けること。現代の「テロとの戦争」に象徴されるように、「先進過剰開発国」が連合して「後進開発途上国」から自然資源や労働力を搾取する現状で、戦争が例外状態ではなく、恒常的な内戦状態である世界に生きる私たちにとって、『ヘンリー五世』に対する危機的／決定的／批評的《クリティカル》な関心もそこにあるはずだ。

†ナショナリズムの問題系

『ヘンリー五世』をナショナリズムというテーマで読解するとすれば、どのような問題系が考えられるだろうか。たとえば、ヘンリー王によるサザンプトンでの陰謀者たちの懲罰やバードルフの処刑を、近代初期の絶対王制の国家装置による監視機構の発動と捉えること。または、アジンコート前夜のヘンリー王の思惑や悩みを、国王という国家的身体《ボディ・ポリティック》に内在する両義性のゆえと見ること。あるいは、イングランド、ウェールズ、スコットランド、アイルランドという地理・言語・風習の境界や、貴族・平民・兵士のような階級的境界を確認しながらも引き直し、さらにフランスという新たな領土を付け加えることでイギリス王国を拡張することに成功したヘンリーの達成を、民族・ジェンダー・階級にわたる差異化の力学として考察すること。

さらに、この劇におけるナショナルな語りの生成を男女の社会的性差《ジェンダー》の視点から捉え、徴兵制度を基盤として確立する近代の市民権が、女性の公共圏からの階級をまたいだ排除と家庭空間への囲い込みの経緯から論じること。ヘンリーの帝国主義的拡張は、ウィリアムズからピストルまでを戦場に駆り出しながら、娼婦だったクイックリーを家庭の妻となし、王女だったキャサリンを賠償として奪うという、性的身体の領有を進行させるからだ。

また男性主体の確立を中核とするネーション形成の過程で、同性愛《ホモエロティシズム》を抑圧し、異性愛《ヘテロセクシズム》と家庭的調和が強調される点への注目も有効である。たとえばテクストに示唆されているヘンリーとスクループとの同性愛的欲望（二幕二場）と、戦闘場面での肉体性の誇示との相剋が、近代の国民的な語りに内在する「安定した正常な」セクシュアリティへの潜在的な欲望と、ヘンリーに強い家長を期待するナショナルな心性とに、いかに取り込まれていくかの考察も重要だろう。

さらにそうした主体形成のプロセスは、国民的な語りが忘却という言語の暴力によって「他者」を排除するプロセス、言い換えれば、現実の暴力の記憶がナショナルな物語のなかで抹殺されていく過程とも連動する。シェイクスピアも依拠した十六世紀の歴史学が、それまでとは異なって、歴史を過去として叙述し、現在という帰結に合うように整序する意識をもったとき、そうして生産される物語のなかに入りきれない記憶は抑圧され、しかしその抑圧ゆえに、それはときに過去の亡霊として鮮烈に甦《よみがえ》る。ヘンリー五世が、いや、「ヘンリー」という名前をもつ歴代のすべての王たちが、脅かされ続けたリチャード二世の亡霊が、シェイクスピア史劇第二・四部作につきまとう記憶であり、宗教の力を借りてまで慰撫し続けなければならない過去なのだ。

『ヘンリー五世』におけるネーションの創造／想像を、想像力による境界侵犯によって駆動される記憶の政治学として、そしてそれを支える身体の詩学と生殖の経済学として分析すること。そうした考察をとおして、この劇での国民的語りの形成のプロセスを、記憶と身体の管理・領有として見ていくことにしよう。

†「兄弟の絆」と身体の記憶

男性集団による戦争暴力の発動を可能にする、国民の物語の中心には、「兄弟の絆」をめぐるレトリックがある。ヘンリー王の戦場での語りは、きわめて直截《ちょくせつ》な身体的メタファーに満ちている。その頂点はアジンコートでの戦闘を控えたイギリス軍兵士に向けておこなわれる「セント・クリスピンズ・デイ」スピーチである。

西暦二八七年に殉教したとされるクリスピンとクリスピアヌスの兄弟は、靴屋の守護聖人。その信仰はシェイクスピアの時代でも残っていたとされ、十月二十五日がその祭日に当たる。職人と宗教と兄弟との連携を通じて、歴史に刻まれる男性共同体の、他者に対する戦勝への決意表明。この名高いスピーチは、ウォリックがはからずも口にした兵士たちの不安（反乱と不服従、女たちの不貞への）と、ネーションの危機に対する最高軍事司令官である王の必死の反撃を梃子として、逆に王権と軍隊を超越した民族共同体を想像／創造するのだ。〈引用V—C〉

“member”は“penis”の婉曲語として男性性器の意味ももつが、このスピーチこそは、断片化された（dis-membered）男性の身体を「男根」に集約させ、集合的に再収束（re-member）することによって、兵士一人一人の戦場の思い出を国民的統一の物語として再興する。当然、その物語は男たちのものであって、彼らが住み、飲み食いし、祭日を祝う家庭に女たちは後景にしかいない。父親と息子だけからなる家庭の系譜。それは母親の生殖能力に依

〈引用V—C〉

人が私の服を着ていても自分はいっこう構わない。
そんな外面的なものを私は求めたくはないからだ。
……この戦いにのぞむ腹づもりのないものは、すぐに立ち去らせるがいい。……
今日はクリスピアン兄弟の祭日と呼ばれている。
今日の日を生きのびて、無事に国に帰れたものは、
この日が話にのぼる度に思わず爪先立ちになり、
クリスピアンの名を聞く度に心が浮き立つだろう。
そして袖をまくり上げ、古傷をみせながら、
こう言うだろう、「この傷はクリスピンの日に受けた傷だ」と。
年をとれば忘れっぽくなる、だがほかのことはすべて忘れても、
忘れることはない、多少の誇張は混じっても、
その日の手柄だけは。そして、われらの名前は、
そんな具合に男たちの口で繰り返されるうち、家庭の日常語となり、
王ハリー、ベッドフォードとエクセター、
ウォリックとトルボット、ソールスベリーとグロスター、
彼らの杯が溢れる度に新たに思い出されるだろう。
この物語は良き父親からから息子へと語り継がれ、
クリスピン・クリスピアヌスの日が過ぎ去ることはないだろう、
今日から世界の終わりの日まで、
我らのことが思い出されずには。
私たちはこんなに数が少ないが幸福な少数派だ、
兄弟の絆に結ばれた。

It ernes me not if men my garments wear;
Such outward things dwell not in my desires.
…That he which hath no stomach to this fight,
Let him depart. …
This day is called the Feast of Crispian.
He that outlives this day and comes safe home
Will stand a-tiptoe when this day is named
And rouse him at the name of Crispian.
He that shall see this day and live t'old age
Will yearly in the vigil feast his neighbours
And say, 'Tomorrow is Saint Crispian.'
Then will he strip his sleeve and show his scars
And say, 'These wounds I had on Crispin's day.'
Old men forget; yet all shall be forgot,
But he'll remember, with advantages,
What feats he did that day. Then shall our names,
Familiar in his mouth as household words --
Harry the King, Bedford and Exeter,
Warwick and Talbot, Salisbury and Gloucester,
Be in their flowing cups freshly remembered.
This story shall the good man teach his son,
And Crispin Crispian shall ne'er go by
From this day to the ending of the world
But we in it shall be remembered,
We few, we happy few, we band of brothers.

(四幕三場26—60行)

存せずに、男子の世代相続が未来永劫続くという単性生殖の神話のもと、息子を産み育てる女性を隠蔽し抑圧しているのである。

しかしまた「服」のような「外面的なもの」でなく「名誉」を求めるというヘンリーの論理は、「名前」（それはもちろんすべて有名で高貴な英雄のものでなければならない）という外面的なサインによってしか、この日の栄誉が維持されない事実によって掘り崩されてもいる。つまり（貴族として、その土地の領主であるがゆえに）イギリスの土地の名前を冠したリーダーたちの名前を復唱することによって、その日の事蹟を美化し、階級的分断を隠蔽することはできても、そうした高貴なお手本をコピーするだけでは、戦場での暴力の現実は決して包摂されない。そこにあるのは、このスピーチの前の場で一兵士ウィリアムズによって代弁される、無名の兵士一人一人が戦い、傷を受け、恨みを残して死んでいった理不尽な現実だ。〈引用V―D〉

いかに「国民としての語り」が整序されようとも、このような「出来事としての歴史」を完全に葬り去ることはできない。しかしそうした不気味な分裂を押し込めながら、一貫した国民的語りは、ハリーやイングランド、アジンコートやクリスピンの名前だけを歴史として記録し、そのうえ女性を軸としながらもその存在を抑圧する家庭の言語へと侵入していく。男性の身体の領有とセクシュアリティの管理は、女性の生殖能力の統制を伴いながら、言語的包摂によって「物語としての歴史叙述一般」へと統合されるのである。

図5－1「この日から俺たちは兄弟だ」：セント・クリスピン・スピーチ　演出：テリー・ハンズ、ヘンリー：アラン・ハワード（RSC、1975年、写真：ノビー・クラーク）

†映画による戦争の再表象

一九八二年、フォークランド戦争のただなかに公開されたケネス・ブラナーの映画版『ヘンリー五世』が、英米の観客に熱狂的に受け入れられた理由の一つとして、この映画が国家という「想像の共同体」を家族の物語としてきわめ

〈引用V—D〉

戦闘で切り落とされた足や腕、頭が後になって、一緒になって叫ぶ、「俺たちはあそこで死んだんだ」、呪ったり、医者を呼んだり、残してきた貧しい妻や、借金、惨めな子どもたちのことを。

all those legs and arms and heads chopped off in a battle shall join together at the latter day, and cry all 'We died at such a place'-- some swearing, some crying for a surgeon, some upon their wives left poor behind them, some upon the debts they owe, some upon their children rawly left.

(四幕一場130—135行)

て巧妙に、そして繰り返し提出したことが挙げられるだろう。

イギリスの貴族、高官、そして一般兵士にまで浸透した親密な雰囲気。庶民たちのフォルスタッフへの思い。無力だが慈愛に満ちた苦悩する家父長としてのフランス王(ポール・スコフィールド)。国に残してきた子どもたちに思いを馳せるウィリアムズ(マイケル・ウィリアムズ)の苦渋。無残に殺戮された男の子たちをめぐるイギリス兵士の怒り。アジンコートの戦いの後、殺戮の責任者であるヘンリーにつかみかかろうとするフランス女性の一団。バーガンディの「肥沃なフランス」のスピーチに重ねてモンタージュで映し出される死者たちの映像――軍察長官、ヨーク、フォルスタッフの小姓、クイックリー、ニム、バードルフ、スクループ、フォルスタッフ。これらすべてが、イギリスで当時最もポピュラーなクラシック音楽の演奏団体であったサイモン・ラトル指揮のバーミンガム交響楽団演奏による音楽のもと、ロイヤル・シェイクスピア・カンパニーなじみの役者たちによる間然するところのないアンサンブル演技によって表現されるのだ。

アジンコートの戦闘後、鎮魂の聖歌「ノン・ノビス」の歌声が響き渡るなか、死骸と暴虐の跡が残る戦場を、ヘンリーがフォルスタッフの小姓の死体を肩にかついで歩く――このパワフルな情景は、見る者に一つの教訓を与えようとする。映画台本に次のようなト書きがある。

彼は少年の死体を静かに下ろし、その額にキスをして、立ち上がると、かろうじて生き残った兵士たちがそのまわりに集まってくる。カメラはヘンリーの血にまみれ、疲れきった顔を映し出す、このいわゆる勝利なるもののために人々が払わなくてはならなかった恐るべき代価が、彼の全身に刻み込まれていくかのように。彼は頭をたれる、まるで恥辱に襲われたかのように。

このような強化訓育的《ペダゴジック》な意図をもつヘンリーの「恥辱」は、一つの演技遂行的《パフォーマティヴ》な場として、イギリスとフランス、貴族と平民、男と女を包含した、敵も味方もない普遍的・キリスト教的なヨーロッパという想像の共同体を創出する。国家に収斂すると同時に国家を超える「兄弟の絆」。この映画がフォークランド戦争という最後の植民地戦争、すなわちヨーロッパの旧宗主国が、非ヨーロッパの植民地を失うまいとして起こした最後の戦争という文脈で受容されたことを忘れてはならない。そこにあるのは、戦争の被害者という点ではイギリス人もフランス人も同じだ、だから一緒に喪に服そうではないか、荘厳な教会音楽の流れるなかで、という汎ヨーロッパ的な情動である。

図5－2　「戦場の無数の死」：恥辱を感じてたたずむヘンリー
監督：ケネス・ブラナー、ヘンリー：ケネス・ブラナー（ルネサンス・フィルム・カンパニー、1989年）

言うまでもなく、こうした想像の共同体の創出によって、隠蔽され消去され忘却されるのは植民地的他者だ。バーバの言うペダゴジックな歴史は、国民国家という共同体の枠内にパフォーマティヴな裂け目を内包しながらも、いまだに「兄弟の絆」を結び付ける融和力を維持し続けているのである。

　ブラナーの映画のこの場面は、戦場の暴力、勝利や恥辱、死や血が、一貫した国民的文化の記号として回収されていくときのアンビヴァレンスを示唆している。この点で明らかな対照をなすのが、一九四四年、連合軍のノルマンディー上陸作戦を控えて制作されたローレンス・オリヴィエ監督・主演の映画版での戦場描写だろう。オリヴィエの映画では血や暴力の描写はほとんど出てこず、イギリス軍の勝利はきわめて容易で迅速である（ヘンリーと軍察長官の騎士道的一騎打ちの場面さえある）。戦場はミニチュアの絵に描かれたような田園風景で、兵士たちは群衆としてしか描かれない。もしこの映画にナショナリズムへの鼓舞があるとするなら（事実、大英帝国の特別攻撃部隊とパラシュート隊に捧げられたこの映画の宣伝意図は明白だ）、それは「教化訓育的なもの」と「演技遂行的なもの」との裂け目から生ま

〈引用Ⅴ—E〉

あらゆる慈悲の門は閉ざされるだろう、	The gates of mercy shall be all shut up,
そして殺しに慣れた兵士たちは、心もすさみ情けもなく、	And the fleshed soldier, rough and hard of heart,
血にまみれた手のおもむくまま、なぎたおすだろう、	In liberty of bloody hand shall range
良心を地獄のように押しひらき、まるで草でも刈るように、	With conscience wide as hell, mowing like grass
おまえたちの処女も花咲きかけた幼な子も。…	Your fresh fair virgins and your flow'ring infants, …
この私にとって何だというのか、その原因がおまえたち自身にある以上、	What is't to me, when you yourselves are cause,
純な乙女たちが、	If your pure maidens fall into the hand
猛り狂った暴虐の手に落ちたところで?……	Of hot and forcing violation? …
盲目で血に飢えた兵士が、その汚れた手で、	The blind and bloody soldier with foul hand
泣き叫ぶ娘たちの前髪をつかんで凌辱し、	Defile the locks of your shrill-shrieking daughters;
父親たちの銀色のひげをつかまえて、	Your fathers taken by the silver beards,
賢くも尊い頭を壁でたたきつぶすだろう。	And their most reverend heads dashed to the walls;
はだかの幼児たちは針のうえに串刺しとされ、	Your naked infants spitted upon pikes,
狂った母親たちの混乱の叫びが	Whiles the mad mothers with their howls confused
雲を割るはずだ。	Do break the clouds,

（三幕三場91—119行）

れる国民的語りの形成に寄与するというより、オリヴィエという傑出した個人の業績に基づくものと言えよう。

†言語の男性的暴力

クリスピン演説での「兄弟の絆」という身体の詩学は、しかし、より暴力的な様相を帯びることがある。その例が、ハーフルー城壁外でのヘンリーの呼びかけだ。ここには、温情主義をかなぐり捨てた、戦争の生身の暴力が現れており、その暴虐の直接的対象は、女性と子どもと老人である。〈引用Ⅴ—E〉

ここでヘンリーの呼びかける相手は「ハーフルーの男たち」で、また舞台には一人の女性も市民として登場しないにもかかわらず、ここでハーフルーの町を受ける代名詞は女性形“she”である。レイプと幼児殺害を威嚇するヘンリーの言説のなかで、町は徹底して女性、それも無垢な処女の身体として表象され、それを凌辱する汚れた手は、集合的に残虐で無名の兵士のものとされる。活動的で残酷なイギリス兵士と、受動的で純真なフランス女性という二項対立が、一方で、現実の暴力を個性のない無名兵士の集合と民衆の予測不能性のせいにし、他方で、無実で従順な女性と市民の保護者としてヘンリー自身を位置づけるのである。*

*ブラナーのヘンリーがこの台詞を猛烈なパワーで噴射するのに対して、オリヴィエ版ではすべてカット、原作に忠実なことを旨とするBBCのテレビ映画版でさえ、最も暴力的な部分は削除されている。

図5－3「もう一度、攻めるんだ。もう一度」：ハーフルー城壁外でのスピーチ
演出：エイドリアン・ノーブル、ヘンリー：ケネス・ブラナー（RSC、1984年、写真：ジョー・コックス）

　ここでハーフルーの町を屈従させるのは、理性的な戦況判断というよりは、ヘンリーの凄まじい言語の暴力そのものである。そしてこの暴力的な語りが噴出する場こそは、ペダゴジカルな家父長制的論理と、パフォーマティヴな偶発的契機とのあいだの裂け目にほかならない。一方で現実の暴力が集合的兵士の自然な本質として規範化され、他方で女性化された他国民の征服が、言語の暴力を駆使し、一般兵士を統率する王の権威によって保証されるのだ。

　ここでヘンリーの使うイギリス語は、自国の女性を良き家庭の妻として囲い込み、他国の女性を欲望の対象とすることで（さらにフランスの男性を女性的なものとして規定することによって）「男らしい《マスキュリン》」言語として確立される。ヘンリーにとっては、そして彼を頂点とするイギリスの家父長たちにとって、女性はクリスピン・スピーチにおけるようにキッチンか寝室にしか居場所のない家庭の抑圧された生殖器官であるか、ハーフルーにおけるように無力で主体性を欠いた一方的な暴虐の対象でしかないのだろうか？　この問いに答えるためには、この劇のフランス王女キャサリンの身体表象を見る必要がある。

†外国語と女性の身体

ハーフルー・スピーチの場面に続く、キャサリンのイギリス語レッスン。この場は、国民的なものと外国的なものとを言語的に構築する文化生産の過程を、パロディとして描き出す。ここで注目すべきは、空間、身体、言語の三点である。

第一にこの場面は、劇中ほとんど唯一の密室、プライヴェートな場に設定されている。女二人が親密な、ときに卑猥な会話を交わすこの寝室（ブラナーの映画でこの閉じられた空間を占有するのは大きなベッドだが、オリヴィエ版もBBC版も庭園に設定されている）を、観衆が男性的な視線で覗き見る構造は、この場面のわずか十数行前で放出されたハーフルー・スピーチでの女性の身体に対する暴力的言説を、貴族的求愛や結婚のそれによって変奏するものとも言える。

第二にキャサリンの身体は、フランス語で性交を意味する"foutre"と女性性器を意味する"con"の音で、からだの一部分が表わされるように、性的に可視化された肉体として描かれている。この部屋は女たちが自由にセックスをめぐって冗談を交わす場である反面、戦争に憑かれた外部世界の男たちによって監視され、囲まれた空間だ。この場面のすぐ後でドーファンが、フランスの女たちは「イギリスの若者の欲情にその身を捧げ、フランスを私生児の戦士で新たに満たすだろう（give / Their bodies to the lust of English youth / To new-store France with bastard warriors)」（三幕五場二九—三一行）と言うように、フランスの男たちも自国女性の身体の管理に大きな不安を抱いているのである。*

*この劇では、セックスと言語レッスンは同一化されていると言ってもいい。五幕二場のバーガンディとヘンリーのやりとりが示すように——「王女にイギリス語を教えておられるというわけか？（My royal cousin, teach you our princess English?)」「どれだけ私が彼女にぞっこんか習ってもらいた

くてね、それこそが良いイギリス語ということだから(I would have her learn, my fair cousin, how perfectly I love her, and that is good English)」(二七二—二七五行)。

第三に翻訳と国民言語構築の問題がある。すでにヘンリーによる二つのスピーチで見てきたように、イギリス的男性性(家庭の良き父親であろうと血に飢えた兵士であろうと)や「国民性」は、修辞的レトリックによって不断に形成され続けなければならないものだ。「イギリス語」にしろ「フランス語」にしろ、あらかじめ権威のある実体としての国家言語があるわけではなく、他者の言語との差異を翻訳や比較によって確認することで自国の言語が作られていく。キャサリンがレッスンの最後でコメントするイギリス語の「貴婦人が使うには憚られるほどとても下品で、崩れていやらしく、無節操(son mauvais, corruptible, gros, et impudique, et non pour les dames d'honneur d'user)」(四八—四九行)という特質こそは、イギリス語がフランス語やイタリア語といったほかの「優美で女性的な外国語」を創造/想像する過程で、自己構築されていった「勇敢で男性的な自国語」の一側面なのである。

またこの劇ではイギリス語のなかの外国語であるウェルシュ、スコティッシュ、アイリッシュ、そしてロンドン民衆の言語の周縁化にも注意が必要である。たとえばオリヴィエの映画では、アイルランド人の隊長マクモリスが、ステレオタイプとして、頭が鈍くセンチメンタルで、「女のような」男として演技され、それをウェールズ人のフルエルンとスコットランド人のジェイミーがしつこく苛め、イングランド人のガワーが距離を置いて見守る、という場面がある。民族的文化や言語が政治的力学のなかで構築される過程が、はからずも表出していると言うべきだろう。

〈引用V—F〉

そしたらあの人、足の上にもっと毛布をかけてくれって言うの。私が、ベッドのなかに手を入れて、あの人の足にさわると、まるで石みたいに冷たくなっていた。それから膝にさわって、どんどん上のほうへ上のほうへとさわっていったら、どこも石みたいに冷たかった。

So 'a bade me lay more clothes on his feet. I put my hand into the bed and felt them, and they were as cold as any stone. Then I felt to his knees, and so up'ard and up'ard, and all was as cold as any stone.

(二幕三場21—24行)

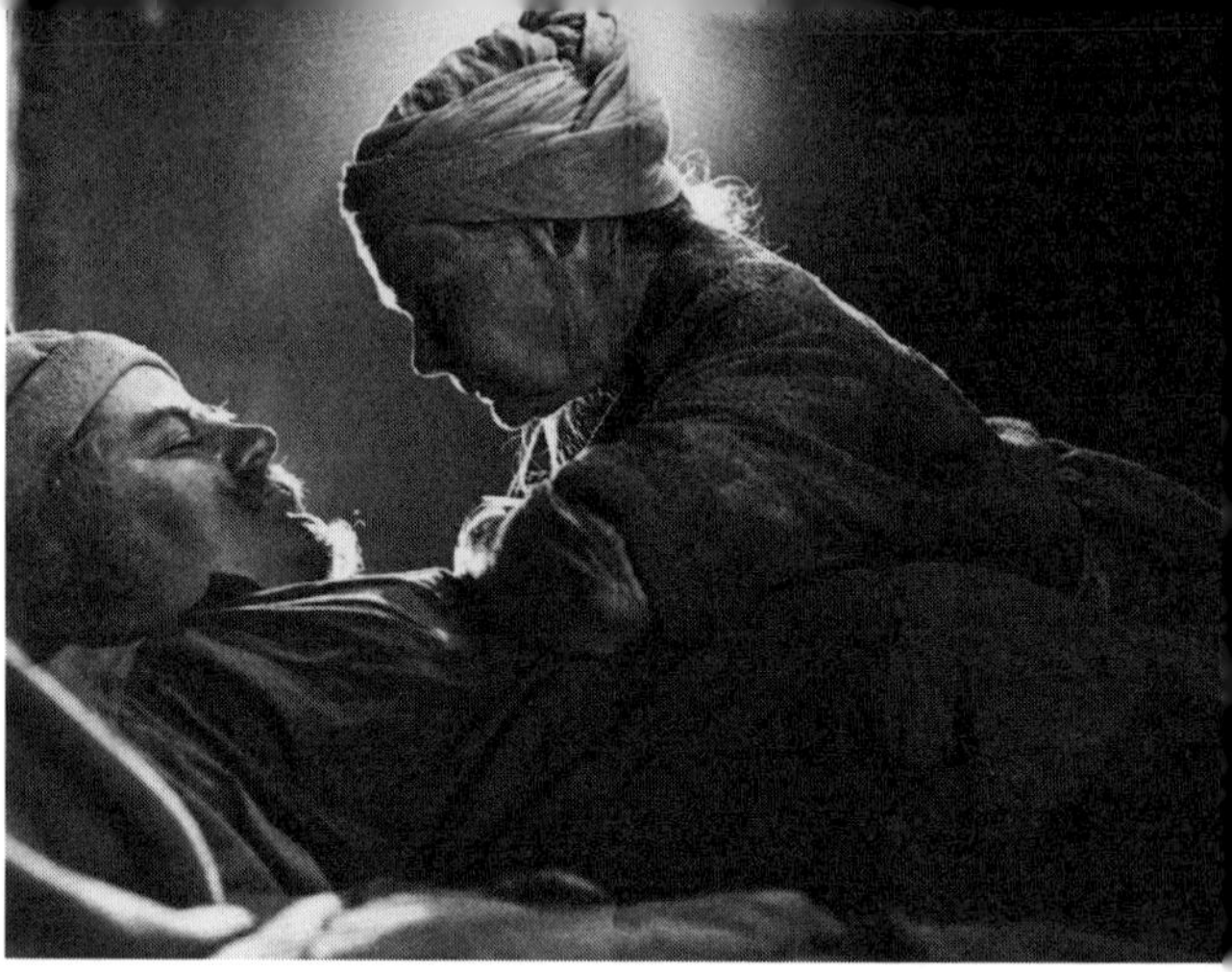

図5−4　「あの人のからだが石みたいに冷たくて……」：フォルスタッフの死を語るクイックリー
監督：ケネス・ブラナー、クイックリー：ジュディ・デンチ、フォルスタッフ：ロビー・コルトレーン（ルネサンス・フィルム・カンパニー、1989年）

†他者の声と身体の記憶

このような言語と身体にもたらされる暴力と回収による「兄弟の絆」という想像の共同体にあらがう、「不気味な分裂」をもたらす契機はどこにあるのか。フォルスタッフとウェールズの女性たちの声と身体を手がかりにして、この問いを考えてみよう。

彼／彼女たちに共通することは、どちらも『ヘンリー五世』のテクストには直接登場しないということだ。『ヘンリー四世第二部』の最後で再登場を約束されたにもかかわらず、続くこの劇でファルスタッフはさまざまな人々の思い出のなかにしか登場しない。なかでも最も印象的なのはクイックリーの語りである。〈引用V―F〉

ここで足として具象化されているフォルスタッフの身体は、クイックリー自身の、そしてそれを介した観客の記憶にある、フォルスタッフの身体の暖かさ、冷たさ、体臭と息遣い、いまわの際の言葉、その衣服や毛布の手触りによって強力に媒介されている。身体の境界線であるフォルスタッフの衣服を通じて浸み出す記憶が、彼の不在を侵犯する存在そのものと化しているのである。

ブラナーの映画では、ジュディ・デンチが演じるクイックリーの秀逸な語りが、ファルスタッフの生々しい記憶、そのユーモアや癖や弱みを見事に喚起する。この場面の成功は、映画でありながら独白という演劇独特の手法に徹した点に求められるだろう。ピストルらと居酒屋の階段に座ったデンチのクイックリーはまったく動かず、死の床のファルスタッフの情景を言葉の力だけで語り尽くす。また、これより前にピストルやバードルフがファルスタッフを思い出す場面では、過去の居酒屋での浮かれ騒ぎのフラッシュバックが長々と挿入されたのに対して、この場面ではベッドに横たわるフォルスタッフの上にかがみ込むクイックリーの姿が一瞬はさまれるだけである。

〈引用V—G〉

王である私に関することは、王としての私も復讐しようとは思わないが、
私は王として私が治めるわれらが王国の安全を大事に思わなくてはならないので、
その破壊をもくろんだおまえたちを、その法律に王である私としては
ゆだねざるをえない。

Touching our person seek we no revenge,
But we our kingdom's safety must so tender,
Whose ruin you have sought, that to her laws
We do deliver you.

（二幕二場171—174行）

†ヘンリーとスクループの「同性愛」

このクイックリーの姿勢は、すぐ前の場面で、ヘンリーが「ベッドを共にしていた(bedfellow)」（二幕二場八行）裏切り者スクループを非難して、テーブルの上に押さえ込む（同性愛的性交をも示唆する）姿勢の再現である。一方は謀反、他方は死別と状況は異なるが、ともに身体の近接によって過去の情交の喪失や痛みを表す手法は効果的だ。ヘンリーの「ベッド友達」として、密接な関係を示唆されていたスクループの裏切りをすでに知っているブラナー演じるヘンリーは、内心の怒りを押し隠して、スクループの「愛情」に感謝し、彼の腰の剣（男性性器を思わせる）にさわり、頰を指でなでる。こうしたヘンリーの同性愛的表現が伏線となって、後でスクループをテーブルに押し倒した状態でおこなわれるヘンリーの非難が、痛烈に効いてくるのだ。

ここでヘンリーはどんな論理で三人の反逆者を処刑するのか。彼はこう述べる。〈引用V—G〉

ここでは人称代名詞にこだわって読解する必要があり、"we"がくせものだ。当時の常識では、王国の支配者は自分のことをさすのに"we"という複数代名詞を使う。王は個人であると同時に王国全体を代表し統べる集合的実体だから。しかしどの時代でもまず疑ってしかるべきは「常識」なる代物だ。

先述したブラナーの演技が示唆するように、この台詞には王でありながらも個人であらざるをえない男の矛盾が表明されている。個人的な復讐は求めないと言いながら、ひそかな愛情を裏切られた痛恨の思いをぶつけ、その恥辱と怨恨を中立的な「王国の法」の論理で糊塗しようとする（しかし王国を受ける代名詞は、"her laws"とあるように「中性」どころか「女性形」である）。その論理の矛盾が自らわかるからこそ、冷静そうな言葉とは裏腹に

暴力的になってしまう声と身体。この場面には、王権の矛盾も同性愛の悩みも青春の痛みもはらまれているからこそ、演劇として興味深く、演じる役者の力量も試される。シェイクスピアの境界的身体は、つねにそのような演技を要求し、それを読み取る私たちの感性を喚起するのである。

†フォルスタッフとバードルフの記憶

フォルスタッフの身体に対する記憶に戻ろう。他人の証言によって、いわば沈黙の語りとしてしか存在しないフォルスタッフ。しかし、彼のことを観客が忘れることはない。その思い出をむしろ封殺しようとするのは、ほかならぬヘンリーである。フォルスタッフの身体の代わりにヘンリーが喚起するのは、リチャード二世の「身体（body）」と「魂（soul）」だ（四幕一場二八三、二九〇行）。リチャード殺害という父の罪を息子のハルが贖い、ハルが純正な国王ヘンリーとなるという王国の物語の形成とともに、フォルスタッフの記憶が切り捨てられるのだ。

この点で考察に値するのは、ブラナー版が、ヘンリーにとってもう一人の父親的な人物であるバードルフの処刑を、全兵士の前で公開し、それに涙するヘンリーの姿を大映しにするだけでなく、バードルフをめぐる過去の思い出をフラッシュバックで挟み込んだことである。*このフラッシュバックでは、居酒屋で馬鹿騒ぎする友人の腕に首を巻かれたバードルフが、本来なら『ヘンリー四世第一部』でフォルスタッフが言う「おまえが王様になったら、泥棒を絞首刑になんかしないでくれよな」とハルに言う。まさに処刑されようとするバードルフ（リチャード・ブライヤーズ）の血にまみれ恐怖に歪んだ顔が、ヘンリーによる最後の父親追放劇の中心モチーフとなる。それだけではなくこの場面が続くあいだ、木からぶら下がったバードルフの死体が、画面の中心にあって、ヘンリーが一般兵士への見せしめとした教化訓育的《ペダゴジカル》な意図と、その犠牲となった過去の演技遂行的《パフォーマティヴ》な記憶との「裂け目」として私たちの目に焼き付けられるのだ。

*オリヴィエ版では、サザンプトンでの裏切り者の処罰、ハーフルー・スピーチの暴力的部分、アジンコート前夜のヘンリーの祈りのなかでのリチャードへの言及などと同様、この処刑場面はカットされて

いる。

〈引用V—H〉

信用のおけない獰猛なグレンダワーのひきいる、
ウェールズ軍の野蛮な手によって、
一千のイギリス軍兵士が虐殺されました——
そのうえ死体に恐るべき扱いがされて、
ウェールズの女どもによって獣のような破廉恥な
凌辱と暴行がつくされ
その惨たらしい変わりようは語ることも、
口にすることもできないほどです。

Against the irregular and wild Glendower,
Was by the rude hands of that Welshman taken,
A thousand of his people butchered－
Upon whose dead corpse there was such misuse,
Such beastly shameless transformation
By those Welshwomen done as may not be
Without much shame retold or spoken of.
（一幕一場40—46行）Edited by A. R. Humphreys

†ウェールズ女性の発話

もう一つの「裂け目」とも言うべきウェールズ女性の声と身体は、フォルスタッフの場合より、一見さらに微かではかない記憶である。『ヘンリー五世』でのウェールズ性は、言うまでもなくフルエルンによって代表されるわけだが、彼のなかに何らかの抵抗の契機があるとすれば、それはピストルやウィリアムズなどの場合と同様、結局は国民的語りのなかに回収されてしまう。彼らはそれぞれ「ウェールズ」、「女衒」、「民衆」といった集合的な名称（よって彼らの名前がクリスピンの祭日に思い起こされることはない）を与えられて、物語のなかに包摂されるのだ。

『イギリス史劇第二・四部作』でのパフォーマティヴなウェールズ性を考えるとすれば、私たちはイギリス対ウェールズといった地政学的布置による解釈に頼りすぎないためにも、細部に注目するほかない。シェイクスピアのイギリス史劇第二・四部作のなかで『ヘンリー五世』より二つ前の作品である『ヘンリー四世第一部』の冒頭に次のような報告がある。〈引用V—H〉

報告の真偽はともかく、ここにあるのは、私たちが数々の植民地主義言説で出会う他者のステレオタイプ（残忍、獣性、カニバリズム）だ。ホミ・バーバが論じるように、植民地主義言説でのステレオタイプは、フェティシズムの対象としてアンビヴァレンスを胚胎し、自己のアイデンティティに亀裂を生じさせる契機である。ここで食人行為に及ぶウェールズ女性たちこそは、イギリス人男性の恐怖と憧憬の対象として、イギリスの高貴なアイデンティティに基づく整序されたた

「国民の語り」のなかには収まりきらない他者の典型なのである。

さらに強烈な他者の刻印を残すのは、同じ『ヘンリー四世第一部』三幕一場のモーティマーの妻による発話だ。彼女に名前はなく、登場人物表にも「グレンダワーの娘にしてモーティマーの妻」とだけ記されている。しかも彼女はウェールズ語しか話さないため、シェイクスピアのテクストには彼女の発言や歌は一切記録されていない。ウェールズ語を解さない観客は、彼女の父であるグレンダワーの説明やモーティマーの台詞によって、彼女が夫との別れを悲しみ、戦いを前にした夫の心を歌で鎮めようとしていることを知るだけである。

ウェールズ語を理解しない人にとって、彼女の発言の一語一語の意味は理解できないけれども、その発話は、彼女の声という遂行的演技によって、そこにアンビヴァレントな主体形成の場があることを示唆する。キャサリンのイギリス語レッスンとはまったく対照的に、そこには分断化や翻訳を拒絶する「日常生活のがらくたや切れ端、ぼろのたぐい」としての沈黙の語りの場、不在の表象空間があるのだ。それが、イギリス人であるモーティマーが想像するような典型的な「ウェールズ性」という文化のしるしとして回収されていくとしても。

この場では、ことさらに自己の男性性を強調するホットスパーも目立っている。ホットスパーにとって、女性は性的にも文化的にも男の意志に従うべきものでしかない。妻のウェールズ語での歌や発話に、「女々しく」屈従しているか見えるモーティマーの姿勢が、「男らしさ」をことさら言挙げするホットスパーがいることによって際立つのだ。こうした両義的で相互構築的な主体形成の空間のなかで、イギリス語を媒介とした民族のアイデンティティ、シェイクスピアのグローブ座の観衆が共有したであろう「イギリス国民性」は、一人のウェールズ女性の声によって裂け目を入れられる。その記憶はたとえ儚くとも、私たちにとってフルエルンを介したペダゴジカルな権威への回収——「ウェールズ人の導きで、おまえも良きイギリス人の条件を教わることだな（and henceforce let a Welsh correction teach you a good English condition）」（五幕一場七六—七七行）とガワーがピストルに言うように——にも堪えるほど、どこかに残響し続けるのではないだろうか。

†フルエルンの方言／放言

しかしながら、ウェールズの隊長フルエルンをイギリス・ナショナリズムへの回収の道具としてだけ捉えることは一面的にすぎるだろう。シェイクスピア演劇はつねに相対化の視線を含む。オリヴィエもブラナーもカットした重要な場面が、四幕六場から七場にかけてある。

六場はイギリス軍の家庭的親密さ、父と息子、男の友人同士、王と臣下との関係に代表される「兄弟の絆」が強調される場面だ。ここでヘンリーの叔父にあたるエクセターが自分の息子ヨークの死を描写して、聞く者の涙を誘う。ヨークはこの日の戦闘の先陣をかってでた勇士だが、友サフォークの亡骸に最後を告げながら自らも斃れる。それを描写する父親の言葉は、サフォークとヨークとのセクシュアルな関係さえ示唆している。* 二人の死の模様を聞くヘンリーも涙に誘われるが、そこにフランス軍再攻撃の合図。ここでヘンリーは重要な決断を下す。部下にフランス軍捕虜の殺害を命じるのである（「では兵士たち全員が捕虜を殺すように。（Then every soldier kill his prisoners.）」（四幕六場三七行）。

＊ブラナーの映画は、ヨークが押し寄せるフランス歩兵の剣に次々と刺し貫かれ、ほとんど性的エクスタシーの表情を浮かべて、口から血をあたかも射精するかのように噴き出しながら死んでいく情景をスローモーションで映す。

場が変わって、登場するのはフルエルンとイギリス人の隊長ガワー。口火をきったフルエルンが非難するのは、イギリス軍による捕虜殺害ではない。彼は、陣地を守っていたイギリスの少年たちをフランス軍が殺害したことを「明らかに軍規に反している（'Tis expressly against the law of arms）」（四幕七場一―二行）と批判するのだ。それに同調したガワーが、ヘンリーは「それゆえに（wherefore）」（八行）その報復手段として捕虜殺害を命じたのだと言う。

しかし、フランス軍によるキャンプ襲撃と少年たちの殺害が言及されるのはこの場面がはじめてであり、すぐ前の場面でヘンリーはフランス軍が攻撃してきたという知らせの直後に捕虜の殺害を命じていたのだから、この殺害行為はガワーがヘンリーの命令を正当化して言うような報復ではありえない。ヘンリーを「勇敢な王だ（O 'tis a gallant

〈引用Ⅴ—Ⅰ〉

そりゃ彼はモンマスの生まれじゃけんね。ガワー隊長、アレクサンダー・ピッグが生まれた町のなめえは、なんだったけかな?

Ay, he was porn at Monmouth. Captain Gower. What call you the town's name where Alexander the Pig was born?

（四幕七場11—13行）

king!)」（一〇行）と称えるガワーに答えるフルエルンの台詞は次のようだ。〈引用Ⅴ—Ⅰ〉フルエルンはイギリス人から見たウェールズ人の植民地主義的ステレオタイプを代表しているから、B音が正しく言えずP音になってしまう。よって「アレクサンダー大王」ではなく「アレクサンダーのブタ」ということになってしまうのだ。ここには、ステレオタイプという支配者（この場合はイングランド）による従属者（この場合はウェールズ）差別の言説を逆手にとって、かえって支配者のなかに潜む不安が笑いのなかからあぶり出される瞬間がある。

さらにフルエルンは、アレクサンダーとヘンリーを比較して、どちらの生まれた町にも川があって、その「どちらにも鮭がいる（salmons in both）」（二八行）などという発言を真面目にしてから、アレクサンダーは「酒に酔って怒りのあまり（a little intoxicate in his prains, did in his ales and his angers）」（三七—三八行）友人を殺し、一方ヘンリーはファルスタッフを「まともな知性と正当な判断のもとに追放した（in his right wits and his good judgements）」（四四—四六行）と宣うのである。ここでフルエルンは、ひとこともヘンリーによる捕虜殺害命令が軍規違反だとも、あるいはヘンリーによるファルスタッフ追放が情に反したおこないだとも言っているわけではない。だが百万言の非難の言葉より、「アレクサンダー豚」と「ヘンリー・モンマス（Henry Monmouth）」が、重なってきてしまうこの場の音声ほど、ヘンリーがナショナリズムのために犠牲にしてきた雑多な要素を思い起こさせるものはないのではないだろうか（事実、〈引用Ⅴ—Ⅰ〉の最後で、フルエルンは、"porn"ではなく"born"と「正しい」イギリス語の発音でしゃべっているのだから、この場面でフルエルンが自覚的に「ウェールズ人」のステレオタイプ的発話をわざわざ演じて見せている可能性も十分にあるだろう）。

†変装した王の自省?

だがなによりもナショナリズムへの疑いをあらわに示してしまうのは、ヘンリー自身ではないだろうか。

四幕一場、アジンコートの戦いを翌朝に控えて、彼は自軍のキャンプをまわり、さまざまな一般兵士たちと言葉を交わす。ヘンリーは変装し、兵士たちも彼を同輩と思って、戦争の恐ろしさ、故郷に残してきた妻や子への思い、戦場に自分を駆り立てた王への恨みを述べる。そうした後でヘンリーは、「儀礼（ceremony）」（二三五行）のほかに王には何もなく民衆が恵まれる幸せな眠りさえも与えられていないと独白する。王自身が先頭に立って、国民の歴史を創設していかなければならないとき、眠りや疲労や怒りといった日常生活の断片は切り捨てられなくてはならない。そうしてヘンリーは自然に、リチャード二世から王位を奪った父親ヘンリー四世の非道の許しを神に請うのである。

この反省の一つの帰結として、先に見たクリスピン・スピーチを考えれば、それは単なるナショナリズム高揚のためのプロパガンダというよりはむしろ、家庭や日常生活を犠牲にしてまでも想像的な国民の共同体での「兄弟の絆」を維持し、少数の支配者が多数を国民国家のレトリックによって動員することではじめて可能になる征服戦争の実態を示唆するものと聞こえてこないだろうか。そこにあるのは英雄的行為というよりは、国家という家族の一員として避けられない歴史への参加なのである。ヘンリーがスクループに覚えていたような「同性愛」は、兄弟の絆という「同志愛」によって克服され、国民国家という男性同盟を築かなくてはならない。クリスピン・スピーチが歴史として語る教訓とは、まさにこのような絆の修復の物語であり、記憶なのである。

✝歴史の反復と転覆

『ヘンリー五世』のエピローグで起きているのは、一種の時間の転倒とも言うべき事態である。それはいわば、過去を想起しながら同時に未来を予言すること、歴史的言説によって未来を語りながら演劇的遂行によって過去を再現することだ。劇場において、記憶は過去を何らかの実体として呼び出すものではなく、つねに現在形による未来の喚起としてしか成立しえない。〈引用Ⅴ―J〉

このエピローグでの複雑な時制の変化――現在完了形（"hath pursued"）に始まり、過去形（"lived", "made", "achieved"…）を経て、現在完了形（"hath shown"）に戻り、最後は現在形（"let...take"）でしめくくられる――が

〈引用V—J〉

ここまで描く未熟な筆によって
私どもの作者が物語をつづってまいりましたが、
小さな劇場に偉大なる男たちを閉じこめて、
その栄光の満ちた足跡をかろうじてたどるだけでした。
短い時間ですが、その短い間に大いなる生を
このイギリスの星は生きたのです。運命の女神がその剣を作り
それによってこの王は世界で最高の庭を手に入れ、
自らの息子に帝王として残しました。
ヘンリー六世は幼少のうちに王冠をいただき
フランスとイギリスの王位を引き継ぎましたが、
その国はあまりに多くの者が統治したため
フランスを失いイギリスも血を流すことになりました。
私どもが舞台ですでにお見せしたように、
ですからどうぞお心のままにこの感謝の気持をお受け取りください。

Thus far, with rough and all-unable pen,
Our bending author hath pursued the story,
In little room confining mighty men,
Mangling by starts the full course of their glory.
Small time, but in that small most greatly lived
Thir star of England. Fortune made his sword
By which the world's best garden he achieved,
And of it left his son imperial lord.
Henry the Sixth, in infant bands crowned
King of France and England, did their King succeed,
Whose state so many had the managing
That they lost France and made his England bleed,
Which oft our stage hath shown; and for their sake
In your fair minds let this acceptance take.

（エピローグ1—14行）

微妙に操作するのは、国民的な征服と喪失、和解と贖罪の物語を、時の流れに抗して不滅のものとしたいという私たち自身の根の深い欲望である。言い換えれば、このエピローグは、シェイクスピア演劇の力を再確認する身振りを借りて、国民的語りの生産につねに伴うペダゴジカルな権威とパフォーマティヴな戦略とのあいだの裂け目をふたたび覆い隠す試み、記憶の政治学によって劇場の壁の内部に新たな想像の共同体を創出する企てなのだ。

クリスピン・スピーチで「兄弟の絆」によって結ばれた国民の語りが構築されたとき、その一四一五年という演劇的現在で喚起される未来とは、『ヘンリー五世』が初演された一五九九年のグローブ座での共感の共同体の再確認（時間的現在による演劇的現在の再回収を通じた）であり、その背景にはエセックス伯のアイルランド侵略失敗があった。また一九四四年のオリヴィエ版と八九年のブラナー版が、何らかの国民的語りの形成に寄与したなら、それはヨーロッパ大戦とフォークランド紛争を政治的文脈として、「このイギリス

の星ヘンリー（This star of England）の記憶が、当時のテクノロジーを駆使して呼び起こされたからにほかなるまい。「リメンバー・クリスピン」とは、つねに／すでに「未来の記憶」であり、将来の発話を前提としながら、ネーションの危機に際して喚起されるメッセージである。それは国民の歴史を教えると同時に、人々の証言を演じる、引き裂かれた発話の場で語り継がれる声なのだ。

観客と役者とをつなぐ想像力による共同作業によってだけ可能となる演劇という営み。戦争を起こし、国民国家を築き、人種や性差や階級による差別をおこなうのも、人間の想像力のゆえかもしれない。『ヘンリー五世』という演劇が証しをするのは、その想像力によってこそ、戦争やナショナリズムに対する批判も可能になるということだ。だからこそこの芝居は、時代を超えて平和と戦争状態が共存する世界で繰り返し上演されてきたし、これからも再演されていくのではないだろうか。

参考文献・映像

歴史における記憶や想起の闘争について

高橋哲哉『記憶のエチカ――戦争・哲学・アウシュヴィッツ』岩波書店、一九九五年
酒井直樹『死産される日本語・日本人――「日本」の歴史―地政的配置』新曜社、一九九六年
アライダ・アスマン『想起の空間――文化的記憶の形態と変遷』安川晴基訳、水声社、二〇〇七年

ナショナリズムと植民地主義の基本文献

ベネディクト・アンダーソン『想像の共同体――ナショナリズムの起源と流行』白石隆／白石さや訳（社会科学の冒険）、リブロポート、一九八七年
ホミ・K・バーバ『文化の場所――ポストコロニアリズムの位相』阪元留美／外岡尚美／正木恒夫／本橋哲也訳（叢書・ウニベルシタス）、法政大学出版局、二〇〇五年

「男同士の絆」について

イヴ・K・セジウィック『男同士の絆――イギリス文学とホモソーシャルな欲望』上原早苗／亀澤美由紀訳、名古屋大学出版会、二〇〇一年

まずはこの二つの映画の比較から

ローレンス・オリヴィエ監督・主演『ヘンリー五世』一九四四年
ケネス・ブラナー監督・主演『ヘンリー五世』一九八九年

現代の戦争とナショナリズムを考えるための映画

エミール・クストリッツァ監督、ミキ・マノイロヴィッチ主演『アンダーグラウンド』一九九五年
スティーヴン・スピルバーグ監督、トム・ハンクス主演『プライベート・ライアン』一九九八年
パク・チャヌク監督、ソン・ガンホ主演『JSA』二〇〇一年
クリント・イーストウッド監督、ライアン・フィリップ主演『父親たちの星条旗』二〇〇六年

第6章　空白の歴史
——『十二夜』（一六〇一年）と侵犯するセクシュアリティ

しかし、ぼく——ホルとは何者なんだ？　ぼくはたった一人なのだろうか？　いやそれともぼくは二人で、あのもうひとりのぼくの体験をもっているのだろうか？　ぼくはたくさんの人間なのか？……もうひとりのぼくよ、やっぱりぼくをさがしているのかい？　きみ自身であるところのホルを？　ぼくのところにある、きみの思い出を？　ぼくたちは星のように、おたがいに無限の空間を、一歩一歩、像をかさねあわせながら、近づいているのだろうか？　そしてぼくたちは、あいまみえることがあるのだろうか？　いつか、あるいは時間のないところで？

（ミヒャエル・エンデ『鏡のなかの鏡　迷宮』）

VI

キーワード6　**柳とセクシュアリティ〈Sexuality〉**

墓のそばに植えられることも多く、男に捨てられた女の愛を象徴する、などと言われる柳の木。一見いかにもか弱く悲運な女性の象徴であるようだが、シェイクスピア演劇には女たちによって語られて、彼女たちの自律や抵抗を示唆する柳が三つ登場する。一つは『十二夜』で、男装したヴァイオラが「自分だったら」と、オリヴィアに想像上の求愛をする台詞のなかに「柳の枝で作られた小屋」として登場する。二つめの「柳」は『ハムレット』で、オフィーリアを悼むガートルードが、オフィーリアが水死した川の傍らに

「柳の木」が生えていたと語る。

三つめは『オセロ』で、死を予感したデズデモーナがエミリアを相手に口ずさむ「柳の歌」だ。ヴェルディのオペラの美しいアリアとして、記憶にとどめられる方も多いことだろう。ここでデズデモーナは、母親の侍女だったバーバラ（北アフリカの地名であるバーバリーとの連想から「黒人」を示唆する名前をもつ）の歌っていた唄にでてくる、薄幸な女性の運命を、自分に重ね合わせているのかもしれない。

こうした三例を見ると、シェイクスピア演劇にでてくる柳はいずれも、強制的な異性愛と家父長制社会のなかで抑圧されている女性同士の、セクシュアリティを基点とした情愛や連帯とつながりがあるようだ。シェイクスピア演劇は性的な力能によって、自らの生を切りひらいていく女性たちにあふれている。ジュリエットからクレオパトラへといたる、愛によって自律する女たちの系譜。ジュリア、ポーシャ、ロザリンド、ヘレナ、ヴァイオラ、イモジェンといった、男装によって白人男性家父長制社会に介入する女たちの闘争。オフィーリアやデズデモーナのような、自己犠牲によって歴史に痕跡を刻む女たち。タモーラからマクベス夫人へといたる、魔女の伝統。ヴォラムニアやハーマイオニーのような、男性中心社会のサバイバーたち。彼女たちのいずれもが自らのセクシュアリティを武器に、支配的社会の抑圧と闘い、私たちに忘れがたい印象を残す。

人間の性は、私たちのアイデンティティを決する強力な要素の一つであり、生の根元にある欲望と関わっている。性を考える際には、通常三つの領域を設定することができる――生物学的な性であるセックス、社会的な性としてのジェンダー、性的欲望全般に関わるセクシュアリティ。しかし、この三つの領域は密接に相関している。

親や産婆さんが、母親から生まれ出た瞬間の赤ん坊の下腹部を見て、「女の子です」とか「男の子だ」とか言うことで、人は生まれた瞬間に性を授けられる。しかしこの認知は純粋に生物学的なものではない。たしかに人々は性器の形状を見て、「女」とか「男」という識別をするが、この私たちにとって人生最初の判別儀礼は社会的なものだ。なぜ私たちは誕生の瞬間に、女か男かに判別されなければいけないのか。それは女か男かの区別が、その後の私たちの人生にとって重大な意味をもつからにほかならない。生まれた瞬間に周りの人々が女か男かを宣言するのは、すでにそこに女としての、あるいは男としての社会的期待を背負う者として、私たちが規定されるということだ。そうした期待が「女は女らしく、男は男らしく」というジェンダーを支える基本的原理を生産するのだ。つまり、生物学的なセックスがあってジェンダーが生み出されるのではなく、ジェンダーが社会の規範として支配的だからこそ、セックスがわざわざ日常的に認知されているのである。

　性的欲望を示すセクシュアリティのほうはどうかというと、セクシュアリティもジェンダーによってさまざまな制約を受けている。たとえば、同性愛について考えてみよう。さまざまな社会的原因によって同性を性的対象と見なす習慣は、おそらく人間の歴史と同じくらい古い。しかしそれが生殖を目指さない行為であるがゆえに、あるいは家族制度に基づく社会的規範に反する活動であるがゆえに摘発されるようになったのは、ブルジョア的な家庭道徳が浸透するヨーロッパの近代以降のことである。つまり、ホモセクシュアリティが「異常な同性愛」として認識されるようになったのは、それほど昔のことではないのだ。人間の性的欲望は動物のそれとは違って、いわば壊れてしまっており、生殖や種の存続を目的とする自然の本能とは離別している。人間のセクシュアリティとは、すでに徹底して社会的な構築物としての性欲であり、文化の力学から逃れることはできないのである。

　シェイクスピア演劇の多様な性のありようも、そのような政治や文化の力関係に彩《いろど》られている。しかしそのなかでも、一見ひ弱そうな女たちのセクシュアリティが自らの運命を切りひらいていく姿は活写されている。彼女たちの性的欲望は、ジェンダーによるセックスの本質化やセクシュアリティの差別という、表象の暴力にあらがう、生の根元にある潜勢力なのである。

クエスチョン

①ヴァイオラの変装がもたらす情動的効果は、彼／女のセクシュアリティのどのような面をきわだたせ、あるいは阻害しているか？

②オリヴィアとヴァイオラの二人を相似した対称的な軸として、近親相姦と喪失というテーマを、どのように展

開することができるだろうか？
③マルヴォーリオによる階級的・ジェンダー的侵犯と、それに対する懲罰をどのように考えたらいいだろうか？
④この劇における、さまざまな階級的差異の様相はどのように把握できるだろうか？
⑤道化のフェステは、劇の構造および劇の文化的力学の観点から見て、どのような役割を果たしているのか？

ストーリー

ヴァイオラとセバスティアンは双子の兄妹で瓜二つ。航海の途中で嵐に遭い、二人は離れ離れとなりながら、イリリアに漂着する。イリリアの公爵オーシーノーは、オリヴィアという令嬢を慕って恋の病に落ち込んでいる。しかし、オリヴィアは先頃なくなった兄を悼んで、まったくオーシーノーの求愛を受け付けようとしない。

ヴァイオラは船長の助けで兄セバスティアンの格好を真似て男装し、オーシーノーの宮廷にシザーリオという名前で小姓として仕える。彼女はたちまち彼の寵愛を得て、オーシーノーからオリヴィアへの愛の使いの役を命じられる。オーシーノーの代理として彼の愛を伝えにきたシザーリオ／ヴァイオラに、オリヴィアは一目で恋におちてしまう。

オリヴィアの叔父トービーの酒飲み友達であるサー・アンドリュー・エーギュチークも、オリヴィアに好意をもっていた。だが、あまりの行状の悪さにオリヴィアにはまったく相手にされていない。彼らは道化フェステやオリヴィアの侍女マライアも交えて、夜中に飲めや歌えとドンチャン騒ぎをしているところを、オリヴィアの執事マルヴォーリオに激しく叱責される。そのことの腹いせに、マライアがいたずらを仕掛け、オリヴィアの筆跡に似せた手紙をマルヴォーリオが拾って読むように仕向ける。その手紙には、謎めいた文面でまるでオリヴィアが執事のマルヴォーリオを愛しているかのように示唆されている。トービーたちが物陰に隠れて見守るなか、マルヴォーリオは歓喜に酔いしれるのだった。

ヴァイオラは自分が「女」なので、オリヴィアの気持ちに応えられない。それに彼女はすでにオーシーノーに夢中であり、ある男に恋した女の物語をオーシーノーに語ることで、ひそかに自らの思いを告げようとする。

エーギューチークは、オリヴィアが自分ではなくシザーリオに夢中なのを知って、シザーリオに決闘を申し込む。剣など持ったことのないシザーリオ／ヴァイオラは脅えるが、エーギューチークも臆病者なので、とても決闘にならない。

ヴァイオラの双子の兄、セバスティアンもイリリアに船乗りのアントーニオとともにたどり着いていた。アントーニオはセバスティアンを心から愛しており、敵も多いこの土地に、彼を守るためにとどまることにする。二人がしばらく別れていたあいだに、アントーニオはエーギューチークに襲われそうになったシザーリオ／ヴァイオラに出くわし、彼女をセバスティアンと思い込んでエーギューチークを懲らしめようとしたところで、イリリアの役人たちに捕らえられてしまう。

一方、セバスティアンもその後でエーギューチークとトービーに遭遇、彼らはセバスティアンをシザーリオと思い込み決闘の続きを仕掛けるが、意外にも彼が強いので面食らう。そこにオリヴィアが登場。トービーの乱暴と非礼をとがめ、シザーリオと思い込んだセバスティアンに許しを請い、自分の愛を受け入れてくれるよう懇願する。最初は驚いたセバスティアンだが、オリヴィアの美しさに魅せられ、彼女の気持ちを受け入れて神父の前で結婚式を挙げる。

マルヴォーリオはオリヴィアの前に手紙で指示されたとおりの奇天烈な格好をして登場したため、正気を疑われ、真っ暗な地下室に幽閉されて、フェステの変装したトーパス神父による悪魔祓いを受ける。

シザーリオをしたがえて自らオリヴィアのもとに愛を求めてきたオーシーノーの前で、オリヴィアはシザーリオのことを「夫」と呼ぶ。オーシーノーもオリヴィアもともに自分がシザーリオに裏切られたと思うが、彼／彼女とまったく区別のつかないセバスティアンが登場、一同あっけにとられる。かくして兄妹が再会し、オリヴィアはセバスティアンと、ヴァイオラはオーシーノーと結ばれることになる。その晴れがましい結末に対して、マルヴォーリオがひとり復讐を誓う。エーギューチークは空しくこの地を去り、トービーはマライアを妻に娶って旅に出る。そして道化フェステの歌が、このほろ苦い喜劇をしめくくる――「雨はまいにち降るものだ…」。

†セクシュアリティによるジェンダーの解体

日本社会では、文化や性別において、同一性への圧力がきわめて強い。複数の性別のあいだを揺れ動く人々について「性同一性障害」という用語がときに使用されるように、とりわけジェンダーの同一性を疑い、複数のジェンダーを抱えて生きていくことには多くの困難が伴う。

しかしごく常識的に考えてみても、人は自らの性別にかんして、①身体を基準に付与される性別と、②本人の心のありようや意志に基づく性別と、③性的指向や恋愛対象に関わる性別と、少なくとも三種類の性別のなかで生きているのではないだろうか。それぞれその両端に「男」と「女」という指標があるとすれば、人それぞれの性別は、そのあいだのほぼ無限に推移する曖昧な領域のなかで流動しており、そこに既成のジェンダー秩序が撹乱されるきっかけもあるはずである。

セクシュアリティもジェンダーも、人それぞれに異なった性のありようを探るためのカテゴリーであり、決して判別や差異の認識の指標をもたらすだけのものではない。『十二夜』で考えたいのも、そうしたジェンダーの同一性を疑い、新たなセクシュアリティの関係性によって、これまでとは違った人間関係を築くことが、「女性登場人物による男装」という性の境界侵犯のなかに含まれているではないかということである。

†変装によるジェンダーの侵犯

「シェイクスピア時代には少年俳優が女役を演じたので、セクシュアリティやジェンダーの表現が曖昧で複層的で豊かだったが、近代の演劇のように女優が登場してからはそうした表現の重層性が消えてしまった」と言われる。たしかにそのような側面もあるのだが、そこで思考を停止してしまってはいけないだろう。大事なことは、シェイクスピア演劇のテクストそのものに、セクシュアリティの複数性を読み取ることであり、性を侵犯する契機として変装を捉えることだからである。

変装がもたらすジェンダーの撹乱は、少年俳優が演じるか女優が演じるかによっては左右されない。テクスト自体の侵犯力が、「男」か「女」かという判断の根拠そのものを打ちこわしてしまうからだ。「少年」という特殊で過渡的なセクシュアリティの持ち主が、女役を演じ、その女が自らの女性としてのセクシュアリティに目覚めていく瞬間。そのときにこそ演劇的な仮構の「少年性」が、侵犯力を発揮して既成のジェンダー秩序を解体するのである。『十二夜』では、変装の成功例（ヴァイオラ）と、その失敗例（マルヴォーリオ）が過激に対照される。しかしほかの登場人物たちも多かれ少なかれ、この身体への書き込みとその読解との境界線上におり、変装による新たな関係性を複雑に作り出す。

『十二夜』で喜劇的な大団円を可能にしているのは、セバスティアンとヴァイオラ兄妹の支配的体制への帰化と囲い込みである。そこでは性的欲望を統制する経理《エコノミー》と法制を主要な媒介として、ヘテロセクシュアルな回収（オーシーノーによるヴァイオラの、オリヴィアによるセバスティアンの）と、ホモエロティシズムの包摂（アントーニオ）、および階級的異分子の排除（トービーの離脱とマルヴォーリオの追放）が同時に進行する。ヴァイオラ、アントーニオ、マルヴォーリオの三者をセクシュアリティ・ジェンダー・階級差別的な支配体制における異者の代表とみなすこともできるだろう。まず、ヴァイオラの男装の意義をさぐるために、彼女の身体の外面的変容を考えることから始めよう。

†「去勢された男」

一幕二場でのヴァイオラの変装過程では、それを助ける船長の役割と、「宦官、去勢された男（eunuch）」（五六行）としてオーシーノーに仕える計画が目を引く。*

＊最終場でヴァイオラは、「この船長はわたしを最初に岸辺に連れてきてくれた人で、私の女の服を持っているのですが、いまはマルヴォーリオの訴えで法的もめごとがあって捕らえられています（The captain that did bring me first on shore / Hath my maid's garments; he upon some action / Is now in durance, at Malvolio's suit）」（五幕一場二七〇―二七二行）と言う。この船長は最後まで彼女の変装の鍵を握っている。マルヴォーリオと船長とのあいだにどんな「法的もめごと」がありえるの

〈引用Ⅵ―A〉

それじゃ彼の宦官におなりなさい、私はあなたの唖の召使になりましょう。
私の舌がしゃべりだそうものなら、自分の目を見えないようにしてやりますよ。

Be you his eunuch, and your mute I'll be:
When my tongue blabs, then let mine eyes not see.

（一幕二場62―63行）

Edited by J. M. Lothian and T. W. Craik

か。まるでヴァイオラの変装をめぐって、二人の男が争っているかのようだ。

ヴァイオラは船長に唐突に「去勢された男」として推薦してほしいと頼む。ここでの彼女の意図は、セクシュアリティとは一見無縁の、「歌を歌ったりいろいろな楽器を奏したり（sing,／And speak to him in many sorts of music）」（五七―五八行）といった、当時の貴族階級の男が雇う小姓としての能力にあるようだ。しかしそれを聞いた船長は、ヴァイオラの性の冒険を示唆するかのように、こう述べる。〈引用Ⅵ―A〉

西洋の東洋に対するオリエンタリズム的な幻想によれば、トルコの宮廷のハーレムでは女たちの警護役を宦官が務め、さらに宦官には唖の召使がいたとされる。船長の受け答えは、ヴァイオラの男装を植民地主義の文脈で、ジェンダーとセクシュアリティが交錯する領域に投げいれる。シェイクスピア時代に少年俳優が演じていたヴァイオラは、男性としての性的能力をかろうじて持ち始めた曖昧な人物として、観客の前に自己を提示する。その彼／女が〝eunuch〟になるということは、もともと確定していないセクシュアリティをさらに強制的に否定する、いわば二重の消去である。それゆえにヴァイオラ／シザーリオの「少年」的身体には、その消えた痕跡が刻まれている。いわば彼／女の変容は、語ろうとしても語りえず、見ようとしても見えない「不在の実在」をもたらすのだ。

しかもヴァイオラが仕えるオーシーノーの宮廷は、女性嫌悪と結び付いた女性的なものへの恐怖と憧憬に憑かれた、男性中心主義的でホモソーシャルな共同体である。そのなかでヴァイオラが性的奉仕だけを目的とするハーレムの女性たちの警護役〝eunuch〟を務めるとすれば、彼／女が守らなければならないのは、自分自身のセクシュアリティだけではないだろうか。「少年」というジェンダーもセクシュアリティも過渡的な存在が、「男」と「女」の敷居を随時横断することによって、ジェンダーやセクシュアリティだけでなく、階級的にも民族的にも安定していた

〈引用Ⅵ―B〉

男というほどに成長してもおらず、男の子というほど幼くもない。……男の子と成人男性のあいだのちょうど中間というところ。気性は劣悪で、言葉遣いも性悪女のようにぞんざいです。まだ母親からほとんど乳離れしていないと考えてもいいでしょうか。	Not yet old enough for a man, nor young enough for a boy: …… 'Tis with him in standing water, between boy and man. He is very well-favoured, and he speaks very shrewishly. One would think his mother's milk were scarce out of him.

（一幕五場153―158行）

ように見える共同体の秩序がかき乱されていくのである。

†男と少年の境界

こうしてヴァイオラ／シザーリオは、「お前のすべてが女役を演じるのにふさわしい(And all is semblative a woman's part)」（一幕四場三四行）とオーシーノーに言われながらも、オーシーノーのヘテロセクシュアルな求愛を代理表象する過程で、その対象であるオリヴィアに恋をされてしまう。むろんオリヴィアもシェイクスピア時代には少年俳優が演じていたのだから、舞台上の二人の遭遇にはさまざまなジェンダーとセクシュアリティの錯綜がうずまくことになるだろう。

オリヴィアの家を訪れたヴァイオラは、門前で出迎えたマルヴォーリオによって、次のように曖昧な男性的アイデンティティの持ち主として形容される。〈引用Ⅵ―B〉

「性悪女」といい「母親」といい、ヴァイオラ／シザーリオの「男性／少年性」が女性的なるものを基準として推し量られていることに注目しよう。このことはマルヴォーリオ自身の異性愛傾向に基づく家父長的な他者認識の現れだろう。と同時にそれは、ジェンダーやセクシュアリティが「女性」を性的に囲い込もうとする衝迫によって、一般に差異化されることの例証ともなる。

少年俳優が演じる女性による男装。それが体現しているヴァイオラ／シザーリオという演技遂行的《パフォーマティヴ》な身体は、このようにまず「男性」でも「少年」でもない不分明な存在として表象されている。マルヴォーリオの見るところ、彼／女はジェンダー的には「男」であっても、そのセクシュアリティが不確定で、母親との絆が切れていない幼児の奔放ささえ保持しているのだ。

図6－1　「男というほど成長しておらず」：変装する二人
演出：ジョン・バートン、ヴァイオラ：ジュディ・デンチ、マルヴォーリオ：ドナルド・シンデン（RSC、1969年、写真：レグ・ウィルソン）

†「台本」からの逸脱

ヴァイオラは、オリヴィアと最初に出会う場面で自分を、書かれた台本に忠実な役者と定義する――「暗記した自分の役の台詞以外のことは言えませんから、そのご質問はわたしの役をはみでています（I can say little more than I have studied, and that question's out of my part）」（一幕五場一七三―一七四行）。しかし当初、彼／女の演技は、自己のアイデンティティを疑うことを知らないらしいオリヴィアの関心を引かない。

亡くなった兄を愛するあまり他人に興味を失っているオリヴィアと、兄を失ったと信じて不確定な状態にとどまっているヴァイオラ。オリヴィアとその兄、ヴァイオラとその兄という相似形において、この劇は近親相姦のテーマさえうかがわせる構造をもつ。あるいは、「なにか喪失があったのは想定できるはずだが、なにが失われたかがはっきりわからない」（フロイト）メランコリー状態において、他者との対面を恐れている、とこの二人を考えることも可能だろう。一般に喪失の経験は、自己を弱者との同一化、弱者への共感に向かわせる。しかしそれが、新しい自己の確立に向かうためには、他者も具体的な喪失の経験を抱えていることに気がつかなくてはならない。おそらく、この場でヴァイオラの男装がもたらすのは、オリヴィアとの関係における、互いの喪失感の共有である。

ここでオリヴィアは最初、自分の外面的な「美しさ」のなかに閉じこもっている。彼女はベールをとって露わにした自らの顔を「私の美しさの書き記された明細書（divers schedules of my beauty）」（二三九行）と呼ぶ。つまり、ベールをとってもそこにあるのは他者にさらした「素顔」ではなく、計算可能な価値なのだ。ここで開始されるのは、

〈引用Ⅵ—C〉

あなたの門前に柳の枝で小屋を作り、
お邸のなかの私の魂に向かって呼びかけます。
さげすまれた愛という忠実な歌を書き記し、
真夜中にそれを大声で歌うのです、
あなたの名前をこだまする山々にまで届かせ、
大気がまるでおしゃべりするように
「オリヴィア!」と叫ぶまで。

Make me a willow cabin at your gate,
And call upon my soul within the house;
Write loyal cantons of contemned love,
And sing them loud even in the dead of
night;
Halloo your name to the reverberate hills,
And make the babbling gossip of the air
Cry out ‘Olivia!’

（一幕五場262—268行）

身体の特徴をめぐる書記作用における記号の闘争である。まずオリヴィアが、「財産目録とされた（inventoried）」（二四〇行）自らの顔を武器に、肉体的にも経済的にも優勢のようにみえる。彼女は、変装とは無縁の安定したジェンダー秩序のなかで、目の前の「少年」に対して覇権《ヘゲモニー》を主張する。

しかし、ヴァイオラであると同時にシザーリオでもある「少年」が託された台本を逸脱し、「自分ならば（I would）」というパフォーマティヴな想定のもとに伝える肉声が、虚をつくようにしてオリヴィアの心の琴線にふれる。〈引用Ⅵ—C〉

兄の喪失によってもたらされた空虚を満たす「オリヴィア」の名前。彼女は、喪失の本当の対象が、他者を愛することができる自らの力そのものだったことを知って、メランコリーから解放されるのだ。ヴァイオラ／シザーリオの変幻する身体によって、新たに書き記された愛の歌がもたらす高揚が、安定したジェンダー体系に支えられた経済的秩序を破壊する。彼／女は「少年」であることによって、その曖昧で不在のセクシュアリティゆえにかえって「女性」を魅き付けてしまう。男性的なイデオロギーとセクシュアリティを保持するオーシーノーにまったく魅力を感じなかったオリヴィアが、シザーリオという「偽の男」に一目ぼれしてしまうのは、まさにこの「少年性」がもたらす新たなジェンダー秩序のゆえである。

ヴァイオラだけでなくオリヴィアも少年俳優によって演じられていたことを想像すれば、この場面でのジェンダーとセクシュアリティの交錯がいかに豊かな攪乱をもたらすかは、あらためて強調するまでもないだろう。ここにあるのは、少年同士の愛という、危うい関係に基づくセクシュアリティの輝きに促されたジェンダーの揺らぎだ。「少年」による男装は、かくも魅力的な境域を拓きうるのである。

人の美しささえも「財産」とし、数の優位を至上とする資本主義的な暴力に敢然

〈引用Ⅵ—D〉

私の父に娘がいてある男を愛しました、 私が女だったら、あなた様に抱いたような、 そんな愛かもしれませんが。	My father had a daughter lov'd a man, As it might be perhaps, were I a woman, I should your lordship.

（二幕四場108—110行）

〈引用Ⅵ—E〉

公爵　それで妹さんは愛ゆえに亡くなってしまったと、おまえ？	Duke. But died thy sister of her love, my boy?
ヴァイオラ　私の父の家に居るあらゆる娘たち、 それはいま私だけですし、 あらゆる兄弟たちもそうです。でもわたしにはまだ知らないこともあって。	Viola. I am all the daughters of my father's house, And all the brothers too: and yet I know not.

（二幕四場120—122行）

と立ち向かう言葉。身体や美を「目録」として数え上げるのではなく、真夜中の大気のなかに響きわたるたった一つの名前によって、情感を世界へと開放すること。書記作用の支配に対抗する、オルタナティヴな伝達機能をもたらす変装の力。男装したヴァイオラが「大気」とともに叫ぶ「オリヴィア！」という名前こそは、ヘテロセクシュアルな構造を維持しようとする財政的記録に抗して、新たなセクシュアリティの関係を生み出す詩的で遂行的な宣言となるのである。

†彼／女の歴史／物語

変装という新たな身体的書記作用の延長線上に現れるのが、ヴァイオラがオーシーノーに語る「女の物語（her history）」（二幕四場一一〇行）である。「女が自分に抱く愛の大きさなど／自分のオリヴィアに対する愛とは／比べものにならない（Make no compare / Between that love a woman can bear me / And that I owe Olivia）」（一〇二—一〇四行）と言うオーシーノーに、ヴァイオラは次のように、自らの真実を仮想の物語にして応える。〈引用Ⅵ—D〉

しかし「彼女の歴史（her history）」は「白紙（A blank）」（一一一行）のまま、彼女はその愛を告げることなく亡くなってしまった、という。〈引用Ⅵ—E〉

「父親のあらゆる娘たち」と「兄弟たち」とを混在させているヴァイオラ／シザーリオの身体が、歴史《ヒストリー》の語りによってきりひらく「知らない」世界。過去の物語を想像することが未来の歴史を創造する。この地点で、いわば

"his story" と "her story" とが交わるのである。

支配的な歴史の文字が決してその上に書かれることのない「空白の紙」——男性中心主義的なジェンダーの暴力に対する抵抗の象徴として、これ以上のものがあるだろうか。それはセクシュアリティの不在と、ジェンダー秩序による消去の痕跡を記した過剰な空白である。その空虚のなかで、ヴァイオラの男装が可能とした性の境界線が引き直される。ヴァイオラが自らのヘテロセクシュアルな女性性を発現しようとするときにこそ、彼／女の「少年性」が沸き立つ。このときヴァイオラ／シザーリオが「男」によって演じられているか「女」によって演じられているかにかかわらず、彼／女はまさに「少年」そのものであることによって、そのセクシュアリティの侵犯力を十全に発揮するのである。

この力の前では、オーシーノーの確固とした男性的セクシュアリティさえも揺らがざるをえない。安定したジェンダー秩序によって、三種類の身体的対面——女対女、女対男、男対男——をすべて含み込みながら、同時にそのような対立の前提そのものを無効にしてしまうような性的欲動の可能性。男装したヴァイオラというテクストの仕掛けが、「男」であることを信じて疑わず、私たち観客を含めてその中心性に安住していた者の主体をも、流動しながら変革する性の潜勢力の領域へと投げ込んでしまうのである。

図6−2 「ひと目で恋に落ちてしまい…」：オリヴィアとヴァイオラ
演出：ピーター・ホール、ヴァイオラ：ドロシー・テューティン、オリヴィア：ジェラルディン・マキューアン（RSC、1960年、写真：アンガス・マクービン）

ヴァイオラは変装によって、曖昧であるがゆえに他者との新しい関係を育むセクシュアリティを体現するようになる。オリヴィアの突然の態度の変化に驚いた彼女自身、そのことを次のように述べる。〈引用Ⅵ—

〈引用Ⅵ—F〉

変装というのは、邪悪なものね。
たくらみを秘めた悪者がやりそうなこと。
見かけだけきれいな男たちが嘘をたやすく
蠟で判を押すように女の心に自分の姿を刻み込む
私たちの弱さのせいね、私たち自身ではなくて、
私たちは弱くできているのですもの、それでそうなってしまうのだわ。
いったいどうなるのかしら？　私のご主人はオリヴィアをとても愛しておられる、
それで私はと言えば、あわれな怪物ね、あの方が大好きなのに、
オリヴィアさんは、間違えて、私に惚れている。

Disguise, I see thou art a wickedness,
Wherein the pregnant enemy does much.
How easy is it for the proper false
In women's waxen hearts to set their forms!
Alas, our frailty is the cause, not we,
For such as we are made of, such as we be.
How will this fudge? My master loves her dearly,
And I, poor monster, fond as much on him,
And she, mistaken, seems to dote on me:

（二幕二場27—35行）

F〉

ヴァイオラはここで、安定したジェンダー秩序に則して、男の「悪」や女の「弱さ」を混乱の原因として指摘しているかのように見える。しかしそこには迷いや揺れがある。そのゆらぎが、「私」を形作っている材料と本質との混同を導き、さらには、「怪物」という意味だけではなく「前兆、不可思議なもの、神聖なあらわれ、警告」といった意義を含んだ"monster"という語を招き寄せるのである。ここにはヴァイオラ自身が自らのセクシュアリティに気がつき、既存の「女性性」のなかに逃げ込もうという姿勢と、性の新しい展望に賭ける決意が同居している。「時よ、解きほぐして、私じゃなくて、／この結び目は私がほどくには難しすぎる（O time, thou must untangle this, not I, / It is too hard a knot for me t'untie）」（四〇—四一行）というこの独白の結語は、家父長制社会における従属者である「女性」が漏らす諦めであると同時に、さまざまな性を横断しようとする「少年」が表明する希みでもあるのだ。

†侵犯と審判

ヴァイオラは自らのセクシュアリティの可能性に戸惑いながらも、結局はその統御に成功する。それは喜劇の約束事である結婚で終わる「ハッピーエンド」によって枠付けられ、そうした慣習によって支えられた既存の社会体制から見れば、異性愛体制《ヘテロセクシュアリティ》の勝利ということになるかもしれない。

しかし、そのような成功や勝利に疑問を投げかけ、笑いの対象となりながらも喜劇そのものの存立さえ危うくさせてしまうのが、マルヴォーリオ

図6−3 「私に一人の妹がいました」：仮想の恋を語るヴァイオラとオーシーノ
演出：ジョン・バートン、ヴァイオラ：ズー・ワナメーカー、オーシーノ：マイルス・アンダーソン（RSC、1983年、写真：ドナルド・クーパー）

である。マルヴォーリオは彼独自の変装による階級上昇と性的侵犯を試みるが、無残にも失敗することになる。
マルヴォーリオはマライアが書いた手紙をオリヴィアからのものと思ってしまうわけだが、一幕五場でオリヴィアがヴァイオラに提示した自分の「美しさの明細書」と同様、その手紙はマルヴォーリオの「髭の色、足の形、歩き方、目や額の様子や肌の色（the colour of his beard, the shape of his leg, the manner of his gait, the expressure of his eye, forehead, and complexion）」（二幕三場一五三―一五五行）といった身体的特徴を列記したものだ。それはいわば、身体を「目録」に整序するテクスト上の仕掛けである。

ここにも身体に対する書記作用の支配が示唆されているが、マルヴォーリオはヴァイオラと違って、対抗手段として新たな他者関係を生み出すための自律的な変装ができない。彼は手紙の指示どおりの服装と振る舞いを模倣するが、文字どおり書記の力に屈し、新たなセクシュアリティを構築することができない。その結果、彼は規範的なジェンダー秩序によって審判されることになる。つまりその侵犯は既存のジェンダーの枠組みによって、中年男性の逸脱したセクシュアリティの暴走として処理され、一方的な観衆の視線によって「狂気のふり（mad counterfeit）」として診断されるのだ。そこに、他者の主体をゆるがす攪乱の契機は作り出されない。

二幕五場でマルヴォーリオがマライアの書いた手紙をオリヴィアのものと勘違いする場面では、書かれた文字の威力が容赦なく発揮されている。

〈引用Ⅵ―G〉

身体的特徴が財産目録のように記されるに留まらず、文字の数列にまで還元されてしまうマルヴォーリオの全身。変装という手段をもたないマルヴォーリオのアイデンティティと身体は、たった四つの文字に解体されてしまう。彼は、手紙の叙述を一字一句忠実に反復するだけの模倣に従うほ

〈引用Ⅵ—G〉

これほど明白なことがあるか。まったくなんのじゃまも入る余地もない。しかしだ、この最後、このアルファベットにはいったいどんな意味が? 俺のなかに何かこれに似たものを見つけられるとしたら!　ちょっと待て!「M.O.A.I.」。

this is evident to any formal capacity. There is no obstruction in this. And the end: what should that alphabetical position portend? If I could make that resemble something in me! Softly! ‘M.O.A.I.’--

（二幕五場115—128行）

かない。それは新しいセクシュアリティの関係性もジェンダーの混乱ももたらさず、彼は既存の文化的枠組みによって、その侵犯行為を罰せられることになる。

マルヴォーリオは手紙の一文字一文字をできるかぎり「明白（open）」（一五六行）に解釈することで、その書き手と宛先と内容を把握しようとする。その結果、彼は「コピー」であるほかない手紙の意味の不確定性という罠におちいってしまうのだ。コピーされた内容を、自分の所作や服装によって正確に模写して演技しようとすればするほど、その行為は本来の人格や秩序からの逸脱した「狂気」として断罪される。「私は貴方の命じるとおり何でもいたします（I will do everything that thou wilt have me）」（一七二—一七三行）と、書かれた文字に従って外見や身振りを変更するマルヴォーリオは、「本物」と「偽物」の区別がつかない愚か者というよりも、身体的書記作用が本質的に抱えている意味の多重性による「復讐」の犠牲者なのである。

†「乙女」と「男」

幸福な結婚という喜劇の約束事から排除される人物としては、マルヴォーリオのほかにもう一人、アントーニオがいる。彼とセバスティアンとの性的関係の不確定性もここで考察に値するだろう。

ヴァイオラ／シザーリオは「男の子と成人男性のあいだのちょうど中間」にいる過渡的存在、あるいは「私はこうしている私ではありません（I am not what I am）」（三幕一場一四二行）と自ら言うように、否定形によってしか表現できないような人物である。それと同様に、「お兄さんが私という鏡のなかにそっくり生きていることは／私がいちばんよく知っている（I my brother know / Yet living in my glass）」（三幕四場三七八—三七九行）と彼／女の言う双子の兄セバスティアンも、ジェンダーの境目にいる「男性」である。おそらくセバスティ

〈引用Ⅵ—H〉

あなたは乙女と結ばれる約束をしたようなもの、
でもここに私がいるのですから、まったく間違えていたというわけでもない、
つまりあなたは乙女と男の両方と契りを結んだというわけです。

You would have been contracted to a maid;
Nor are you therein, by my life, deceiv'd:
You are betroth'd both to a maid and man.

（五幕一場257—259行）

アンがそのような「少年」の面影を残した曖昧さをはらんだ人物だからこそ、アントーニオは命の危険を冒してまで彼を愛そうとするのではないか。

兄妹の取り違えをめぐる真相が明らかになった後で、セバスティアンがオリヴィアに言う台詞には、そんな彼自身の不確定なジェンダーが示唆されている。〈引用Ⅵ—H〉

ヴァイオラ／シザーリオが“maid”と“man”とのあいだの存在ならば、その鏡像であるセバスティアンも同様のジェンダーの不確かさによって、アントーニオとオリヴィアとに同時に愛される。しかし喜劇の終幕は、そのようなセクシュアリティ解放劇の一方の当事者であるアントーニオには、彼自身の当惑や失望、あるいは反省や抗議を表明する機会を一切与えず、またオリヴィアの躊躇と恥辱も「本当に驚き！（Most wonderful!）」（二二一行）という一言で片づけられてしまう。喜劇はあくまでヘテロセクシュアルな回収を目指して、ジェンダー侵犯の展望を閉ざしてしまうのだろうか。しかしアイデンティティの過激な揺らぎを目撃してきた観客にとって、ヴァイオラ／シザーリオの「少年性」を決して忘れることができないように、セバスティアンの「両性具有性」も、オリヴィア自身の「少年性」も、そしてアントーニオの「同性愛者性」も豊かな想像と静かな内省の契機となりうるはずだ。

†喜劇と排除

しかし劇はそうした展望をあくまで回避するかのごとく、異性愛と安定した性の秩序による包摂と排斥の論理によって終わるように見える。

観客がトービーやフェービアンたちと共有したマルヴォーリオに対する笑いは、最終場のマルヴォーリオの「お前たち全部にかならず復讐してやる（I'll be reveng'd on the whole pack of you!）」（五幕一場三七〇行）という、体制に安住する世界すべてに向けられた宣戦布告によって水を差されることになるだろう。マルヴォーリオいじめはそのあまりの過剰さゆえに、幸福な大

団円からの彼の追放とともに、喜劇的結末そのものの恣意性と暴力性をあらわにしてしまうのである。

最終場での異性愛的な包摂の力は、変装や書記作用による攪乱を押しながす。しかし同時に私たちが苦い思いとともに知るのは、兄妹の再会で収束する喜劇が、笑いと結婚と家父長権力を復活させるために払ってきた犠牲の代価である。そのことを裏付けるのが、問題がすべて円満に解決した後で、わざわざ全員の前で読み上げられるマルヴォーリオの「手紙」だ。オーシーノーによれば、この手紙は、「狂気の痕跡を示してはいない（savours not much of distraction）」（三〇七行）。マライアがオリヴィアの筆跡を真似て書いた手紙と、マルヴォーリオが自らの手で書いた手紙、この二通の書き付けには階級とジェンダーの秩序の超えがたい断層が示されてはいないだろうか。その筆跡こそは、ヴァイオラの男装がもたらした断絶の越境という奇跡を表すと同時に、書記作用が異分子として排斥する者の身体に深く刻印した暴力の痕跡なのである。

参考文献・映像

男と女のあいだの溝と絆を考えるために

田崎英明『ジェンダー／セクシュアリティ』（思考のフロンティア）、岩波書店、二〇〇〇年

河口和也『クイア・スタディーズ』（思考のフロンティア）、岩波書店、二〇〇三年

若桑みどり『お姫様とジェンダー――アニメで学ぶ男と女のジェンダー学入門』（ちくま新書）、筑摩書房、二〇〇三年

喪とメランコリーについて

ジグムント・フロイト「悲哀とメランコリー」井村恒郎訳、『フロイト著作集』第六巻、人文書院、一九七〇年

村山敏勝「予め喪われた死者へ――メランコリーの拡大」「現代思想」二〇〇六年十月臨時増刊号、青土社

ジュディス・バトラー『生のあやうさ――哀悼と暴力の政治学』本橋哲也訳、以文社、二〇〇七年

演劇における異性装を考えるための映画

チェン・カイコー監督、レスリー・チャン／チャン・フォンイー主演『さらば、わが愛　覇王別姫』一九九三年

第7章　私を忘れないで
──『ハムレット』(一六〇一年)と記憶の臨界

あらゆる死は生者、生のためにのみあって、死者は、生者のなかでのみ生きる。永生があるとすれば、それだ。生者のなかの記憶だ。ただ生者のため。そして終極の滅亡へ至る…。

(金石範『火山島』)

VII

キーワード7　**亡霊と記憶〈Memory〉**

シェイクスピアの時代、悲劇とは、慣習として最後に主人公が死に、その人が体現したり象徴したりしていた社会秩序が引き継がれたり刷新されたりする劇とされていた。だからブルータスもハムレットもリアもマクベスもコリオレイナスも死んで、生者の時間の外側の人となり、残された者たちが時の内側から彼らを思い出す。芝居では、毎晩のように人が死に、事件が起こる。がしかし、それは役者によって舞台上で演じられていることにすぎないから、翌日はまた同じ人が死に、同じ事件が起こる。言い換えれば、演劇とは、死者と過去を記憶すること、その過程の共有なのである。

死者と過去は、私たちの記憶のなかにしか存在しない。記憶としてしか死者の歴史は、私たちの現在の時間とともにあり続けることはできないからだ。だからシェイクスピア演劇におけるように、芝居ではときに亡霊が登場し、私たちの現在を訪れてくるのだろう。

　亡霊は、死者という絶対に取り返しのつかない過去と、死者の記憶という、それにもかかわらず過去を取り返そうとする生者の思いとのあいだの敷居に出現する。亡霊とは死者ではなく、死者に対する私たちの記憶が生み出す演劇的な幻影である。だから、私たちの記憶として舞台や紙やスクリーンの上ではじめて生きることのできる死者は、亡霊として喪や顕彰や記念の対象となりうる。それは演劇という共同の営みによって、まったくの他人の思いを結び付けることもできれば、国家や家族による追悼の儀式によって、個人の思いを簒奪することにつながりもする。

　記憶には四つの形態と段階がありうる。プライヴェートな思い出としての個人的記憶。ナショナルで民族的な意図を含む公的な記憶。マスコミや世間話といったメディアに媒介された世俗的な記憶。そして具体的な場所や時間を超え、抽象化されたメタレベルの記憶。もちろんこの四つは重なり合うこともあれば、矛盾し対立し合うこともある。たとえば、戦争で死んだ身内の記憶はかけがえのない私的な記憶であるにもかかわらず、それは往々にしてパブリックな共同体のための死へとずらされる、「名誉の戦死」といったように。


あるいはマスメディアによって繰り返し刷り込まれた商業的利益を目的とした記憶が、時間を経ることで普遍性を帯びるような超越的な記憶となっていくこともある。現在のように過度に市場原理が浸透した世界では、記憶のディズニーランド化とも呼ぶべき状況も生まれており、痛みや情動に根ざす過去の記憶も容易にプロパガンダや消費の欲望に回収されうる。

　戦争や植民地占領やテロリズムといった大規模で無差別な暴力のなかで、人々はほとんど無意味な死を強制される。圧倒的な武力によって突然に殺されてしまった幼児の死に、いったいどんな意味を見出せばよいというのだろうか。「人が無意味な死を死ぬ」という不条理きわまりない現実を、日常として生きなくてはならない場所がある。だからこそ、私たちはそのように理不尽な出来事の外部にいて、そのようにして生み出された死者の時間の外にいて、その出来事自体を説明し、合理化し、ときには否定しさえする物語を欲するのだ。だから多くの物語は、死者の記憶を語り／騙りながら、その実、死者を冒瀆している。

　演劇という、死者と生者との境界でなされる営みが、死者と死者の記憶とをつなぐ試みであるためには、舞台と客席とがともにそうした安易な物語化の誘惑に屈しないことが必要だ。ブルータスやコリオレイナスの死は、ローマの名誉なるものの価値を根底から疑わせる不条理な出来事であるし、ハムレットやリアやマクベスの死は劇的という以外にはまったく無意味な死である。だがそのことは、彼らの死を目撃する私たち観客の生が無意味であることを意味しない。

あらゆる出来事や個々の生には、固有で唯一の単独性がある。それをできるかぎり掘り下げることで、そうではない個々の出来事、別の一人の個別性への通路をひらき、そうした作業の果てに普遍性へと到達すること。物語でありながら物語化の誘惑に抗する演劇という営みは、つねにそうした危うい契機の連続によって成り立っている。そのことを体験によって知っているがゆえに、私たちは今日も劇場に通い、亡霊という死者の記憶の形象をとおして、その向こうの、私たちの時の外にある膨大な死者の空間を想像し、その声を聞こうとするのではないだろうか。

死者とその記憶との臨界へ。リチャード三世が殺した者たち、ジュリアス・シーザー、父王ハムレット、バンクォー――シェイクスピア演劇の亡霊たちは、今晩も記憶の橋を渡って私たちのもとを訪れる。そのとき私たちは悟るのだ、時間の外にいるのが死者のほうではなく、もしかしたら私たちのほうではないのかと。

クエスチョン

①ハムレットは「独白」という演劇的手段によって、どのような記憶と表象の場を作り出すことができるのか？
②クローディアスとガートルードとの関係は、どのような変遷をたどるか？
③ハムレットのオフィーリアに対する「愛情」をどのように捉えることができるだろうか？
④レアティーズとフォーティンブラスの役割を、ハムレットとの関係でどのように考えるか？
⑤ハムレットが「復讐」を遅らせているとすればそれはなぜか、そこにどのような劇的必然性があると考えられるだろうか？

ストーリー

デンマークでは先王が亡くなり、その弟のクローディアスが王位を継いで、先王の妃ガートルードを妻に迎えたばかりだが、そのことで王子ハムレットはふさいでいる。

その宮廷に夜ごと、先王ハムレットの亡霊が出没するという。友人ホレーショらが昨晩、亡霊に出会ったというので、ハムレットは見張りの兵士らとともに夜中、城壁に立ち、父王の亡霊から叔父のクローディアスが自分を毒殺したのだと告げられる。

「自分を覚えておけ」という父の命令をその身に刻んだハムレットは、奇矯な振る舞いをして周囲の人々を当惑させる。クローディアスの廷臣ポローニアスの娘オフィーリアに、ハムレットはかねてから愛情を示していたのだが、彼女にもつれない態度をとる。

クローディアスはハムレットの友人ローゼンクランツとギルデンスターンを宮廷に迎えて、ハムレットの「乱心」の原因を探らせる。一方、ハムレットは宮廷にやってきた旅役者たちの助けを借りて、父王の殺害に似た場面を演じさせ、クローディアスの罪を確信する。しかし機会があっても、彼は復讐を果たそうとせず、母親の寝室でガートルードを責めるばかり。それを物陰からうかがっていたポローニアスをハムレットは殺害、それがもとでオフィーリアは正気を失い、川で自死する。

脅威を感じたクローディアスはハムレットをイギリスに送り、そこで彼を暗殺しようとするが、途中、船が海賊に襲われ、ハムレットはデンマークに舞い戻る。父親ポローニアスの死を知った息子のレアティーズは、遊学先のフランスからデンマークに立ち帰り、クローディアスの説得によってハムレットへの復讐を企てる。

クローディアスの発案により、ハムレットとレアティーズは剣の試合をおこなう。レアティーズは剣先に毒を塗り、クローディアスは酒に毒を盛って、ハムレット殺害を謀る。しかしそれが失敗し、レアティーズはハムレットによって殺され、毒杯はガートルードが仰いでしまう。レアティーズが死の直前に企みを告白したために、ハムレットはクローディアスを殺す。しかし、先に剣に傷つけられていたハムレットも、ホレーショらに看取られながら亡くなる。デンマークの王権は、ハムレットの遺言により、隣国ノルウェーの王子フォーティンブラスへと渡される。

†「ハムレットはオフィーリアを愛していたのか?」

『ハムレット』では、「ハムレットは本当にオフィーリアを愛していたのか?」と、よく問われる。しかし、「オフィーリアは本当にハムレットを愛していたのか?」とはあまり問われない。彼女は恋愛に関して始終受け身で、ハムレットやポローニアスのなすがままのように見えるし、最後は狂気のなかに自己を失って、自ら水中に身を沈めてしまう。

他方、オフィーリアに対するハムレットの気持ちとなると判断が難しい。彼は矛盾することばかり言っており、しかもシェイクスピア当時の演劇の慣習によれば「観客に向けて嘘は言わない」という約束がある独白では、オフィーリアとの関係についてハムレットが言及することはほとんどない。まるで彼のいまわの際の言葉、「あとは沈黙(The rest is silence)」の「あと」のほうにオフィーリアも含まれてしまったかのようではないか。

そこで問い方を変えてみたらどうだろうか――「ハムレットが愛していたかという問いが、なぜ私たちの関心を引くのか」と。そうすると最初の問いが、何かほかの問いを隠すことで成り立っていることが見えてくるかもしれない。ハムレットとオフィーリアは、私たち現代の観客のロマンティックな恋愛感覚からすれば、悲恋のカップルのようにも見える。しかし、オフィーリアの父ポローニアスが言うように、ハムレットは皇太子、オフィーリアは家臣の娘だから、彼女にハムレットの妻となる資格はほとんどない。たとえ彼女に何らかの愛情を抱いていたにせよ、妻にすることは難しいとハムレット自身も考えていただろう。

「ハムレットはオフィーリアを愛していたのか」という問いにとって重要なのは、ハムレットがオフィーリアについてどう考えているかであって、その思いを彼女のほうでどのように受け止めるかはおおかた無視されているのではないだろうか。

†王としての資格

オフィーリアの気持ちを重視しない傾向を支えるのは、封建的家族制度である。しかし『ハムレット』には、そのような制度に似合わない家族や個人ばかりいるようではないか。

ハムレットにとって、父王は男の理想を体現しており、ハムレットとしては自分がそれに及ばないという劣等感に悩まされている。また彼は、母親ガートルードに深い愛情を抱いている。ガートルードのほうはと言えば、ハムレットの叔父に当たるクローディアスを愛しており、二人は精神的にも肉体的にも互いに強く結ばれているようだ。ジョン・アップダイクという作家が書いた『ガートルードとクローディアス』という小説では、ガートルードは先王ハムレットに対する気持ちとは比べものにならないほど深くクローディアスを愛している。『ハムレット』でも、ガートルードの主体的選択や欲望からして、クローディアスのほうが男としても政治家としても、兄のハムレットよりずっと優れていると考えてもおかしくはない。

一方ハムレットからすれば、クローディアスは父王の陰画にすぎず、兄にかなり劣る弟と見なされている。父が死んだ時点で、王位は自然に長男であるハムレットのものだったはずだ。しかしこの劇では、一種の性的かつ政治的なクーデターが起きており、先代の権威が妻を通じて息子ではなくクローディアスに手渡されたことで、現在のクローディアスの王権が保証されている。同時にそこにはポローニアスをはじめとした延臣たちによる、クローディアスの政治的能力への(ハムレットと比較した)信頼や、彼ら自身の保身のための策動もあったのかもしれない。先王ハムレットも皇太子ハムレットも、政治的指導者としてはそれほど信頼に値しないのではないかと考えられる余地さえあるのだ。

またクローディアスには子どもがいないらしく、劇中でもクローディアス自身の口から、次代の王はハムレットとの宣言がなされる。しかし仮に、彼とガートルードとのあいだに子どもが生まれれば、次代の王位継承は混沌としてくることだろう。

デンマーク王家と対照されるように描かれているノルウェー王家では、フォーティンブラスに叔父のノルウェー王から権威が移行する。フォーティンブラスは、ハムレットも羨むほどの武勇と政治力を備え、最後にはデンマーク王家さえ自己の支配下に収める。そのうえ彼には、母親だろうが恋人だろうが、女の影が見られない。

ハムレットは死に際にフォーティンブラスを次代の王に指名することで、王権の伝達という役割を果たす。そこではクローディアスが「裏切り者」であったというレアティーズの証言が重要になっている(だがクローディアスの先代王殺害については、いったい誰が証言できるのだろうか?)。同時にガートルードの死によって、ハムレットを囲む女たちもみな死んでしまったことになり、かくして妻も母もいないハムレットからフォーティンブラスへと、いわば男から男への、女性を介さない、純粋な権力譲渡が可能となるのである。

女を「か弱きもの」と言うハムレットにとって、自分を差しおいて叔父に王権を渡してしまった母親や、階級の劣るオフィーリアのような女性たちに囲まれてきたデンマーク王国を救うのは、フォーティンブラスでなければならないのではないか。フォーティンブラスからハムレットに捧げられた弔辞「生きておれば優れた王ともなったであろう(he was likely, had he been put on, / To have prov'd most royal)」(五幕二場四〇四—四〇五行)は、女性の影響下に生きることを強いられた男たちへの教訓にも聞こえてくるかもしれない。どうやら劇の最後では、他国侵略と家父長制維持とが一致して、国家の純潔性を保つようにも見える。しかし『ハムレット』というのは、そんな男性中心主義に貫かれた劇なのだろうか。

†母親と娘の絆

劇中でオフィーリアがハムレットの妻であったなら、と言うのは母親ガートルードである。この言葉はオフィーリアの葬礼の折だから、同情のなせる誇張として差し引いて考える必要もあるかもしれない。しかし父と息子、叔父と甥、主君と臣下、いずれも男性同士の謀略と暴力によって引き起こされる悲劇で、暴力の犠牲となるガートルードとオフィーリアという二人の女性には、母親と息子の恋人という以上の不思議なつながりがある。生殖能力によって王権を強化しながら、同時にその性的力能によってそれを脅かすもの、そのように描かれる彼女たちの関係はいったいどのようなものだろうか。

たとえば次のように問うてみよう――「柳の木」への言及を含むオフィーリアの死を告げる台詞が、「目撃談」のようにしてガートルードの口から語られるのはなぜか？　劇の自然な流れからすれば、この台詞を語るべきなのは、監視を命じられたホレーショであるはずなのに。

さらに大事なことにこのガートルードの台詞は、ドラマの力学を考えれば、重要な転回点を記すものだ。クローディアスとレアティーズとのあいだでハムレット謀殺の相談が成立した場面と、ハムレットの転機をなす墓掘りの場とを隔てる数分間。宮廷の権力機構が止まるそのような瞬間に、ガートルードの類まれな一人語りによって、オフィーリアの終の寝床となった小川のせせらぎで柳の枝がゆれる情景が、私たちの心の目に見えてくるのだ。

ガートルードはここで、家父長制度の下で主体的な意志の発露を制限されたオフィーリアを代弁して、虐げられた者たちの悲痛をはからずも語ってしまっているのではないだろうか。「かわいそうなあの子を、歌の褥から泥にまみれた死の床へと引きずり込んだのです（Pull'd the poor wretch from her melodious lay / To muddy death）」（四幕七場一八二―一八三行）と語り終えたとき、彼女のなかで包容力にあふれた母親が再生するのである。

私たちはおそらく今後も「ハムレットは本当にオフィーリアを愛していたのか」と問い続けることだろう。しかしその答えより大事なのは、劇の最後に主人公の「沈黙」によって回答が遮られるとき、実は本当に黙殺されているのがハムレットによる答えではなく、オフィーリアの主体性であることに思い至ることではないだろうか。

この問いに対する答えが彼女自身の口からではなく、「か弱きもの、汝は女なり」という使い古された「本質論」で封じられているかぎり、彼女の唯一の抵抗は泥にまみれた死の床へと自らの肉体を委ねることでしかない。女の悲恋を告げるという柳の木の形象に隠された『ハムレット』という芝居の謎に迫ることは、宮廷の権力体制が女性たちの身体とセクシュアリティを封じ込めながら何を守ろうとしたのか、を問うことなのである。

†記憶の創造と相続

柳の木に託された女性たちの記憶と連帯への希望。『ハムレット』という演劇を、記憶をキーワードとして読み解こうとするとき、その試みは、共同体の重圧で封じられた男女の関係を焦点化すると同時に、親子や恋人、友人たちとの絆を引き裂きながら共同体が生きのびていくさまを考察することにもつながるだろう。

この劇の力学は、父親から息子へ引き継がれるべき国家と家族の権力が、母親を介して叔父へ手渡されたという、劇の開幕以前に起きた一種のクーデターによってすでに作動している。最も個人的なものであるはずの性的な欲望が、父親から長男への権力相続という家父長制権力構造の根幹を揺るがすのだ。この劇では、女性の逸脱ないしは不在に影響された三つの家父長相続(の成功と失敗)が描かれ、その中核にハムレット、レアティーズ、フォーティンブラスという次世代の三人の若者が互いを鏡像として存在する。記憶の継承を通じて、彼らの手にどんな力能が伝わるのか、あるいは伝わらないのかが問われていくのである。

†言葉と表象

家父長制の危機を端的に示すのが、冒頭場面での亡霊の出現だ。そこでは後に前景化される演劇をめぐる問いを予言するかのように、言葉と表象との関係がするどく問われている。

興味深いことに、父王ハムレットの亡霊はハムレットではなく、マルセラス、バーナード、ホレーショの三人にまず現れる。ちなみに亡霊がだいぶ後になってガートルードの寝室に現れるときは、亡霊の姿はハムレットだけに見えて、同じ場所に居るガートルードには見えない。ということは寝室の場面では、それがハムレットの私的な幻影であるとも考えられるのに対して、冒頭場面の亡霊は公的な表象とも言える。

つまり、亡霊の現れ方ですでに、息子と父親とをつなぐ私的な記憶と、先代の王をめぐる公的な記憶との緊張関係が潜在するのだ。次に挙げるホレーショたちの会話が示すように、私的記憶は言葉で再現されることではじめて共有可能な公的表象となるのだが、「語る」ことが「現実」そのものであるという保証はどこにもない。〈引用Ⅶ―A〉

最初に亡霊に言及するホレーショは、その出現を信じていない。(すでに亡霊を目撃している二人の兵士は、おそらく恐ろしさと不安ゆえにホレーショほど気軽に話題にできないのかもしれない)。ホレーショによって亡霊はいまだに具体的指示対象をもたない"this thing"と言及される。それに対してすでに亡霊を目撃しているバーナードやマルセラスにとって、それは具体性をもった対象だから"sight"であり、それに基づく"story"を語ることができるのだ。

〈引用Ⅶ—A〉

ホレーショ　どうだ、あいつは今夜も現れたか?	Hor. What, has this thing appear'd again tonight?
バーナード　まだ何も。	Bar. I have seen nothing.
マルセラス　ホレーショは俺たちの想像にすぎんと言うんだ。 それでどうにも信じようとしない。 俺たちの前に二度も現れたあの恐ろしい姿をだ。……	Mar. Horatio says 'tis but our fantasy, And will not let belief take hold of him, Touching this dreaded sight twice seen of us.…
バーナード　まあすわって、 もう一度聞いてもらうとしよう、 俺たちの話を信じてもらえるよう、 二晩見たあのことを。	Bar. Sit down awhile, And let us once again assail your ears, That are so fortified against our story, What we have two nights seen.
ホレーショ　それじゃまあ、すわってだな、 バーナードの言うことを聞くとするか。	Hor. Well, sit we down. And let us hear what Barnardo speak of this.

（一幕一場24—37行）Edited by Harold Jenkins

音の連なりにすぎない言葉や単語が具体的な指示対象をもち、語り手と聞き手との関係が成立することで、表象は公的に機能し意味が発生する。しかし、言葉は記号的代替物にすぎず、物自体ではないから、それがある意味をもつのは個別的に特殊な力関係のなかにおいてでしかない。文化的な表象はそれがおかれた歴史や地理、あるいはそれが表現される装置や権力機構によって意味や権能を左右される。だからこそ、ここでも三人の男たちは、亡霊という不穏な表象の意味を求めて、王子であるハムレットの意見を仰ごうとするのである。

†個人の記憶と国家の記録

亡霊の不気味な出現は、ハムレットという一人の息子の私的な記憶と、現在の表象権力の中心であるデンマーク王クローディアスが掌握する国家の公的な記録とのあいだに断裂を入れる。亡霊の出現が息子のハムレットへと結び付けられた、そのすぐ後の一幕二場で、個人の記憶を基点とし、それを集合的に糾合した共同体の記録を体現するクローディアスの登場がなされる。ここでクローディアスは、記憶の有能な支配者として自分を位置づけている。〈引用Ⅶ—B〉

有能な王としても、権威ある家父長としても、また愛される主人としても過不足ない、この一見見事な演説のなかで、クローディアスは個人の記憶が言葉によって再現され、他者に容認される

〈引用Ⅶ—B〉

我らが愛する兄君ハムレット王の死の
記憶もまだ鮮やかで、ふさわしかるべきは、
悲しみに心を浸し、王国すべてが、
嘆きに身を任せることだ、
しかし、そうした自然の情に思慮があらがい、
悲しみに賢さを交えて先王を思い、
我ら自身のことも記録に留めねばならぬ。

Though yet of Hamlet our dear brother's death
The memory be green, and that it us befitted
To bear our hearts in grief, and our whole kingdom
To be contracted in one brow of woe,
Yet so far hath discretion fought with nature
That we with wisest sorrow think on him
Together with remembrance of ourselves.

（一幕二場1—7行）

ことで共同体の記録となるということを明確に理解している。ここで最後に言われる「我ら自身」とは、王の自称としての「王自身の身体＝王国の集合的身体」をさすだけでなく、この場に居る家族のようなデンマーク宮廷の構成員、そしてこの後すぐに言及される自分と自分の新しい妻ガートルードのことをも直接に示している。それらすべてが先王の死を悲しみ、しかしそれゆえに王国の将来のために自分とガートルードの結婚を祝している、というのだ。先王ハムレットに代わる新たな「父」の誕生には、このような記憶の簒奪が必要なのである。

†身体の内にある「何か」

私的な記憶と公的な記録の境界をたくみに曖昧にした、思い出の簒奪者としてのクローディアス。いまだに父と母への私的な記憶だけに頼って生きているハムレットは、この叔父に対抗する言葉と表象をもたない。「ことばでは表現できない何か」——そこにしか自分のアイデンティティがないと思いつめたとき、ハムレットにはそれを「内面」という、他者との共通理解にいたらない「それ」として表現するほかない。ガートルードの問いに応えるハムレットの否定形に満ちた語りこそは、自らの記憶の本体を明らかにしようとする彼の絶望的な努力の第一歩を印す。〈引用Ⅶ—C〉

この内面の「何か」を、近代的な抽象語で、自我とかアイデンティティと呼ぶこともできるだろう。あるいはまたそれは、外面的な装いに隠された人間の無意識とか、いまだ言語化されない真の思いのようなものかもしれない。

しかし劇の流れに即して言えば、この「何か」とはハムレットが自身の記憶を他者と共有可能なものとするために、クローディアスのような権力者の語りとは

〈引用Ⅶ—C〉

見える、ですって、母上? いいえ、「見える」など知りません。
この黒い上着だけではないのですよ、お母さん、
おごそかな黒い礼服も、
つらい嘆きの吐息も、
この目から溢れ出る涙の川だって、
いや、このやつれた顔色、
それにあらゆる悲しみの形、気分、それらは何一つ私を代弁してなどくれません。それはなるほどそう見える、
というのもそれは人が演じることのできるものだから。
でも私のなかにはそうした見かけを超えた何かがある、
こんな悲しみの装いではない何かが。

Seems, madam? Nay, it is. I know not 'seems'.
'Tis not alone my inky cloak, good mother,
Nor customary suits of solemn black,
Nor windy suspiration of forc'd breath,
No, nor the fruitful river in the eye,
Nor the dejected haviour of the visage,
Together with all forms, moods, shapes of grief,
That can denote me truly. These indeed seem,
For they are actions that a man might play;
But I have that within which passes show,
These but the trappings and suits of woe.

(一幕二場76—86行)

〈引用Ⅶ—D〉

死んでからたった二カ月、いや、そんなに長くたってないぞ。
あんな立派な王が、こいつに比べれば、
サチュルスとハイペリオン、お母さんにあんなに優しくて、
空から風が吹いてきても、
それが強く顔に当たらないようとしていた。何ということだ、
こんなことまで覚えていなくてはならないのか。

But two months dead—nay, not so much, not two—
So excellent a king, that was to this
Hyperion to a satyr, so loving to my mother
That he might not beteem the winds of heaven
Visit her face too roughly. Heaven and earth,
Must I remember?

(一幕二場138—143行)

対極にある、つぶやきや独白のようなプライヴェートでありながらパブリックにもなりうる表現、すなわち演劇としての語りへの端緒のことなのではないか。このいまだハムレット自身にも明確に名づけることのできない心の衝迫から、『ハムレット』という「演劇のための演劇」が誕生する。主人公の独白と、観客である私たちの思考とが共振することによって、そうした協働の思念そのものがドラマとなる。この劇は今後、対極にあって、いわば「虚偽」と「真実」との二項対立をなすかのようにハムレット自身の言う、"that within"と"play/show"とのあいだの境を探っていくのである。

†独白と友愛の空間

自分とは比較にならない公的な記録能力をもつ現在の王クローディアスに直面したハムレットにとって、何かを覚えていること、誰かを忘れないことにしか、現在の支配的国家体制に反抗するきっかけを見出すことができない。そして、そのような私的な記憶が独白という形をとることで、観客と思念の共有を前提とする新たな公共空間の創出が目指されるのだ。このような思考の試行錯誤によって、主人公の身体が侵犯性を帯びる。そのことを示す彼の最初の独白を見てみよう。

〈引用Ⅶ—D〉

父と母と子とのありふれてはいても、親密で大切な記憶が観客へと受け渡されることで共感と情動の共同体が作られる。自閉的な記憶の回路を公共の空間へと開く端緒となるのが、ホレーショらによるハムレット訪問であり、そこでの「友愛（love）」の強調である。

クローディアスを中核とする国家という記録空間が、階層秩序と男性中心主義によって支えられているとすれば、そこで周縁化された位置にあるハムレットの対抗的記憶が、そうしたイデオロギーを突き崩す日常的な実践を内包していることは偶然ではない。

図7－1　「見える、ですって…」：黒衣のハムレット
演出：エイドリアン・ノーブル、ハムレット：ケネス・ブラナー、ガートルード：ジェーン・ラポテアー、クローディアス：ジョン・シュラプネル（RSC、1992年、写真：マーク・ドゥエット）

†記憶と記号的身体

このような友愛の空間は舞台から客席へと伝播し、演劇的な共同体という新たな記憶のトポスを招請するだろう。ハムレットたちに現れる父王の亡霊が、「私を記憶せよ」という命令の下に創出するのも、まさにそのような新たな身体と世界の記憶による生産的営み

〈引用Ⅶ―E〉

覚えておけ?
わかったぞ、あわれな亡霊、俺に記憶がある限り、
この混乱した身体と世界のなかに。覚えておけ?
俺の記憶の手帳から、
つまらぬ記録はすべて拭い去り、
本のこと、あらゆる思い出、昔のこと、
ここに写し取った青春の記録を
すべて消して、そなたの命令だけを書き込もう、
この頭脳という本のただなかに、
つまらんものはうっちゃってだ。天に誓って!
それにしても、なんて女だ。
そしてあの悪党、悪党、微笑み浮かべた悪党め。
この手帳に、だ。いま、書いておこう、微笑み浮かべて、しかも悪党――
デンマークではたしかにそうだ。[書き付ける]
そう、叔父さん、あんただよ。さて俺の言葉。
「さらば、さらば、私を忘れるな」だ。
誓ったぞ。

Remember thee?
Ay, thou poor ghost, whiles memory holds a seat
In this distracted globe. Remember thee?
Yea, from the table of my memory
I'll wipe away all trivial fond records,
All saws of books, all forms, all pressures past
That youth and observation copied there,
And thy commandment all alone shall live
Within the book and volume of my brain,
Unmix'd with baser matter. Yes, by heaven!
O most pernicious woman?
O villain, villain, smiling damned villain!
My tables. Meet it is I set it down
That one may smile, and smile, and be a villain—
At least I am sure it may be so in Denmark.
〔*Writes.*〕
So, uncle, there you are. Now to my word.
It is 'Adieu, adieu, remember me.'
I have sworn't.

(一幕五場95―112行)

である。〈引用Ⅶ―E〉

ここにあるのは「記号人間」としての近代的身体の誕生と言えないだろうか。第1章の〈キーワード〉でもふれたように、ミシェル・フーコーによれば、近代以前の人間は、類似や近接関係によって、言葉と物との密接なつながりのなかで生きていた。しかしそのような言葉と物との照応関係がくずれ、その結合が断絶するようになった近代世界では、人は記号による意味作用によって生きなくてはならなくなる。それは記号が必然的に含む、記号と指示対象とのあいだの緊張関係、差異化による意味の不確定性を押し付けられた世界であり、解釈と現実、言語と対象、主体と客体とが一致しない世界である。

ハムレットがこの独白でさしている事態も、まさにそのような近代的な記号人間の宿命ではないだろうか。最初の七行にはすべて「記憶」や「記録」や「思い出」を表す単語が出てくる。そして、そうした記憶の本質を表すのがテクスト原文一〇一行の

図7－2　「手帳に書き付けるぞ」：記憶と書記
演出：ロン・ダニエルズ、ハムレット：ロジャー・リーズ（RSC、1984年、写真：ドナルド・クーパー）

「写し取った（copied）」という単語である。つまるところ思い出とはコピーなのだ、という認識がここにある。

ハムレットの父の亡霊は一貫して“thing”として言及されている。「亡霊」とはまさに「亡きこと」によって在るもの、「霊」だからこそ現実でありうるもの、すなわち、言葉や表象の臨界点に位置するものにほかならない。ハムレットは一〇二行以降で、そのような「亡き存在＝nothingというthing」であるところの亡霊の「命令」だけを自分の「言葉」として「手帳」に書き付ける。「手帳」の原語である“table”とは、近代の記号システムの根幹を形成する図表であり、統計であり、数字のことだ。人はよく「空想的な机上の議論をせずに、数字や統計に基づいた現実的な議論をすべきだ」などと言ってしまうが、考えてみればこれほど矛盾に満ちた言い方はない。なぜ統計や数字のような「記号」の典型こそが「現実」を示すことができるのか。これこそ近代の記号支配にどっぷりと浸かってしまった私たちの思考の例だろう。

そもそも父親の亡霊の「命令」とは何か。亡霊は「クローディアスに復讐せよ」とか「ガートルードを罰せよ」などとは言っていない。その「命令」とはただ一つ「私を忘れるな」という命題なのだ。亡霊という「亡き存在」を記憶する、この作業はしかし、ちょうど「夢を覚えておけ」というのと同じで、きわめて孤独な文学的営みとならざるをえない。だからこそ、そのような亡霊や夢や幻想と出会うことのない人にとっては、今後のハムレットの言葉や行動が常軌を逸した「狂気」のなせる業《わざ》としか映らないのだ。

ここに、ハムレットという演劇の主人公としての最大の困難がある。いかに私的な記憶が詩的かつ公的な演劇として、自己と他者双方に共有され、自他のあいだの情動を生産する場を作り出しうるのか。言い換えれば、近代の記号的人間を創始する劇が、言葉と物との本来的絆が失われてしまっ

図7－3　「王の良心、とらえてみせる」：劇中劇の観客
演出：グレゴリー・ドラン、ハムレット：デヴィッド・テナント、オフィーリア：ゾエ・ソーン、ガートルード：ペニー・ダウニー、クローディアス：パトリック・ステュワート、ポローニアス：オリヴァー・フォード・デイヴィス（RSC、2008年、写真：エリー・クルツ）

た世界で、演劇によって言葉と物との関係を再構築する実験ともなるのである。

「私を忘れるな」という亡霊の命令が、観客の目前でハムレットの独白によって再表明されることで、「あなたを忘れない」というあらゆる他者へとひらかれた約束となる。「書く」という行為によって、新しい父の表象を想像／創造すること。意識的な書記作用によって、私的記憶と公共性を横断するような臨界的身体性を獲得すること。過去の「つまらぬ記録」が亡霊との約束を介して、記憶するという営みによって、演劇への誓いとなるのだ。

†演劇という「リバティ」空間

ここで注意すべきことは、ハムレットの約束が記憶であって、復讐ではないということである。『ハムレット』は、シェイクスピアが当時流行していた復讐悲劇の体裁を借りながら、不特定の他者と記憶を共有するためのテクストなのだ。

演劇という「嘘」だけが、隠された「真実」を表象することができる。そのきっかけをもたらすのは、エルシノアの宮廷を訪れる旅役者たちである。彼らの来訪を告げるポローニアスの台詞で、役者たちが「書記と自由の法則に従う、無二の者たち（For the law of writ, and the liberty, these are the only men）」（二幕二場四〇二―四〇三行）と言われるように、「リバティ」というトポスが喚起されることは見逃せない。

序章で見たように、シェイクスピア演劇の境界的な場の特性は、この「自由」と「統制」とがせめぎ合う特殊な歴史的トポスに集約されていた。そのことを思えば、『ハムレット』での演劇的空間の開示による記憶の公有化が、旅

〈引用Ⅶ—F〉

この役者たちに、	I'll have these players
親父が殺されたところを真似て演じさせよう	Play something like the murder of my father
叔父のやつの前で、だ……。	Before mine uncle. …
もっと信用できる証拠を手に入れなくては。	I'll have grounds
芝居こそが真実、	More relative than this. The play's the thing
王の本心、捕らえてみせる。	Wherein I'll catch the conscience of the King.

（二幕二場596—607行）

役者集団によって端緒を与えられることは偶然ではない。

さらにポローニアスの発言には、旅役者たちの特質として「書記作用（the law of writ）」も挙げられている。このことも演劇と身体的書き込みとの関係を考えるとき興味深い。ハムレットは役者たちの演技を見て、演劇という手段による私的記憶と公的記録との連結が可能かもしれないと考える。こうしてこれまで二項対立として認識されていた「内部の何か」と「演技」とが、ハムレット自らの身体的書記作用で融和可能なものとして実現されていくのである。〈引用Ⅶ—F〉

「真似て演じ」ること——このような演技の本質は、父王の亡霊による語りがハムレットの身体にもたらした記憶の具体化に近い。表象や記号による再現によってしか近接できない「真実」とは、「もっと信用できる＝相対的な」ものでしかない。だがそこにしか物事の「核心＝本心」に迫る道がないとすれば、演劇こそは記憶を「共なるもの」として拓く手段となるだろう。

ハムレットが既存の台本『ゴンザーゴー殺し（*The Murder of Gonzago*）』に自ら書き加えて新たに作り出した劇である『ねずみ捕り（*The Mousetrap*）』は、「他者に開かれた関係性を構築しうる（relative）」テクストだ。一幕二場の母親ガートルードへの応答では対極にあるとされていた"play"と"thing"とが、右の引用ではイコールで結ばれている。ハムレットが求める「もっと信用できる証拠」とは、「レラティブ（相対的）」という語が示すように、他者との演劇的な関係において初めて意味をもつものなのである。

†内心の真実？

奇を衒えば、"*Hamlet*"とは"h"と"t"とをめぐる演劇だとも言える。ハムレット自身にも表象しようのない内面の空白（*that within*）を、"remember *thee*"という記憶の応

〈引用Ⅶ—G〉

まったく本当だ。	O 'tis too true.
俺の心の真相に突き刺さる言葉。	How smart a lash that speech doth give my conscience.
化粧でごまかした娼婦の頬も、	The harlot's cheek, beautied with plast'ring art,
それが押し隠すものについては	Is not more ugly to the thing that helps it
俺の行為の上に塗りたくられた言葉ほど醜くはない。	Than is my deed to my most painted word.
なんという重荷だろう!	O heavy burden!

（三幕一場49—54行）

答責任によって埋め、他者と協働する営みである演劇を通じて、"*thing*"の発見へといたる劇。あるいは"Who's *there*?"（そこに居るのは誰か?）という問いかけで始まり、他者との関係のなかでしか存在しえない自己の認知で終わる劇。『ハムレット』は、外見と内実という二項対立に対して、自己の記憶が他者との関係性のなかでしか意味をもたないことを承認する劇となる。

先の引用で「本心」とした"conscience"はよく「良心」などとも翻訳されるが、ここでのそれは善悪といった道徳的二項対立を超えた、より本質的で本能的な心の働きであると解される。いわば「身体の内面の何か（that within）」が他者に目覚めることによって「具体的な存在（thing）」となるときの原動力と言ってもいい。よってそれは私的な記憶と公的な記録とが融合した思い出の形でもあり、クローディアスの行為の真相でもあり、ハムレットの行動をためらわせる思惑でもあり、レアティーズの剣先をにぶらせる悔恨でもある。

すぐ次の場面で今度はクローディアスが、記憶の重圧に耐えかねる自分の姿を"conscience"という単語を使って表現する。〈引用Ⅶ—G〉

クローディアスはここではじめて、内心の罪の意識を吐露する。私的な記憶を抱えた心（conscience）が、他者意識にさらされることによって舞台上の存在（thing）として明らかにされるのだ。

『ハムレット』という劇の教訓は、私たちが心をもつかぎり記憶から逃れることはできないということではないだろうか。クローディアスのような記憶の捏造者も、忘却したという事実だけは覚えており、ハムレットも自らの行動へのためらいを記憶によって説明しようとする。「このままでいようか、それとももうやめてしまうのか、それが問題だ（To be, or not to be, that is the question）」で始まる名高い

〈引用Ⅶ—H〉

こうして本心が俺たちを臆病にする。
もとは決心がついていても、
思惑がそれにかぶさってしまうと、
どんなに昂ぶった行動も、
そのことを考えるとまるで勢いが外れたように、
行動とは言えなくなってしまう。しっ、待て、
美しいオフィーリアだ! 清らかな君の祈りに
ぼくの罪の許しも忘れないでほしい。

Thus conscience does make cowards of us all,
And thus the native hue of resolution
Is sicklied o'er with the pale cast of thought,
And enterprises of great pitch and moment
With this regard their currents turn awry
And lose the name of action. Soft you now,
The fair Ophelia! Nymph, in thy orisons
Be all my sins remember'd.

（三幕一場83—90行）

独白は、次のように終わる。〈引用Ⅶ—H〉

行動が勢いを失ってしまう原因が「本心」や「思惑」のもたらすためらいにあるのは、もともと行動が「行動という名前（name of action）」によってしか行動と見なされないからだ。ここにも記号的な身体物である人間の宿命が刻印されており、その隘路を抜け出そうとするハムレットは、オフィーリアの姿に活路を見て、「記憶」を共有物として捉える。

この独白に続くいわゆる「尼寺の場」でのハムレットのオフィーリアとの会話は、二人の最も私的な「思い出の品（remembrances）」（三幕一場九三行）をめぐってなされている。オフィーリアは、ハムレットがくれた「思い出の品」を返そうとするのだが、彼女にとってそれは、絶交の挨拶というよりも、記憶の共犯者としての認知を求める行為ではないだろうか。しかしこの場面を陰に隠れて監視しているポローニアスたちによって、二人のかけがえのないプライヴェートな記憶は汚される。デンマークの宮廷には、自己の利害のために最も私的な記憶さえ踏みにじって恥じない者がいるのだ。

†復讐劇という形式

ハムレットは先王殺しの場面を再現した演劇という手段によって、クローディアスの“conscience”（記憶と本心）を白日の下にさらけ出すことに成功する。しかし、ハムレットは「真相」の発見からすぐに復讐に及ばない。ハムレットにとって重要なことは、復讐行為を果たすこと自体よりも、父の記憶に忠実なかたちで復讐を公共空間での演劇として完成させることなのではないだろうか。むしろ復讐が遅延される過程でおこなわれていく、ハムレットによる他者の発見こそが、

〈引用Ⅶ—I〉

ハムレット　怠けている息子を叱りにいらしたのでは、 時間にかまけ、熱も冷め、 あなたの大事な命令を実行できぬ私を? 亡霊　忘れるでない、こうして訪れたのは、 お前の鈍った目的を促そうとのことにすぎぬ。	Ham. Do you not come your tardy son to chide, That, laps'd in time and passion, lets go by Th'important acting of your dread command? O say. Ghost. Do not forget. This visitation Is but to whet thy almost blunted purpose. （三幕四場107—111行）

〈引用Ⅶ—J〉

小川には一本の柳の木がはすかいに生えていて 年老いて白い葉を鏡のような水面に映しています。 そこであの娘は風変わりな花輪を編んでいた…。	There is a willow grows askant the brook That shows his hoary leaves in the glassy stream. Therewith fantastic garlands did she make…. （四幕七場166—168行）

この演劇自体をテーマとする演劇にはおそらく重要なのである。

そのことを私たちに示すために、シェイクスピアはわざわざ二幕二場で演劇という手段でクローディアスの本心を暴く決心を表明する前に、旅役者の真似をしたハムレットが復讐劇を演じてみせた自分をさげすむ場面を用意する。さらに三幕四場の母親ガートルードとの寝室での対話では、父の亡霊を再度登場させて、ハムレットだけと会話させている。〈引用Ⅶ—I〉

ここでもひとことも「復讐」が言及されていないことに注意しよう。ハムレットがおこなっていないのは演じる（act）という行為であり、亡霊の「命令」もいまだに「忘れるな」ということにつきる。亡霊の促す「鈍った目的」とは復讐それ自体ではなく、相変わらず「覚えておけ」という脅迫的な要求なのだ。

記憶を演じるとはどういうことか——単なる私的復讐よりもはるかに困難で公共的な所業が、ハムレットには課されているのであり、だからそれはクローディアスに復讐することとは別の次元で演劇として果たされなくてはならない。つまりハムレットの遅延とは復讐行為の遅延であるよりも、復讐劇の体裁を借りた演劇空間の完成にいたる身体創造プロセスの別名なのである。

†他者の発見1　女性

ハムレットにとって、この演劇自体を主題とした演劇が完成されるためには、父親の命令を果たすという目的に沿いながら、逆説的にその記憶から逃れる作業が必要になる。そのために重要なのが他者との出会いであり、それは、女性、道化、そして観客の発見という道筋をたどっていく。

すでに示唆したように、『ハムレット』で、ドラマの真髄は復讐ではなく、ハムレットが独白により観客と共有する思考過程のうちにある。その意味でこの劇は、動きの少ない静かな演劇とも言えるのだが、そのなかでやや特異で、それゆえ劇の重要な転機をなすと思われるのが未遂に終わるハムレットのイギリス行きである。クローディアスによるハムレット殺害計画から生じた主人公の地理的移動が、これまでデンマーク宮廷に閉じ込められていた劇の空間を外部へと開く。そしてハムレットが不在となったデンマークで起きる最も重要な出来事が、オフィーリアとガートルードという女性たちの自己周縁化である。どちらの女性もハムレットとの対峙の結果、隠されていた自己の内面を直視することを強いられ、狂気と孤独に追い込まれていく。とくにオフィーリアの死に際してのガートルードの対応が、ハムレットが不在となった演劇空間に変化をもたらすのだ。

すでに本章の冒頭で述べたように、オフィーリアの死を契機として、二人の女性が思いもかけぬ絆を築くことで、劇の流れに重要な転換点がしるされる。〈引用Ⅶ―J〉

図7－4 「お父さんの亡霊が見えないのですか?」：パジャマを着たハムレットとガートルード
演出：ロン・ダニエルズ、ハムレット：マーク・ライランス、ガートルード：クレア・ヒギンズ（RSC、1989年、写真：リチャード・ミルデンホール）

ガートルードがオフィーリアの水死の情景を描写する、このやや場違いとも思えるほど美しい響きをもった十八行にわたる詩は、ハムレットの突然の帰国が告げられ、クローディアスとレアティーズとがハムレット誅殺を練るサスペンスにあふれた場面のすぐ後に置かれている。この母親の独白とも言えそうな台詞は、父と息子の関係に対する母と娘の関係を示唆するだけでなく、ある決定的な時間の転換をもたらす。

社会の重圧によって犠牲となった女性の自死が語られる悲しい情景――それがもう一人

〈引用Ⅶ—K〉

えっ、哀れなヨリックか。覚えているんだ、こいつのことは、ホレーショ、こいつは冗談がほんとにつきない奴で、僕を背中に何度もおぶってくれた。それがいまではこんな姿でしかないなんて。

Alas, poor Yorick. I knew him, Horatio, a fellow of infinite jest, of most excellent fancy. He hath bore me on his back a thousand times, and now—how abhorred in my imagination it is.

（五幕一場181—185行）

〈引用Ⅶ—L〉

このような偶然の出来事に驚き、顔色も青ざめているみなさん
この演劇のおしだまった観客になろうとでも。

You that look pale and tremble at this chance,
That are but mutes or audience to this act,

（五幕二場341—342行）

の女性の言葉によって語られることによって、私たちは宮廷の抑圧から逃れようとする人々の身体的記憶の共有にふれる。ここに時間的にも空間的にも、『ハムレット』という演劇の完成を目指す演劇の第一の分岐点があるのだ。

†他者の発見2　道化

第二の分岐点は、ハムレット自身による道化の発見である。五幕一場のいわゆる「墓掘りの場」は、墓掘り人とハムレットの秀逸な言葉遊びの応酬によって始まり、道化ヨリックの頭蓋骨の発掘までつながる。こうした場面が、エリザベス朝演劇の大事な要素だった道化芸が発揮される場面であることは言うまでもない。

しかし記憶の演劇化を主題とする劇で、この場面がさらに意義深いのは、ハムレットのヨリックに対する私的な記憶が、自らの幼年時代を再構築することで、父王以外のもう一人の父親を浮かび上がらせるからだ。〈引用Ⅶ—K〉

もう一人の父親の背中の記憶と、言葉の記憶とが結び付くとき、身体のぬくもりは演劇への渇望を生むだろう。ハムレットにとって、演技者／他者の原点とも言うべき道化の再発見は、自分自身もいずれはこうなるのだという自覚とともに、現在の自分自身の演技者としての、そしてデンマーク宮廷での他者としての境遇を再認識させる。さらに、そうした他者をとおした自己認識が、ホレーショという身近な友人の媒介によって、私たち観客にも分有されていく。かくしてヨリックの声と背中の記憶をとおした、

血筋や名誉や相続制度の保障を必要としない、もう一人の父親の再認は、友と観客の獲得による、国家や血筋とは別の演劇的な共同体を私たちに垣間見せるのだ。

圧制者・権力者である父の記憶から、犠牲者・他者としての女性や道化や友人の再発見を通じた自身の劇的な肉体の承認へ。女性と道化という家父長制度における他者の発見。それは一方で父王の記憶の束縛からの解放であると同時に、その記憶が要請していた演劇による記憶の再構築への階梯でもあるのだ。

†他者の発見3　観客

最終場でのハムレットのクローディアスに対する復讐の成就は、偶然の産物にすぎない。むしろそこでの焦点は、ハムレットによる観客の発見、および私たち自身の観客としての自己認知をとおした演劇の完成と、ホレーショとフォーティンブラスの記憶行為による、その事実の確認である。

レアティーズの毒を塗った剣に切られて死を目前にしたハムレットは、自分を取り囲む廷臣たちと、さらに観客に向けて次のように言う。〈引用Ⅶ―L〉

ハムレットが舞台上の役者たちと観客席の観客とをまとめて、「観客」として名指すとき、私たちは『ハムレット』という演劇のための演劇が、実は私たち自身を主人公とする記憶の共有化でもあったことに思いいたる。クローディアス、ガートルード、レアティーズ、そして自分自身の死という「偶然の出来事」が、彼自身の観客意識によって「演劇」となる。父の亡霊の出現から始まった個人的記憶の物語が、演劇というメディアによって集団的記憶として完成するのである。

†記憶から演劇へ

かくしてハムレットの「内なる何か」は、演じるという行

図7－5「哀れなヨリック」：もう一人の父の記憶
演出：ロン・ダニエルズ、ハムレット：マーク・ライランス（RSC、1989年、写真：リチャード・ミルデンホール）

〈引用Ⅶ—M〉

君が僕を大事に思ってくれたことがあるのなら、
もう少しだけ我慢して、
このつらい世の中で痛みに耐えながら
俺の物語を語ってほしい。

If thou didst ever hold me in thy heart,
Absent thee from felicity awhile,
And in this harsh world draw thy breath in pain
To tell my story.

（五幕二場353—356行）

〈引用Ⅶ—N〉

四人の隊長に
ハムレットを担がせ、軍人のように舞台へと運べ、
なぜなら間違いなく、もしその役を得ていたなら、
ハムレットこそは王侯にふさわしい働きをしたであろうから。
その登場をたたえて、軍人の音楽と戦場の儀礼を
尽くそう、声高らかに。

Let four captains
Bear Hamlet like a soldier to the stage,
For he was likely, had he been put on,
To have prov'd most royal; and for his passage,
The soldier's music and the rite of war
Speak loudly for him.

（五幕二場402—407行）

為によって反復可能な共同体の物語となる。ハムレットは、ホレーショに自殺を思いとどまり、記憶の語り部となってくれるよう、次のように懇願する。〈引用Ⅶ—M〉

語るためには、その物語の主人公と語り手と聞き手との協働作業が不可欠だ。演劇とは、その最も簡素で効果的なメディアである。演技者としての死を全うしたハムレットから、語り部であるホレーショへと託された「物語」。その最初の聞き手は、ポーランドの征服戦争から帰還したフォーティンブラスと、ローゼンクランツとギルデンスターンの死を告げに来たイギリスからの使者である。彼らはともにこの情景をさして「場景（sight）」（三六九、三七四行）という語を使い、それに応えてホレーショもハムレットたちの遺骸を「よく見えるように舞台の上に掲げてほしい（High on the stage be placed to the view）」（三八五行）と頼む。そしてホレーショが語ろうとする出来事（acts）（三八八行）に、フォーティンブラスも「観客には最高の人々を招こう（call the noblest to the audience）」（三九四行）と応じるのだ。

さらに、デンマーク王国には「記憶としての権利があるのだが（I have some rights of memory）」（三九六行）と言うフォーティンブラスに、ホレーショも応じながら、ふたたびハムレットの遺骸を掲げることを「すぐに演じてくれる（presently perform'd）」（四〇〇行）ようにと頼む。続くフォ

ーティンブラスの劇の最後を画す命令は、まさにハムレット自身がその死によって完成させた『ハムレット』という演劇の開幕を告げるに等しい台詞ではないだろうか。〈引用Ⅶ―N〉

「舞台」「役」「登場」「儀礼」といった演劇用語があふれるなかで、悲劇の終焉が演劇の開始と直結する。すなわち『ハムレット』という演劇の完成こそは、この芝居がその後あらゆる時空間で演じ続けられるであろうことが確証される瞬間でもあったのだ。『ハムレット』という演劇のための演劇を見るたびに、私たちはその証拠を手にする。

劇の終局で、個人の記憶は三通りに公有のものとなる。まず、フォーティンブラスにデンマークの王位を継がせたいというハムレットの個人的な意志が、フォーティンブラスの歴史的権利の主張によって政治化されることによって。次に、父親殺しの復讐という外見が、観客の参加によって反復しうる演劇として完成することによって。さらに、悲劇の慣習に則り主人公が死ぬ劇で、観客がその物語を伝承するという形式を劇化し、私的な主人公の死が公的で詩的な演劇の再生により果たされることによって。こうして、演劇がまさに演劇として活性化される時空間に観客を参加させることで、「悲劇」という形式そのものが解体されてしまうのである。

そしてこのような演劇的結末の政治的意味合いは、女性たちの声や意志を抹殺してきた宮廷の家父長的権力体制の終焉をも示すものだろう。ハムレットは自らの劇的身体によって生と死の境を超えることで、「ハムレットはオフィーリアを愛していたか」という問いを問いのままに開いておく。だからこそ私たちは観客として、この問いと、そしてそれ以外の無数の問いを追い求めて、『ハムレット』という劇に何度でも寄りそおうとするのではないだろうか。「そこにいるのは誰」という問いかけと、「私を忘れないで」という希望とのあいだ――ハムレットの身体が架橋するのは、そのような記憶と表象の臨界としての演劇空間なのである。

参考文献・映像

記録／記憶／物語／証言のはざまで考える

李静和『つぶやきの政治思想――求められるまなざし・かなしみへの、そして秘められたものへの』青土社、一九九八年

岡真理『記憶／物語』（思考のフロンティア）、岩波書店、二〇〇〇年

米山リサ『広島――記憶のポリティクス』小沢弘明／小澤祥子／小田島勝浩訳、岩波書店、二〇〇五年

自己と他者との絆を考えるために

細見和之『アイデンティティ／他者性』(思考のフロンティア)、岩波書店、一九九九年
スーザン・ソンタグ『他者の苦痛へのまなざし』北條文緒訳、みすず書房、二〇〇三年
石川輝吉『カント 信じるための哲学――「わたし」から「世界」を考える』(NHKブックス)、日本放送出版協会、二〇〇九年

星の数ほどもある『ハムレット』論のなかでも、出色なのは

テリー・イーグルトン『シェイクスピア――言語／欲望／貨幣』大橋洋一訳、平凡社、一九九二年
加藤行夫『悲劇とは何か』研究社、二〇〇二年
高橋康也「ハムレット的身体」、高橋康也／笹山隆編『橋がかり――演劇的なるものを求めて』所収、岩波書店、二〇〇三年、三―二九ページ

『ハムレット』物語の書き換えのなかで、親の欲望に注目したものとして

ジョン・アップダイク『ガートルードとクローディアス』河合祥一郎訳、白水社、二〇〇二年

数ある『ハムレット』のヴィデオ映像から、記憶と演劇を焦点としているもの

ロドニー・ベネット監督、デレク・ジャコビ主演、一九八〇年／二〇〇四年
ケネス・ブラナー監督・主演、一九九六年
ピーター・ブルック監督、エイドリアン・レスター主演、二〇〇一年

第8章 女の腹から

——『マクベス』(一六〇四年)と自然への反逆

「子どもたちを食べる」ということ、人びとが魔女を非難するのは、或る意味でこのことなのである。たしかにすくなくとも、子どもたちの生命が飲まれる。優しく母親らしい姿をしているが、この美しい奥方は子供を撫でさすりながら、か弱い者の血を吸い尽す吸血鬼ではなかろうか。

(ジュール・ミシュレ『魔女』)

キーワード8

血と本質主義〈Essentialism〉

魔女の息子キャリバンの血。ユダヤ人シャイロックの血。白人女性デズデモーナの血。エジプト人女性クレオパトラの血。王にして父であるダンカンの血。身体に傷をつければ誰でも流れ出す血は、ほかの血ととくに異なることのない赤色をしているにすぎないのに、それがあたかも証しとして、文化における優越や劣等、あるいは歴史的な伝統を担うかのごとく語られてしまうのはなぜだろうか。そこにあるのは、人間の血液が人の根本を規定する本質でなければならない、という発想である。それこそが共同体を呪縛する本質主義の病を生むのだ。

本質主義が猛威をふるうのは、社会的な弱者やマイノリティに対してである。たとえば『オセロ』のデズデモーナ。彼女は父と夫に従順で、裁縫や歌や家事に秀で、優しい性格であるといった「女性的本質」を体現すべきだ、とされる。そして彼女は、そういった規範を踏みはずしてオセロと結婚したことによって、ヴェニス白人キリスト教社会によって断罪されるのだ。

この場合、本質主義にとって脅威となるのは、生殖能力をもつ女性の身体である。次代の子息を確保したい家父長制度にしろ、女性を性的搾取の対象としてしか見ない強迫的な異性愛にせよ、男性中心の考え方による女性の本質は、生殖能力か性的欲望の処理かという二分法に基づいている。しかし、受胎と生産とは異なる営みではないだろうか。それを生殖という女性の本質的行為として、家父長制度の存続に従属させてきたのが、男性中心的な医学や法学や政治学の言説であった。そこで女性の「血」は、社会的な再生産の根拠として搾取されているのだ。

言い換えれば「血」には、本質主義に基づく男性家父長主義的な「血統」という比喩的意味と、それにあらがう生命を示唆する「体液」という具体的意味の二つの側面があるということである。シェイクスピアの「悲劇」や「歴史劇」を、前者の男性性の幻想である「血」によってもたらされる結末と考えることもできるだろう。そこでは「男は男らしくあらねばならない、論理的で合理的であって、女を支配し啓蒙する性でなくてはならない」という強迫が、女性の支配権をめぐる戦争や殺人や権力闘争を引き起こすからだ。

『マクベス』という劇は、「血」の問題を詩的イメージとしても政治的メタファーとしても最大限に活用する「悲劇」である。ダンカンやバンクォーという典型的な権勢的父親と、マクベス夫人という母親との二種類の「血」のせめぎ合いがドラマを動かす。ダンカンやバンクォーの血は、マクベスやマクベス夫人にとって、消そうとしても消せない幻覚であり記憶だ。彼女たちにとって、その血は自分たちが拒絶しながら、同時に簒奪しようとした家父長制度的血統の象徴なのである。

マクベス夫人は自らの「経血」を繰り返し喚起し、王位という血統の頂点を獲得するためなら、自分の子どもを殺害することも厭《いと》わないと宣言する。だがそれは「産む性」という生殖能力の結果を否定する行為にすぎないのであって、「孕む性」という生殖能力の基点を再確認することでもある。マクベス夫人は、血統を遵守する本質主義にとりつかれることによってダンカンの血の幻影に悩まされる。しかし同時に、その血統を支える母親の再生産行為を否定することで、女性の本質が出産にはないことを示唆する。彼女の血は女という「本質」の証しではないのだ。本質主義の再生につながらない「血」の意味がそこにありはしないだろうか。

本質主義にふつう対置されるのは構築主義である。構築主義は人間の「本質」とされているものこそが、その時代特有の社会や政治の力学によって恣意的に作り出されるものであると主張する。ジェンダーや人種、階級、民族、地理、宗教などをめぐるさまざまな差別や力関係は、あらかじめ与えられた自然な属性によるものではなく、歴史的に捏造されたものであり、それにもかかわらず、というかそれゆえに、強大な力をもって人々の思考様式や行動を支配する。

しかしこの問題は、「すべてが社会的に構築されたものだ」と考えれば解決する、といった類の単純なものではない。ある本質が構築されるにはどのような要因があるのか、その構築によって誰が得をして誰が損をしているのか、一つの本質の構築からほかの本質の構築に移るにはどのような力が作用しているのか、ある本質が時代や環境を超えて存続するように見えるのはなぜなのか…。シェイクスピア演劇での「血」の形象も、こうした理論的問いの数々と結び付くことによって、豊かな思考をひらくことだろう。

クエスチョン

①マクベス夫人と魔女との関係をどう捉えたらいいだろうか、とくにマクベス夫人が言及する自らの生理との関係において?
②マクベスはなぜ名声を捨てる危険を冒してまで、王権を獲得しようとしたのだろうか?
③この劇における「子ども」のテーマは、王権との関係でどのような意義をもつか?
④マクベスとマクベス婦人それぞれの「孤独」の内実をどう考えるべきか?
⑤この劇の終局での王権のありようは、どのような未来の展望や不安を抱えているだろうか?

ストーリー

スコットランド王ダンカンの部下であるマクベスとバンクォーは、王に反逆したマクドンウォルドの討伐に成功し、勇名を高める。彼らは王のもとへ帰還する途中で、三人の魔女に出会い、彼女たちから、まずマクベスが「コーダーの領主となり、それから王になるだろう」という予言を聞かされる。「自分はどうか」と問うバンクォーには、「マクベスほど偉大ではないが、王を生み出すだろう、王にはならないが」と言われる。魔女たちが消えた後で、ダンカン王からの使者が来て、マクベスがコーダーの領主の称号を与えられたと告げる。マクベスは最初の予言がさっそく成就したことに驚き、次の予言に思いをめぐらす。

二人を迎えたダンカンはその軍功をたたえるが、長男マルカムを王位継承者としてカンバーランド公に任じる。ダンカンら一行は今宵、マクベスの城であるインヴァネスに逗留することになる。マクベスは妻のマクベス夫人に魔女の予言を手紙で伝え、彼女は夫が王となることを確信する。ダンカンが自分たちの居城を訪れる機会を捉えて、その殺害を決意したマクベス夫人は、ダンカン王の一行を迎える準備のために一足先に帰宅したマクベスを説得する。

王を主賓とする宴会を抜け出したマクベスは、王による自らの好遇を考えてダンカンの殺害を思いとどまろうとする。しかしふたたびマクベス夫人に諭されて、ついにその夜、自らの手でダンカン王を刺し殺す。王付きの兵士たちに酒を飲ませて眠らせておいたのは、マクベス夫人だった。王を殺した後の血塗られた短剣をマクベスがもってきてしまい、彼はもう戻れないと言うので、夫人が短剣を殺害現場に持ち帰り、お付きの者たちの犯行と見せかけるために、短剣を彼らに握らせておく。

翌朝、王を起こしにいったバンクォーが異変を知らせると、王の二人の息子マルカムとドナルベーンは自分たちも危ないと考えて、それぞれイングランドとアイルランドに逃亡する。息子たちに親殺しの嫌疑がかかるなか、先王といちばん血筋の近いマクベスにスコットランドの王位が渡る。

こうして予言は成就したのだが、マクベスには「王を生み出す」という予言を受けたバンクォーとその息子のフリーアンスが王権の脅威となる。マクベスは暗殺者たちを雇って、狩りの帰りに二人を襲わせるが、バンクォーを殺すことに成功したものの、フリーアンスは取り逃がしてしまう。その夜の宴会で、マクベスはバンクォーの亡霊を目撃し、はげしく取り乱して、マクベス夫人や客たちを当惑させる。

自らの権力の安泰を求めてやまないマクベスは、ふたたび魔女たちのもとに赴き、予言を求める。すると魔女たちは、「マクダフに気をつけろ」「女から産まれた者にマクベスを傷つける力はない」「バーナムの森が、マクベスの城のあるダンシネーンの丘にやってこないかぎり、マクベスは滅びない」という三つの予言を得る。これで自信を得たマクベスだが、念のためマクダフを殺そうとする。しかしマクダフは、イングランド王のもとに身を寄せていたマルカムのところへ逃亡した後だった。そこで代わりにマクダフの留守中の居城を襲い、妻や子どもたちを皆殺しにする。

マクベスの血なまぐさい圧政に民心は離れ、マクベスはひとりダンシネーンの城に閉じこもる。マクベス夫人は自分の手についた血の匂いに悩まされ、夢遊病のなかで医師たちにダンカン殺しを告白してしまう。イングランド王の軍勢の応援を得たマルカムたちが、マクベスを攻めにやってくるが、予言を信じるマクベスは動じない。戦闘が始まろうとするところで、マクベス夫人の自殺の知らせが入るが、それをもマクベスは平然と受け入れる。

魔女の予言が異なる解釈を許すものであったことがわかって、マクベスはいったん戦意を失う。それでもマクダフに降伏することなく戦いを挑み、ついに殺される。マクダフから王冠を受け取ったマルカムによって、スコットランドの正統な王権が回復される。

†自然／本質との闘い

『マクベス』のキーワードの一つは「自然／本質（nature）」である。

しかしここでの自然は、人工との対立物と見なされている、いわゆる「汚れなき大自然」ではない。『マクベス』における自然とは、人間本来の営みとして登場人物たちが考えているもののことだ。しかしそれは、人間の「本質」

〈引用Ⅷ—A〉

きれいはきたない、きたないはきれい。
霧と汚れた空気とを飛んでいけ。

Fair is foul, and foul is fair:
Hover through the fog and filthy air.

（一幕一場11—12行）Edited by Kenneth Muir

こんなに悪いとも良いとも言える日は初めてだ。

So foul and fair a day I have not seen.

（一幕三場38行）

とされながら、実は社会的・歴史的に構築されてきた。野生動物や海、山のような「自然」が文明生活に疲れた人間に「発見」されたように、自然も人工的に作り出される。人間は動物とちがって、本能から切り離されており、それゆえに言語や身体といったメディアを使って、自然を想像し表象しなくてはならないのだ。

この劇ではそのような自然／本質として、三つの領域に焦点が合わされる。すなわち、女性性と、男性性、そして血統だ。『マクベス』は、この三つの自然的領域に対する侵犯と、その挫折のドラマである。

†女性の征服としての戦闘

『マクベス』と言えば、三人の魔女の予言による劇と言われるほど、この劇で魔女の存在は大きい。「魔女」はこの劇の現代的な意義を考える上でどのように重要なのか、そしてその「予言」はその意義とどう関わるのだろうか。

まず有名な魔女たちの対句と、マクベスの最初の発言を見てみよう。〈引用Ⅷ—A〉

これらの表現は、この劇が最初から善悪の二項対立を超えた曖昧な界域に突入したことを示している。具体的文脈に即してこれらの発言を考えてみよう。

まず明らかなことは、魔女たちの発言もマクベスの発言も、戦場という生と死が隣り合わせに存在し、勝利と敗北が運命的に転変する場所でなされていることだ。そして、その戦場で実際に何が起きたのかをダンカン王らに報告する一人の隊長が登場する場面が、魔女とマクベスの右の発言のあいだに挟まれていることが劇の流れからは重要である。このことに注目すれば、どんな対立がこうした表現によって曖昧にされているのかを、より明確に理解することができるだろう。

魔女とマクベス（およびバンクォー）の登場に挟まれたこの場面は、ダンカン王が報告に

〈引用Ⅷ—B〉

運命の女神が、奴の悪計に微笑みかけ、	And Fortune, on his damned quarrel smiling,
謀反者の娼婦のように見えましたが、すべてはそのかいなく、	Show's like a rebel's whore: but all's too weak;
勇敢なマクベスが（その名にふさわしく）	For brave Macbeth (well deserved that name),
運命の女神を蔑み、剣を振りかざし、	Disdaining Fortune, with his brandish'd steel,
血にまみれたその刃で襲いかかり、	Which smok'd with bloody execution
勇気の稚児のように、道を切り開き、	Like Valour's minion, carv'd out his passage,
あの女神の下僕めに相対したのです。	Till he fac'd the slave;
やつの手を握ろうともせず、まして別れを告げることもなく、	Which ne'er shook hands, not bade farewell to him,
ついに臍から顎までを一気に切り裂き、	Till he unseam'd him from the nave to th' chops,
その首をわが陣営のうえに掲げたのでした。	And fix'd his head upon our battlements.

（一幕二場14—23行）

やってきたらしい隊長を見て「あの血まみれの男は？（What bloody man is that?）」（一幕二場一行）と問う言葉から始まる。これに答えて王子マルカムは、この隊長はマルカムが捕らえられそうになったところを助けてくれたのだと言う。「血まみれの男」が王国の世継ぎを捕囚から救った——見逃しそうなこうした細部も、劇の重要な伏線をなす。このことを明らかにするのが、逆賊マクドンウォルドとマクベスの戦いを報告する隊長の次のような言葉だ。

〈引用Ⅷ—B〉

ほかの劇でもしばしばそうだが、ここでもシェイクスピアは、名もなき端役に劇の根幹にふれる台詞をしゃべらせる。

この数行は、女性性の征服を、男根による処女の凌辱と帝王切開のイメージで描く。王に対する反逆者の味方である女神を、性的に征服する子ども——これがマクベスの原イメージだ。この隊長が「血まみれ」なのは、戦闘による負傷であるとともに、女性の経血を浴びているからでもある。さらに彼がマルカムを救ったのは、女の腹による捕囚からではないのか。子宮から血にまみれた赤子のように送り出してきた隊長が、マクベスの武運を語る。劇は最初から（そして最後まで）生殖をつかさどる魔女たちの領域で展開するのである。

ここで逆賊に味方したとされる女神“Fortune”は、シェイクスピアの時代には移り気で、人間（＝男性）の運命を操る女とイメージされていた。彼女が「娼婦」のように謀反に肩入れしたのを蔑ん

〈引用Ⅷ―C〉

グラーミスである貴方、そしてコーダー、さらに 約束されたものになるであろう貴方。	Glamis thou art, and Cawdor; and shalt be What thou art promis'd.

（一幕五場14―15行）

貴方の手紙がわたしを変えてしまった 無知な現在をはるかに超えて、いまわたしは この瞬間に未来を感じている。	Thy letters have transported me beyond This ignorant present, and I feel now The future in the instant.

（一幕五場55―57行）

だマクベスが、「奴隷」のようなマクドンウォルドを処罰する。さらにその殺害の仕方は、臍から顎までを下から上に「切り裂く＝縫い取りをはずす（unseam）」という、いわば逆方向の帝王切開によってである。

　この隊長による報告のなかで「道」と訳した“passage”――この語は女性の性器（膣）を意味すると同時に、その毎月の生理をも表す単語である。マクベスがしごかれて勃起した男根のような剣を振りかざしながら、文字どおり切り開く血路。それは、女性の生理の道であるとともに、自分で自分を生み出す男性の自律的な出産幻想をも示唆する。

　この劇では、「マク」で始まる名前をもつ三人の男（マクドンウォルド、マクベス、マクダフ）が、互いに男根のような剣を振るって殺し合う。男たちは女性性に依存しながら、そこから脱却しようと男性性を目指す。『マクベス』は、女性の生殖能力（＝パッセージ）をめぐる男たちの通過儀礼（＝パッセージ）の物語なのである。

　この劇でのダンカン王とマルカムを中軸とする正統的な王位継承は、女性差別的な血統に根ざしている。とすれば、マクベスがそのラインを打ち破り、自らが新たな王となるためには、マクドンウォルドと同じように「女神」や「娼婦」を味方につけるしかないのではないだろうか。魔女が予言した曖昧域への侵入は、マクベスによる男女の対立の横断を示唆していた。そのことを考えるために、マクベス夫人がどのようにしてマクベスを助けようとするのかを見ていこう。

†女性の本質を自己否定する

　マクベス夫人はもう一人の「魔女」ではないか、ともよく言われる。たしかに三人の魔女たちの「予言」と、それを告げるマクベスの手紙を読んだ後のマクベス夫人の反応

〈引用Ⅷ―D〉

おいで悪霊たち、
人殺しに仕えるものたちよ、この場で私を女でなくしておくれ、
頭の天辺から爪先まで、私を
残酷な思いで満たし、この血をこごらせておくれ、
悔恨の情につながる道をふさぎ、
自然の情に満ちた訪れが、
私のむごい企みを挫き、その実現を
安らかな思いで乱さぬよう。私の女の乳房に取り付いて、
その甘い乳を苦い胆汁に変えるのだ、人殺しの手先ども、
目に見えないおまえたちは、いたるところで、
自然に背く悪事をしでかすのだから。

Come, you Spirits
That tend on mortal thoughts, unsex me here,
And fill me, from the crown to the toe, top-fill
Of direst cruelty! Make thick my blood,
Stop up th'access and passage to remorse;
That no compunctious visitings of Nature
Shake my fell purpose, nor keep peace between
Th'effect and it! Come to my woman's breasts,
And take my milk for gall, you murth'ring ministers,
Wherever in your sightless substances
You wait on Nature's mischief!

（一幕五場39―49行）

は、「未来」を予知する点で性質が似ている。〈引用Ⅷ―C〉

このようにマクベス夫人のマクベスに関する確信に満ちた予感は、時間や運命に対する魔女的な挑戦だとも言える。しかし、マクベス夫人の魔女性を、単に「男勝り」だとか「残忍」といった印象に閉じ込めるべきではない。夫人が魔女たちの予言のことを書いた夫の手紙を読んで、自らの身体の変成を図ろうとする次の台詞は、驚くべき比喩に満ちている。〈引用Ⅷ―D〉

ここでマクベス夫人が「自然に背く悪事」を企むのは、自分を「女」たらしめている「本質」、経血や乳をもたらす生殖能力に対してだ。女でなくなればその血の道はふさがれ、女のしるしである毎月の「訪れ」が止まって、子どもの出産という女性の営みは放棄される。

ここには、「女でなくなる＝男のように残酷になる」という二項対立を超えた新たな身体性の獲得がある。"unsex"とは女が男になるのではなく、ある意味で男でも女でもないものになる、ということではないだろうか。ジェンダー（社会的性別）およびセックス（生物学的性別だが、それも本質的なものであるというより社会的に構築されるジェンダーに規定されている）を超えた身体、言い換えればセクシュアリティ（性別に囚われない性的な欲望）だけの存在となると言ってもいい。

マクベス夫人が提示するのは、「子を孕む性」である女性が必ずしも「子を産み育てる性」である必要はないのではないか、と

図8−1　「どうして短剣を置いてこなかったの」：剣と手についたダンカンの血
演出：グレゴリー・ドラン、マクベス：アントニー・シャー、マクベス夫人：ハリエット・ウォルター（RSC、2001年、写真：ステュワート・ヘムリー）

いう問いかけだ。父親から長男へ血筋の継承を目的とする家父長制度が、女性の生殖能力に依存しそれを利用できるのは、まさに女性を「産む性」として位置づけておく限りにおいてである。それゆえ家父長制度は、子どもを産もうとしない女たちを「一人前でない」とか「女らしくない」と言って切り捨てようとしてきた。

マクベス夫人が、たとえ子を孕む力はあっても子を産む必要はない、と自らの血の道を閉ざすとき、それは家父長制度に対する根本的な挑戦となりうる。このように考えるとき、『マクベス』は王殺しの物語から、家父長制の危機管理の寓話に変質するのである。

†子どもの抹殺

マクベスが、「男になりたい」という男性の「本質」への望みと、それが果たせない恐れに憑かれた人間であることは、さまざまな場面から検証できる。しかしここでの男性性は単なる「男らしさ」以上に、文化と社会性に裏付けられている。その一つの兆しが「子ども」の実在ないしは不在であり、『マクベス』とは子どもにこだわり続ける劇であるとも言える。

その最初の例を、マクベス夫人がダンカン王殺害をためらうマクベスを説得する際の、二人の台詞に見てみよう。

〈引用Ⅷ—E〉

いまだによく聞かれる「男になる」とか「男がすたる」といった言い回しは、暴力の発現によってしか克服することのできない、男たちの潜在的な女性恐怖と自信喪失の現れである。そのようなジェンダーの二分法に基づいた思考回路をもつ人にとって、「男になれない」とするなら、それは「子どもであり続ける」か「女になる」しかない。

〈引用Ⅷ—E〉

マクベス夫人　やり遂げれば、そのときこそあなたは男、
昔のあなたより以上のものとなって、
単なる男以上のものとなる。…
私は乳房を含ませたことがあるから、
乳を吸う赤ん坊がどんなに可愛いものかは知っている、
それでも、その顔が私に向かって笑いかけているときに、
自分の乳首からその子の柔らかい歯茎をもぎ取り、
頭を叩き割ってやる、いったんそうすると決めたのなら、
あなたがこのことを決めたように。…
マクベス　男の子どもだけを産むんだな、
おまえのその恐れを知らぬ性格では、
男性しか生まれまい。

Lady M. When you durst do it, then you were a man;
And, to be more than what you were, you would
Be so much more the man. …
I have given suck, and know
How tender 'tis to love the babe that milks me:
I would, while it was smiling in my face,
Have pluck'd my nipple from his boneless gums,
And dash'd the brains out, had I so sworn
As you have done to this. …
Macb. Bring forth men-children only!
For thy undaunted mettle should compose
Nothing but males.

（一幕七場49—75行）

マクベスにとって、ダンカンは父親のような存在である。マクベス夫人によれば、マクベスはその父親を殺すことによってしか「男になれない」。ダンカン王殺害は、子どもと大人の境、および男と女の境を侵す行為による家父長制度への挑戦だ。それを遂行したマクベスは、「単なる男以上のもの」、すなわち男女の二項対立を超えた結界者となる。この数行は、男による父親の殺害と、女による息子の殺害――家父長制度の根幹である父親と長男の抹殺宣言なのである。

自らが「自然的本質」であることを疑わない家父長への反逆――マクベス夫人によれば、そのような自然への反逆は、自分の血を分けた赤子の虐殺という、「産み育てる性」としての自己の否定によってなされる。この自己否定の衝撃力は、彼女が母親としての体験をもつ女性であることによって否が応にも増す。その姿勢は、このの ち劇に登場するバンクォーやマクダフの子どもたち、そしてその母親たちとの対照において、ますます際立つだろう。

ここでの赤子とは五七行目に"his"とあるように権威と血統の相続者である男の子であり、それを殺すことは、いわば出産育児行為の逆転である。しかしここで、応えるマクベスのほうは、いまだに家父長制度の呪縛のなかにいる。マクベスは、自分の妻が男の子だけを産んで、しかも殺す

〈引用Ⅷ—F〉

短剣か、俺の目の前に見えているのは、
柄を俺の手のほうに向けて…
…まだ見える
それに今度は刃と取っ手に血の滴《しずく》がついている、
さっきまではなかったのに。

Is this a dagger, which I see before me,
The handle toward my hand? …
… I see thee still;
And on thy blade, and dudgeon, gouts of blood,
Which was not so before.

（二幕一場33—47行）

ような女性であることを認識しているのだろうか。これは男勝りとか残酷とかいったことをはるかに超えた、男子相続への挑戦ではないのか。

「孕む性」であることを引き受けながら、しかしそのことが必ずしも「産み育てる性」であることを強制される必要はないと明言する女と、「孕む」ならば「産む」べきであることを疑っていない男。この差をどのように考えればいいのだろうか。今後私たちが注目すべきは、マクベスがいつどのようなかたちで、マクベス夫人に近づいて、自然への真の反逆者となるのかという問いだ。その第一の階梯は、もちろん彼のダンカン王殺しである。

†男根による自然の営みの抹殺

マクベスとマクベス夫人は、文字どおり性別を超え一体となり、おのれの欲望に従って、社会的性差《ジェンダー》という「自然」に支えられた家父長制度に挑む。マクベスがダンカン王を殺す直前の独白にも、そのことが示唆されている。〈引用Ⅷ—F〉

この独白での性的なイメージの横溢を、どう考えたらいいだろうか。マクベスが幻視する父親殺しの武器である短剣には、ダンカンの血がついているはずである。しかしその血は、子どもを孕む生殖能力のしるしである女性の経血のイメージを呼び起こさないだろうか。のちに、マクベス夫人が夢遊病のなかで反復する父殺しの記憶が自らの血の「穢れ」と重複してしまうことと同様、この劇における「血」は、つねに男女の、母子の、父娘の境を侵す力を秘めているのだ。

この劇における暴力は、表面的にはつねに、男性的な主体による女性的な客体への凌辱という形をとる。ここでもマクベスの目に映る短剣は、まるでマクベスが男としてもつべき男根のようにダンカン殺害を誘い、その刃に処女の血を滴らせている。襲われる家父長の処女への転化。マクベスはダンカンを殺し、さらに殺人を重ねるたびごとに犠牲者の血

〈引用Ⅷ―G〉

もし恐怖がこの身を捕らえるなら、俺のことを
女の赤ん坊のような奴と呼んでもいい。失せろ、
亡霊め、
非現実のにせもの、行け。　*亡霊消える。*
そう、消え失せたか、
これでもう一度男だ、俺は。

If trembling I inhabit then, protest me
The baby of a girl. Hence, horrible shadow!
Unreal mock'ry, hence! — *Ghost disappears.*
Why, so; — being gone,
I am a man again.

（三幕四場104―107行）

の記憶に苛まれていく。マクベスが殺した「無垢な眠り（innocent sleep）」（二幕二場三五行）とは、女性が育むべきとされる生命の循環であり、男児出産に基づく家父長制度の再生産にほかならない。魔女が開始した暴力の連鎖は、生殖の拒否による「血」の復讐を引き起こすのだ。

結論を先取りすれば、この劇が描くのは危機に瀕した家父長制度の回復ではなく、暴力の連鎖によるその最終的崩壊である。マクで始まる名前をもつ三人の殺人者（マクドンウォルド、マクベス、マクダフ）は、魔女が予言する男性的世界の崩壊をはからずも実行する行為媒体《エージェント》となる。『マクベス』とは、〈マク〉たちと〈マジョ〉たちとの闘争劇なのだ。

†女の赤子

ダンカンを殺したことで「大いなる自然の第二の道（great Nature's second course）」（二幕二場三八行）である眠りをも殺してしまったマクベスは、マクベス夫人が身体的生理の阻止として予言していたように、自らの手で「自然」のサイクルを循環させる「道＝パッセージ、コース」を閉ざしてしまったことになる。しかし血の循環を止めることは、その血の幻影に脅え続けなくてはいけないということでもある。そしてその血の代償は、男女の区別の消滅だ。ついにスコットランド王となった後の晩餐会で、暗殺者に殺させたばかりのバンクォーの亡霊を見たマクベスは、こう言う。〈引用Ⅷ―G〉

“The baby of a girl” という表現は曖昧で、「女という性別の赤子」と、「処女から産まれた赤子」という両方の意味を含んでしまう。つまり、ここでの赤子は「女」であるか、あるいはもともと赤ん坊を産めるはずのない「処女」から生まれた子どもである。どちらもそれは、マクベスがなってはいけないと自ら強迫しているものだ。それに対して、マクベスが幻視する亡霊はこの場面でも、また四幕一場の魔女たちとの再会の場面でも、つねに「男」か

図8−2 「王になっても息子たちが生きているかぎり安心できない」：マクベスとマクベス夫人
演出：トレヴァー・ナン、マクベス：イアン・マッケルン、マクベス夫人：ジュディ・デンチ（RSC、1976年、写真：ジョン・ヘインズ）

「男の子」である。父親と長男との絆を恐れながらも、権力維持のためにはその系譜に頼らざるをえないマクベスは、それを生み出す源である女性の生殖能力を憧憬しながら、同時に恐怖し続けなくてはならない。亡霊を恐れるのは「女の赤ん坊」のすることだと言いながら恐怖に取り乱すマクベスは、自分が引き起こした暴力の連鎖によって、「女の赤子のような男」という矛盾する身体を担っているのだ。

†魔女の三つの予言

こうして哀れなほど「男」であることにこだわるマクベスにとって、自ら求めて聞いた魔女の三つの予言が、いずれも女性と男性と子どもをめぐるものであることは、必然的なことだろう——「マクダフに気をつけろ（beware Macduff）」（四幕一場七一行）、「男の力など恐れぬがよい、女から産まれたものに、マクベスを倒す力はない（laugh to scorn / The power of man, for none of woman born / Shall harm Macbeth）」（七九—八一行）、「マクベスは決して滅びない、バーナムの森がダンシネーンの丘に攻めてくるまでは（Macbeth shall never vanquish'd be, until / Great Birnam wood to high Dunsinane hill / Shall come against him）」（九二—九四行）。

道化役の門番が予告していたように、欲望と結果、あるいは言表と行為とは矛盾する「嘘つき（equivocator）」（二幕三場八行）の関係にある。「立たせておいて萎えさせ、けしかけては挫き、やれと言ってはやらせない、立ったと思わせて立ってない（it makes him, and it mars him; it sets him on, and it takes him off; it persuades him, and disheartens him; makes him stand to, and not stand to）」（三二—三五行）といった背反的な関係、それは性的な欲望と社会的な性別のあいだにもあるし、また、言葉とその指示対象とのあいだにもある。魔女の予言も、まさにそうした曖昧な中間領域で絶大な効果を発揮していく。

マクベスがマクダフを恐れなくてはいけないのは、マクダフが嫡子を擁した家庭の父だからである。魔女の予言はマクダフ本人に気をつけろということであったにもかかわらず、マクベスは本人が逃げた後の城を襲い、妻や子どもを含めた一族郎党を根絶やしにする。マクベスは、バンクォー殺害時に息子のフリーアンスを取り逃がすことで果たせなかった子孫の絶滅を、マクダフについては周到に実行することで、家族の息の根を止めようとしたのだ。

二番目の予言は、女の腹から産まれた息子という、自然の摂理に基づいている。女の出産能力を恐れなくていいというこの予言は、マクベスに大きな自信を与えるが、すでに見てきたようにマクベスが王になれたのは、まさにこの「産む性」としての女性の自己否定によるものだった。この矛盾のなかでマクベスは、ここでも予言の曖昧さによってやがて復讐されるだろう。

三つめの予言も、それが自然にはありえないと信じたマクベスをだますことになる。事実は、森自体が実際に動くわけではなく、マルカムの命令によってイングランドの兵隊たちが数を隠すために、森から切り取った枝をかざして前進したので、森が動いたように見えたにすぎない。しかし大事なことは、マクベスが森に自分が襲われると思ったことだ。森は豊饒のしるしとも言えるだろうが、そこから切り取られた男根のような枝が兵隊たちになり代わって、ダンシネーンの丘にそびえ立つ城に迫ってくる。マクベスがひとり立てこもっている城は、すでに家庭でも王国の中心でもなく、家父長制度の崩壊を象徴する空中の楼閣にすぎない。

言い換えれば、この三つの予言は、マクベスの子どもに関する三つの恐怖を言い当てたものだ。世継ぎである子どもを持っているマクダフへの恐怖、母親が自分で産まなかった子どもに対する恐怖、子どもを育むような森の繁殖力への恐怖。王位獲得だけが目的だったマクベス夫人と、王位の継承と家父長制度の創始を目的とするマクベスとの違いが、ここにあるのではないだろうか。

†世継ぎの資格

『マクベス』を王国の再生とその挫折という観点から見るとき、一つの問いは、王となる資格をいったいどこに求め

〈引用Ⅷ―H〉

マクダフ　王であったそなたの父上は
敬虔な王。あなたをお産みになった母上は、
立っておられるより、ひざまずかれている
ほうが多いようなお方、
毎日を死ぬようにして過ごされた。…
マルカム　…この場でいま言ったことを、
自分の身にかけた汚れや非難を撤回しよう、
この身の本質にはふさわしくないものとし
て。私はまだ女を知らない。

Macd. Thy royal father
Was a most sainted King: the Queen, that bore thee,
Oft'ner upon her knees than on her feet,
Died every day she liv'd. ……
Mal. …… here abjure
The taints and blames I laid upon myself,
For strangers to my nature. I am yet
Unknown to woman;

（四幕三場108―126行）

〈引用Ⅷ―I〉

まだここに汚点《しみ》がある。……
消えておしまい、忌ま忌ましい汚点!

Yet here's a spot. ……
Out, damned spot! Out, I say!

（五幕一場32―36行）

るかだ。この劇には、二つの王位獲得の形態がある。一つは暴力による王位簒奪――マクドンウォルド、マクベス、マクダフ…。もう一つは血統による王位継承――ダンカン、マルカム、フリーアンス…。二つを分かつのは、前者における嫡子の不在と、後者における長男の存在だ（その意味では、マルカムの弟ドナルベーンの役割が興味を引くだろう）。

マクベスが殺された後で、誰が王になるべきかも、直接この問題に関わる。実力に基づく王位簒奪パターンからすれば、最も王にふさわしいのはマクダフだろう。彼を味方に引き入れるために王子マルカムが駆使するレトリックは、武力で劣る血統主義の弱点の表れだ。マクダフとマルカムがマクベス征伐を前にして交わす会話が、そのことを示唆する。〈引用Ⅷ―H〉

長男であるだけでなく、敬虔な父母をもち、童貞でもある王子マルカム――純潔血統主義によれば、彼はなるほど王にふさわしいだろう。しかし彼がマクダフを試すために言い募った多くの嘘は、門番の発言と魔女の予言を私たちに思い起こさせずにはおかない。父母の「敬虔」ささえも、家父長制維持のための純血幻想に供するものにすぎず、まして「女を知らない」ことは自分のセクシュアリティに自信をもてない証拠かもしれないではないか。

武勇によって王位を継承できない長男マルカムにとって、自己と他者のセクシュアリティの管理は欠かせない。しかしマルカムが誇りとする「自然な本質」も、彼の信用の置けない言葉が生み

出すものにすぎない。観客にとってこの場面の居心地の悪さや、マルカムの「正統性」への疑念も、そうした本質主義への疑いに根ざすのではないだろうか。

†父殺しの記憶

マルカムの血統への信頼と対極にあるのが、その次の場で描かれるマクベス夫人による夢遊病だろう。夢の中で彼女は、娘による父殺しの記憶の痕跡にふれる。〈引用Ⅷ―I〉

見えないものを嗅覚と触覚によってまなざす彼女が幻視する「汚点・染み」とは、ダンカン殺害によって自らの身体がこうむった血の痕跡であると同時に、自らの「女の道」をとおる経血のしるしではないのか。とすればそれは、自分が女であることへの呪詛、生殖を運命づけられた自己への復讐ともなるだろう。

おそらく『マクベス』が抑圧する一つの関係は、父親と娘とが血によって分断されるのではなく、血によって連帯することなのではないか。それはマクベス夫人が血の染みを「忌み」として拭いさるのではなく、自らの身体の証しとして受け入れるとき見えてくる展望だ。そのときマクベス夫人は夫の名前ではなく、自らの固有名をもって新たに登場するのかもしれない。

図8－3 「まだ血の臭いが」：洗い流せない記憶
演出：エイドリアン・ノーブル、マクベス夫人：シネアド・キューザック（RSC、1986年、写真：イヴァン・キンクル）

†自然を否定する役者の身体

女性性に特化されたマクベス夫人の独白と好対照をなすのが、彼女の自殺を聞いてなされるマクベスの独白だ。そこでは個人的な感慨や呪詛が影を潜め、人生の否定が演劇的な比喩にのせて語られる。〈引用Ⅷ―J〉

この台詞がシェイクスピアの独白のなかでも特権的な位置を占めるのは、疑いなくそれを語る、「マクベスとしての役者／役者としてのマクベス」の身体性の比類なき強度のゆえだろう。自己の性別も、歴史の意味も、時間の反芻もない束の間の幻影としての人生。マクベスが招来してきた自然

〈引用Ⅷ—J〉

妻もいずれは死ぬ運命だったのだろう。	She should have died hereafter:
そんなことを聞くこともあろうかと思っていた。	There would have been a time for such a word.—
あした、あした、またあしたと、	To-morrow, and to-morrow, and to-morrow,
一日ごとにゆっくりした足取りで、	Creeps in this petty pace from day to day,
歴史の最後の節目まで、	To the last syllable of recorded time;
きのうという日はみな、道化の足取りで	And all our yesterdays have lighted fools
埃にまみれた死への旅路をたどる。消えろ、消えろ、短いろうそく、	The way to dusty death. Out, out, brief candle!
人生は歩く影、愚かな役者だ、	Life's but a walking shadow; a poor player,
舞台の上をほんの一時うろついては、	That struts and frets his hour upon the stage,
消えてしまう、おとぎ話にすぎない、	And then is heard no more: it is a tale
道化の語る物語、響きと叫びに満ちていても、	Told by an idiot, full of sound and fury,
意味など何もない。	Signifying nothing.

（五幕五場17—28行）

の秩序の混乱と崩壊は、必然的にこのような「愚かな物語」を生み出すのだ。それは記号と指示対象との恣意的な関係はあっても確固とした真実としては把握できない、しかしそれゆえにこそ、観客の心と体をゆるがす「演劇」としか呼ぶほかない体験である。

こうした彼の思いをニヒリズムと呼ぶだけでは、マクベスが到達した境地は推しはかれないだろう。事実マクベスはこの独白の後、生への執着も、王権への未練も、戦う意欲も完全に失ってはいない。彼は、たとえ意味はなくとも生を欲しており、最後まで賭けに出ようとする。そのようなマクベスに立ちはだかる壁、それがマクダフの体現する単性生殖原理である。

†生殖への恐怖

家父長にとっての理想は、男が自力で子孫を産む単性生殖だ。それが現実には無理で、女性の生殖能力に頼ることによってしか子孫を確保できないからこそ、家父長制度は女を「孕む性」である以上に「産み育てる性」として位置づけるのだ。

すでに見てきたように、マクベスとマクベス夫人の「自然」の殺戮は、出産と育児を女性の「本質」とする体制への反逆であった。しかし劇の最後に、実力主義による王位簒奪の候補者として登場したマクダフは、出産を男性独自の営みとすることによって、マクベスの誅殺者となる。〈引用Ⅷ—K〉

マクダフだけがマクベスを殺すことができるのは、彼が母親の

〈引用Ⅷ―K〉

おまえがまだ信じている精霊に言わせるんだな、
マクダフは母親の腹を引き裂き、
時を待たずに取り出されてきたと。

And let the Angel, whom thou still hast serv'd,
Tell thee, Macduff was from his mother's womb
Untimely ripp'd.

（五幕八場14―16行）

〈引用Ⅷ―L〉

あなたさまのご子息は軍人としての負債を支払われました。
あの方は生きて、最後に男となられたのです。
ご自分の武勇をためすまさに最初の戦で
一歩も引くことなく戦われ、
男として亡くなられました。

Your son, my Lord, has paid a soldier's debt:
He only liv'd till he was a man;
The which no sooner had his prowess confirm'd,
In the unshrinking station where he fought,
But like a man he died.

（五幕九場5―9行）

自然な出産機能を無化する男だからである。家父長制度にとって必須の要件であり、また最大の弱点でもある女の生殖力を、出産という身体の結節点で拒むこと。母親から産まれるのではなく、その腹を割って登場した息子。マクダフは生まれる前から父親である資格をもった息子として、母親の貢献を隠す究極の家父長なのだ。

俗に帝王切開（Caesarean birth）とも呼ばれるこの出産方法は、ローマ帝国の英雄ジュリアス・シーザーがこの方法で生まれたという伝説に基づく。それは現実には、男子出産を優先し、母体の保護を軽視した方法だった。かつてこの方法によって子どもが取り出されたことで、母体は死亡した例も多かったに相違ない。もし単性生殖が不可能であるなら、家父長にとって次善の方策は、恐ろしいことにまさに帝王切開なのではないか。

†男らしい死

ト書きによれば、マクベスは舞台上でマクダフと戦って殺される。そのすぐ後に登場したマルカムは、イギリス軍の司令官である老シーワードに、その息子であるヤング・シーワードが行方不明であると言う。それを受けたロスは、その「名誉の戦死」を告げる。〈引用Ⅷ―L〉

マクベスがまずヤング・シーワードを殺し、そのマクベスをマクダフが殺す。マクベスが舞台上で殺すのは、この息子のシーワードだけであり、それをマクベスはシーワードが「女から生まれた

（Thou wast born of woman）」（五幕七場一二行）からだと言う。シーワードはこれが初陣で、おそらくまだ年端もいかない少年だろう。父親である老シーワードは息子の死を悼みながらも、その刀傷が「正面にあった（on the front）」（五幕九場一三行）と聞いて安心する。たとえ嫡子である世継ぎを失ったとしても、彼の死はまるで正常位による性交によって産まれた息子の死としてイメージされることで、男系相続を脅かすどころか、むしろ強化するのだ。

母親の腹を割って自力で生まれたマクダフと、正常な分娩によって生まれたシーワード。出産能力を搾取する社会的な性の分断に忠実な息子の死によって、シーワード家の男性を中心とする権力は安泰となる。その一方で、そのような権力からすれば、母親に従属せず、妻も息子も皆殺しにされたマクダフへの恐れと憧れは強まるばかりだろう。この劇は最終場で、シーワードのようなイングランドの武将の家系をこのようにわざわざ描くことによって、続くマクダフによるマルカムへの王冠授与にまつわる不安を際立たせるのである。

†魔女の挑戦

ここにいたってようやく私たちは、なぜ魔女たちがマクベスに与えた予言が決定的な意味をもつのかを理解する。ヨーロッパ近世の社会で「魔女」とされてきた女性たちの多くは、民間医療や女性の出産援助に携わる者たちだった。その多くが貧しい生活を余儀なくされていた彼女たちはおそらく、同じ境遇の女性たちが「孕む性」である運命を甘受し「産む性」であることを強制される現実に直面して、母体を救うために堕胎を施すこともあっただろう。彼女たちのそうした救済行為が、母親の身体よりも子どもの生産を重んじる家父長制度によって脅威と見なされる。彼女たちをキリスト教倫理と近代医学と司法によって差別し、社会の周縁へと追いやってきたのが、近代の歴史ではなかったか。

『マクベス』の魔女たちも、そのような歴史の刻印を負っている。この劇では、女性性の自己否定をとおして家父長制度の崩壊がうながされ、最後に家父長幻想の極端な体現者によって、その崩壊の原因そのものが葬りさられるのである。

女性の生殖能力をさげすむ、母親殺しの息子マクダフによってマクベスが殺され、マクダフが王冠をマルカムに渡したところで、おそらく家父長制度は復権しない。それは女性に依存しながら、それを隠蔽する暴力の本質をより明白にしただけである。一時的に血統主義によってマルカムが王として迎えられたとしても、マクダフはこのまま黙っているのか？　未来の王という予言を受けたフリーアンスはどこにいるのか？　アイルランドに逃亡したマルカムの弟ドナルベーンはこの事態をどのように見ているのか？――こうした一連の問いが残存せざるをえない。

この劇が最後に抱え込む暴力の連鎖の予感こそは、王国自体の存立にまつわる不安の兆候だ。男性中心の支配体制が、何らかの「預言」の力に頼ることによって自らの権威を維持していくものだとすれば、その暴力的な自壊をもたらす魔女たちの「予言」こそは、王権争奪をめぐる暴力の連鎖をもたらすことによって、家父長制度に対する挑戦となりうる。魔女たちの恣意的で不確実な予言を、絶対的な真実を告げる「預言」と信じて、自己の権力正当化に用いようとした男たちの自滅と凋落。『マクベス』という劇は、「子どもを孕む」という女の生物学的本質が、じつは「嫡子を産む」という家父長制度の要請によってもたらされた文化的構築物にほかならないことを暴くのである。「きれいはきたない」という境界域への突入によって始められた演劇は、安定していたと思われた「自然」の領域、その女性性と男性性と血統がいずれも文化的な構築物であり、それゆえに侵犯を許すものであることを暴露して終わる。「女の腹から生まれた者」に男を殺すことはできないという魔女の予言は、出産を女性の「本質＝Nature」とするようなイデオロギーと制度に対する根本的な異議申し立てだったのである。

参考文献・映像

西洋における「魔女」についての基本文献

キース・トマス『宗教と魔術の衰退』上・下、荒木正純訳（叢書・ウニベルシタス）、法政大学出版局、一九九三年
度会好一『魔女幻想――呪術から読み解くヨーロッパ』（中公新書）、中央公論新社、一九九九年
田中雅志編訳・解説『魔女の誕生と衰退――原典資料で読む西洋悪魔学の歴史』三交社、二〇〇八年

「魔女」を扱った文学は多いが、とくに植民地の歴史との関連において
アーサー・ミラー『るつぼ』倉橋健訳（ハヤカワ演劇文庫）、早川書房、二〇〇八年
マリーズ・コンデ『わたしはティチューバ――セイラムの黒人魔女』風呂本惇子／西井のぶ子訳（ウイメンズブックス）、新水社、一九九八年

「魔女」とときに結び付けられてきた「カニバリズム＝人肉食」について
中野美代子『カニバリズム論』（福武文庫）、福武書店、一九八七年

本質主義と構築主義について
上野千鶴子編『構築主義とは何か』勁草書房、二〇〇一年
キャサリン・ベルジー『ポスト構造主義』折島正司訳（一冊でわかる）、岩波書店、二〇〇三年

『マクベス』のなかで、傑出した舞台が映像となったもの
トレヴァー・ナン監督、イアン・マッケラン／ジュディ・デンチ主演、一九七九年
グレゴリー・ドラン監督、アントニー・シャー／ハリエット・ウォルター主演、二〇〇一年

「産む性」／「孕む性」と「魔女」との関係について考えるための映画
マイク・リー監督、イメルダ・スタウントン主演『ヴェラ・ドレイク』二〇〇四年

現代の魔女を描き続ける出色の美術作家
やなぎみわ「Miwa Yanagi」http://www.yanagimiwa.net

IX

第9章

靴をぬいで

──『リア王』（一六〇五年）と歴史の終焉

歴史の天使は顔を過去のほうに向けている。私たちの眼には出来事の連鎖が立ち現れてくるところに、彼はただ一つの破局《カタストローフ》だけを見るのだ。その破局はひっきりなしに瓦礫のうえに瓦礫を積み重ねて、それを彼の足元に投げつけている。きっと彼は、なろうことならそこにとどまり、死者たちを目覚めさせ、破壊されたものを寄せ集めて繋ぎ合わせたいのだろう。ところが楽園から嵐が吹きつけていて、それが彼の翼にはらまれ、あまりの激しさに天使はもはや翼を閉じることができない。この嵐が彼を、背を向けている未来のほうへ引き留めがたく押し流してゆき、その間にも彼の眼前では、瓦礫の山が積み上がって天にも届かんばかりである。私たちが進歩と呼んでいるもの、それがこの嵐なのだ。

（ヴァルター・ベンヤミン「歴史の概念について」）

キーワード9　王冠と家父長制〈Patriarchy〉

シェイクスピア時代の芝居には大掛かりな装置はなく、登場人物の階級を示す最もわかりやすい指標は衣装と小道具だった。とくに剣や冠やさまざまな装飾品が階位を表す典型的な身の回りの品となる。シェイクスピア劇における王やそれに準ずる者がその衣服を脱いだり装飾具を手放す行為は、王国や共同体の運命を転変させかねない出来事となる。

そうした物品のなかで、最も端的に権力を象徴するのは王冠である。『ヘンリー六世第三部』で王妃マーガレットが、王位を狙いながら果たせず敗れたヨーク公リチャード・プランタジネットの頭に紙の王冠をかぶせて愚弄する場面。『ヘンリー四世第二部』で父王ヘンリーが息を引き取ったと早合点したハル王子が、王冠を自らの頭にかぶせ重みをはかってみる場面。『ジュリアス・シーザー』でアントニーが、民衆たちの支持のもとにシーザーに王冠をささげようとする場面。『リア王』でリアが、王国分割の証拠に、二人の娘たちの夫に自分の王冠を投げ与える場面。『マクベス』でマクベスを殺したマクダフが、その頭から奪った王冠をマルカムに差し出す場面。いずれの劇でも、王冠の授受が王国権力の移譲とつながっている。

そうした権力の内実を問うと、それは血統、財産、名誉、性や福祉、健康を含めた生全般にわたる支配権、すなわち家父長制の権勢や力能ということになろう。家父長制は、父親から長男へと財産や土地や家柄や名誉や歴史や能力が引き継がれることを理想とするが、そこには決定的な要素として、父親の妻、息子の母親が介在せざるをえない。夫にとって自分の子どもが本当に自らの種によるのかどうかを確証するのは、妻の言葉しかない――「あなたの子どもよ、ほら目元があなたにそっくりじゃない?」。もちろん家父長制にとっては、それが生物学的事実であるよりも、文化的・社会的に公認されることのほうが大事なのだが。

言い換えれば、男にとって男系による権力継承を保証する要が、同時にその最大の弱点ともなりうる、ということだ。よって家父長にとって、不可能だが究極の理想は、女の腹を経ないで子孫が生まれる一種の単性生殖であり、それが不可能だからこそ、父/夫にとっては、できるかぎり女性の貢献を隠蔽し、かつ管理することが必要となるのである。

その意味で王冠とは単性生殖の象徴でもある。とすれば、しばしば男女のつながりを保証し、女性の生殖器のシンボルともされる指輪と、王冠との比較が興味を引くだろう。王冠は指輪よりもずっと大きく、しかも、ペニスに似ている指ではなく、論理と知識の場所とされる頭を囲む。『ヴェローナの二紳士』でも『終わりよければすべてよし』でも『ヴェニスの商人』でも、ジュリア、ヘレナ、ポーシャといった女主人公たちの駆使する指輪の交換トリック、すなわち指輪のすり替えと領有によって目指す男性を支配する方策は、家父長制社会のなかで、彼女たちが生き延び、自らの地歩を確保するための手段である。これらの「喜劇」では、指輪が王冠に復讐を果たすとともに、結果的に女たちは家父長制と異性愛主義の枠組みのなかで、子孫の再生産という役割を引き受けていくことになる。

あるいはまた、王冠の授受が母親のセクシュアリティの介入によって、長男に渡るという家父長制度の規定コースを外れてしまうことから起きる「悲劇」もある。その代表は言うまでもなく『ハムレット』だ。叔父に父親を暗殺され、母親を奪われた息子が復讐するという設定は一般的で、シェイクスピアの劇の後も、小説からテレビドラマ、ミュージカル『ライオン・キング』にいたるまで、多くの類型を生み出してきた。

家父長制とは繰り返せば、父親から長男へと権力や財産や名声が移譲されるために、母親の貞操と生殖能力を利用し、長男以外の兄弟姉妹を犠牲にする社会的仕掛けである。多くの「ハムレット」的な物語でも、叔父はその実力にかかわらず、あらかじめ相続をはばまれた存在として、政治的策略や性的活力を発揮して兄を排除し、兄の妻を奪い、兄の息子から権力を詐取する。叔父にとって体制転覆は生存に必要な手段であり、多くの「ハムレット」物語は、こうした世代にまたがる権力の正統性をめぐる闘争を反復してきた。クローディアスのような叔父は、王冠をかぶるのにふさわしい政治的実力者でもあり、兄の妻に愛されるがゆえに、家父長の脅威となりうるのである。

クエスチョン

①リアの「王国分割」の動機はなにか、その失敗の要因はどこに求められるか?
②コーディリアはなぜ姉たちと違って、リアを喜ばせる儀式に従おうとしないのだろうか?
③エドマンドの「近代性」をどのように性格づけることができるか?
④道化、エドガー、ケントといった「周縁的存在」の劇的意義をどのように捉えたらいいか?
⑤最終場では共同体そのものが崩壊してしまうように見えるが、この「反悲劇」的性格はどのようにして形成されており、それをどう解釈すべきだろうか?

ストーリー

ブリテン王であるリアには、三人の娘がいる。リアは娘たちに王国を分け与えることで将来の争いの芽をつみ、自分は王国統治の義務から解放されて、娘たちの世話になりながら気ままな老境をすごそうと考える。王国を分割する儀式で、二人の姉娘ゴネリルとリーガンはリアの期待どおりに父親を賛美する台詞をのべるが、末娘のコーディリアはお世辞めいたことを何も言わない。それがリアの怒りを買い、忠臣ケントのいさめもむなしく、コーディリアは追放されるが、フランス王が自分の妃にと迎える。ブリテン王国はゴネリルの夫オルバニーと、リーガンの夫コーンウォールのものとなる。ケントも追放され、変装してカイアスと名乗り、ひそかにリアに仕える。

リアの臣下グロスターには、二人の息子がいる。兄のエドガーは嫡子、弟のエドマンドは庶子だが、エドマンドは一計を案じ、エドガーが父親の財産を奪おうとしているとグロスターに信じ込ませ、エドガーは逃亡せざるをえなくなる。追っ手が迫るなか、エドガーは乞食のトムとして狂人を装い、荒野のあばら屋に身を潜める。

リアは百人の子飼いの部下たちを連れて、月ごとにゴネリルとリーガンのもとに滞在する心積もりだ。しかし乱暴な部下たちの振る舞いにゴネリルは辟易し冷遇したので、怒ったリアはリーガンのもとへとおもむく。それを嫌がったリーガンとコーンウォールは、自分の館を留守にしてグロスターのもとにと出向く。そこへ変装したケントがリアの手紙を携えてやってくる。しかし、ゴネリルの使者オズワルドに遭遇し、喧嘩となり、ケントの無礼な態度を嫌ったコーンウォールによってケントは足かせをはめられてしまう。

グロスターの館にやってきたリアと道化は、自分たちの使者が足かせをはめられていることに驚くが、リアはかろうじて怒りを抑える。リーガンにゴネリルのひどい仕打ちを訴えるリアだが、リーガンは受け付けず、訪れてきたゴネリルを暖かく迎える。それどころか、姉娘たちは一緒になってリアの要求をすべてはねつけてしまう。ゴネリルにもリーガンにも見捨てられたリアは、絶望と怒りのあまり、嵐の近づくなか、道化とケントだけに付き添われて荒野へと出奔する。

嵐を避けようとした三人は、あばら屋でエドガーと遭遇、正気を失いつつあったリアはエドガーのことを哲学者のように扱う。助けに来たグロスターが四人を農家に案内し、そこでリアはゴネリルとリーガンを想像上の裁判にかける。しかしリア暗殺を恐れたグロスターのすすめで、ケントと道化はリアをドーヴァーへと連れ出す。

グロスターはイギリス侵攻を準備しているフランス軍のコーディリアから手紙を受け取っていたが、そのことをエドマンドがコーンウォールに告げる。コーンウォールとリーガンは、フランス軍と内通し、リアを逃がしたことを咎めて、その復讐にとグロスターの両目を抉り取るが、それを止めようとした部下の手でコーンウォールは傷を負い、それが元で死んでしまう。盲目となったグロスターは、息子エドガーとは知らず、トムに手を引かれ、自殺するためにドーヴァーの崖へと向かう。

エドマンドは夫がいなくなったリーガンと、夫を愛していないゴネリルと、同時に二人に愛される。彼はどちらを取るか迷っており、女たちは互いに激しい嫉妬を燃やす。一方ドーヴァーでエドガーは、目の見えないグロスターに崖から飛び降りたと信じ込ませ、彼に生き続ける勇気を与えようとする。そこへゴネリルからエドマンドへ宛てた手紙を持ったオズワルドが通りかかり、グロスターを殺そうとするが、逆にエドガーに殺され、手紙はエドガーの手に落ちる。

エドガーの見守るうち、ドーヴァーの荒野で正気を失ったリアと盲目のグロスターが出会う。リアはフランス軍に保護され、コーディリアとついに再会を果たし、狂気から覚める。

コーディリア率いるフランス軍と、オルバニーを長とするブリテン軍との戦いが始まる。エドガーは変装して、オルバニーに妻のゴネリルの裏切りの証拠である手紙を渡し、もしブリテン軍が勝利した暁には、トランペットの合図で正義の使者が登場するだろうと予告する。

結果、フランス軍は敗北、コーディリアとリアはエドマンドに捕らえられる。エドマンドはひそかに部下に二人の殺害を命じる。そこに変装したエドガーが予告どおり現れ、エドマンドと決闘して彼を倒した後、自分の正体を明かす。さらにエドガーは、盲目のグロスターを導いたのが息子の自分だったことを告白したところ、彼が喜びと悲しみの混じった感情の衝撃で亡くなってしまったと皆に告げる。
そうしたあいだにも、リーガンはゴネリルによって毒殺され、オルバニーにエドマンドとの不倫を責められたゴネリルも自殺する。エドマンドは死ぬ直前に、捕虜としたリアとコーディリアを殺害するよう命令したことを明かす。全員が動転するなか、リアがコーディリアの死体を抱いて登場する。エドマンドの命令どおり、部下の手でコーディリアは殺されたが、その部下をリアが殺したのだ。あまりの出来事に一同が言葉を失うなか、リア自身もコーディリアが息を吹き返したのではないかという幻想を抱きながら事切れる。生き残ったオルバニーもケントもエドガーも王国を継ごうとはせず、あらゆる未来の展望が消滅するなか、劇が幕を閉じる。

†嫡子の神話

シェイクスピア劇の冒頭は、一見ささいな話題を扱うようでも重大な問いかけを発することがある。グロスターが朋友ケントにエドマンドを紹介する『リア王』の最初の場面も、そんな一例だ。ここでは真面目一筋のケント、世智にたけたグロスター、寡黙ななかに強い意志を秘めたエドマンドといった性格造型が、ほんの数行で果たされている。言葉遊びと冗談にあふれた軽い場面のように見えるが、ここで笑った観客はすぐ次の場面で、リアによる王国分割とコーディリアの破門という深刻な展開に驚愕することになる。そこで、この一場と二場とのテーマ連環を考えることは無駄ではないだろう。〈引用Ⅸ―A〉

ここでケントが屈託なく使う「わかる」という動詞“conceive”には、「理解する」と「妊娠する」という両方の意味があるので、グロスターによるエドマンドの誕生をめぐるジョークが観客に伝わる。さらにグロスターは真面目なケントをからかうように、同じ意味でも“conceive”より肉感があり、ほとんど性器さえ連想させる語である“smell”を使う。

もちろん冗談は、誰かを笑いの対象とすることで成立するのだから、こうした軽口をジョークとして受け取れるのは特定の立場の人だけだ。この場合の対象は「私生児」エドマンドと彼を生んだ「美人の」母親であり、冗談を言える側は男たち、それも家系の維持に熱心な者と言えるだろう。

〈引用Ⅸ―A〉

ケント　こちらはあなたの息子さんでは?	Kent. Is not this your son, my Lord?
グロスター　生殖のほうは私の役目でしたがね。自分の息子と認めるのに恥ずかしい思いもしましたが、いまは慣れましたね。	Glou. His breeding, Sir, hath been at my charge: I have so often blush'd to acknowledge him, that now I am braze'd to't.
ケント　おっしゃる意味がわかりませんが。	Kent. I cannot conceive you.
グロスター　こいつの母親ならわかることでしょうよ。あいつの腹がふくらんでしまったので、夫をベッドに迎える前に赤ん坊の世話をすることになったわけでして。失敗したとお思いですか?	Glou. Sir, this young fellow's mother could; whereupon she grew round-womb'd, and had, indeed, Sir, a son for her cradle ere she had a husband for her bed. Do you smell a fault?
ケント　生まれたのがこれだけ立派なご子息なら、失敗だったと思うわけにはいかないでしょう。	Kent. I cannot wish the fault undone, the issue of it being so proper.

（一幕一場7―17行）Edited by R. A. Foakes
（このテクストではクォート版も併記されているが、ここではクォリオ版に従う）

ここではグロスターの長男で嫡子のエドガーには言及がなされても、彼を生んだ母親、すなわちグロスターの正妻は一言もふれられない。まるでエドガーは父親の自分だけから生まれてきたのだから、母親は無視してもかまわない、とでも言うかのように。それに対して、エドマンドの生誕に関しては、中年男の機知が動員されて、女性の肉体的魅力が強調される。それはどうしてだろうか。

ここでグロスターは一人の母親を淫らな生殖器官として貶め、もう一人の母親を意識から排除することで、男の単性生殖の夢を語ってしまう。妻と娼婦、貞節と放埒の二項対立に基づく女性蔑視と、嫡子と私生児との判別。長男と次男の違いが、財産分配の決定権を握る父の権威を支えるのだ。自らの家権の維持にまつわる責任は放棄しながら、家系の権威だけを保持しようとするリア王の悲劇は、この「血」の神話をめぐる冒頭の数行ですでに暗示されていたのである。

†「我々」と「私」

『リア王』は、娘や息子や臣下といった従属者の反抗によって家族と王国が崩壊する物語である、と一応は言える。そこで崩壊するのは、まず王の絶対的権威であり、その原因が王自身の狂気であることを示すのが、一幕二場の「王国分割」だ。ここでリアは、自らの権威の無謬性を証明するために、王の発する言葉がそのま

〈引用Ⅸ—B〉

さてその間に、わしの隠された目的のほうを明らかにするとしよう。
地図をよこせ。知ってのとおり、
王国を三つに分けた。わが目的は
わしも年を取ったので、憂いと仕事を振り払い、
若い世代に任せたい。そして
こちらはのんびり死んでいこうというわけだ。

Meantime, we shall express our darker purpose.
Give me the map there. Know that we have divided
In three our kingdom; and 'tis our fast intent
To shake all cares and business from our age,
Conferring them on younger strengths, while we
Unburthen'd crawl toward death.

（一幕一場35—40行）

〈引用Ⅸ—C〉

ふしあわせなことに、私にはできません、
心を口に合わせることが。お父様を愛する気持ち、
それは子としての絆に従ったもの、それ以上でも以下でもないのです。

Unhappy that I am, I cannot heave
My heart into my mouth: I love your Majesty
According to my bond; no more no less.

（一幕一場91—93行）

ま実現されるという信念に基づいて行動する。そこでは個人の身勝手な要望が、公的地位の権威と混同されている。〈引用Ⅸ—B〉

王としての意図を表明するこの数行に〝we〟と〝our〟が七回も使われる。それは王が生身の個人であると同時に、王国全体を代表する集合をも体現する存在であることを示す慣例的用法である。しかしここで重要なことは、シェイクスピアがそうした慣習を踏まえながらも、リアの我執に満ちた個人的欲望がいかに公的意図を騙っているのかを示唆するために、集合的な「我々」を使っていることだ。

リアは自分が〝we〟を使うかぎり誰からも反対されず、必ず自分の意志が通ることを知っている。「知ってのとおり」というのも「知れ」という命令にほかならない。ここにあるのは「我々」という集合体を利用した利己的欲望の表明にすぎない。それは「私」の意志を徹底的に体現した「我々」の影なのだ。

そのことは一度だけ二行目に使われる〝me〟に示唆されている。「地図をよこせ」という命令が、ここではリアのほとんど唯一の具体的な行動であり、そこで彼の自己を指示する〝me〟が使われている——即座に地図がほしいので、〝we〟ではまだるっこしいというわけだろうか。しかし実のところ、この数行のなかの〝we〟や〝our〟もすべて利己的な「私」の代替物にすぎない。ここには決定的に他者への配慮やまなざしが

欠けている。リアの世界には尊重すべき“you”が存在していないのである。

「私」と「我々」を区別しないリアの利己心に対して、徹底して「私」にこだわることで、はからずもリアの公私混同へ根底的な疑いを突き付けてしまうのが、コーディリアの発話だ。〈引用Ⅸ—C〉

先ほどのリアの発言とは対照的に、この三行の台詞には“I”と“my”が都合六回も使われている。そうした「私」へのこだわりによって、コーディリアは二人の姉の甘言とは異なり、自分の気持ちが言葉では表現できないことを「私」自身の思いとして伝えようとするのだ。その印象はコーディリアがリアを呼ぶときに使う“your”でさらに強められる。自らの利己心を公的な権威に包もうとするリアの他者に対する一方的な態度に比して、コーディリアの言葉は明らかに相互交渉に基づき、他者の承認と愛とを求めている。

リアはしかし、公的な場での儀式が不首尾に終わったことに腹を立てる。なにより、自分の利己的な動機を自分の最愛の娘に暴露されて、我を失うのだ。彼はコーディリアに怒りを覚え、裏切られたと感じる。それゆえ数行後に「俺はあいつをいちばん愛していたのに（I lov'd her most）」（一二三行）と叫んで、“I”の悲嘆を告白してしまうのだ。「私」を認めることができない父＝王の悲劇がこうして始まる。この劇は、「私」に拘泥したコーディリアを王国から追放し、他者との絆を喪失したリアが、他者をかけがえのない伴侶として再獲得する、苦闘の旅路を描いていくのである。

図9−1　「俺は誰だ?」「リアの影」：リアのアイデンティティと道化の知
演出：エイドリアン・ノーブル、リア：マイケル・ガンボン、道化：アントニー・シャー（RSC、1983年、写真：ドナルド・クーパー）

†「私」と「彼」

コーディリアを追放してしまったリアにとって、最も身近な他者となり、コーディリアの代わりとも言えるのが道化だ。ゴネリルに自分の身勝手な欲望をいさめられたリアは、「私」とは何かを問い始める。〈引用Ⅸ—D〉

ここでリアは自分のことを“I”や“me”で

〈引用Ⅸ—D〉

リア　誰かわしを知っておるか。これはリアではない。	Lear. Does any here know me? This is not Lear.
リアはこう歩くか?　話すか?　その目はどこだ?　そいつは頭が弱ったか、分別が鈍ったか?　起きているか?　そうではないだろう。	Does Lear walk thus? speak thus? Where are his eyes? Either his notion weakens, his discernings are lethargied—Ha! waking? 'tis not so.
おれが誰か言えるものがあるか?	Who is it that can tell me who I am?
道化　リアの影。	Fool. Lear's shadow.
リア　なるほどおれにもそれならわかる。王権の印にかけて、知識、理性にかけて、おれには自分に娘たちがいたなどとはとうてい思えん。	Lear. I would learn that; for by the marks of sovereignty, knowledge, and reason, I should be false persuaded I had daughters.

（一幕四場217—225行）

問うと同時に、三人称の"his"によって対象化している。そのような「私」と「彼」との一致と不一致を、道化が「影」という語で表現するのだ。

自分が自分でないかもしれないこと、自分の娘が自分とつながりをもっていないかもしれないこと——自己と他者とのあいだにある、そのような本質的な溝について、リアは道化をとおして学び始める。その過程で、自己とはその権威も性質も、他人との関係、他者のまなざしや言葉や欲動のうちにしかありえないものであることを認識する。こうしてこの劇は、「私」の欲望を押しかくした「我々」の宣言から始まりながら、他者の介入によって「私」の限界をきわめることによって、自己と他者との境界を作り直していくのである。

†「自然」と「理性」

娘たちから見捨てられたリアは、望むと望まざるとにかかわらず、自分が当然視していた、王としての権威に支えられた「私」と「我々」との一致に、もはや頼ることができない。そこから彼は、自己と他者の絆の本質を探る旅に出る。その伴侶が無知にして全能な道化であり、その思念的な鍵となるのが自然と理性との関係、言い換えれば、あるがままの姿と、そうあるべきだと人が考える姿との関係である。

以下の一幕五場のリアと道化との会話でも、笑いのなかに秘められた真実がある。〈引用Ⅸ—E〉

〈引用Ⅸ—E〉

リア　自然の情を忘れそうだ。こんなに父親として親切にしてやったのに!
馬の用意は?
道化　あんたの馬鹿どもがやってるよ。
七つ星が七つなのにはちゃんとした理由があってね。
リア　八つじゃないからか?
道化　そのとおりさ、まったく。あんたなら、いい道化になれるよ。……
道化　あんたも年取るんじゃなかったな、利口になるまえにさ。
リア　どうか天よ、おれを狂わせないでくれ、狂いたくない。
どうかおれの気持ちを鎮めてくれ、狂うのはいやだ!

Lear. I will forget my nature: so kind a father!
Be my horses ready?
Fool. Thy asses are gone about 'em. The reason why the seven stars are no more than seven is a pretty reason.
Lear. Because they are not eight?
Fool. Yes, indeed: thou would'st make a good Fool. …
Fool. Thou should'st not have been old till thou hadst been wise.
Lear. O! Let me not be mad, not mad, sweet heaven!
Keep me in temper; I would not be mad!

（一幕五場31—45行）

ここで言われている“nature”とは人間や世界の本来の姿のことだと一応は言える。しかし、それがどのようなものであり、どのようなものであるべきかを判断し決めるのは人間の理性（reason）や知識にすぎない。自然も人間によって発見されることではじめて「自然」となるのだ。だから本能のままに暮らしている動物には「自然」の観念はない。農産業の発達や人工的な都市の出現によって、人は失われた自然を意識するようになる。永劫不変でも普遍的でもない、文化の力学や歴史的な状況に影響される“reason”によって認知されたものだけが、「自然」や「本質」として感得されるのだ。

いまのところリアは、自分のことを「親切な父親」であると思っている。しかし果たして他人にとって、いつも彼がそうであるかどうかは、ちょうど星の数が七つなのか、八つなのかの違いに等しいのではないだろうか。つまり、たった一つだけの数の違いだからたいした差がないとも言えるし、たった一つではあっても厳然として違うとも言える。それを決めるのが人間の「理性」なのであり、そうした判断は社会的力関係によって決定される。「親切な父親」も「利己的な老人」にすぎないかもしれないではないか。その判断や評価は、人間同士の関係と、彼ら彼女らが置かれた立場によって異なるのである。

やや劇の進行を先取りすれば、のちに見る四幕七場、コーディリアがリアと再会する場面で超えようとするのも、そのような社会

〈引用IX—F〉

この国には証しとなる先例がある
ベドラム乞食といって、声高に叫びながら、
感覚のなくなった腕を叩き、
ピンや木の枝、釘、茨の棘などを刺して、
こんなおそろしい様子で、低地の農園や
貧しい村、羊小屋、納屋を渡り歩き、
ときには狂ったり、ときには祈ったりしながら、
お慈悲を頂戴する。かわいそうな乞食のトム、
それならまだなんとかなる。エドガーじゃ駄目だ。

The country gives me proof and precedent
Of Bedlam beggars, who, with roaring voices,
Strike in their numb'd and mortified arms
Pins, wooden pricks, nails, sprigs of rosemary;
And with this horrible object, from low farms,
Poor pelting villages, sheepcotes, and mills,
Sometime with lunatic bans, sometime with prayers,
Enforce their charity. Poor Turlygod! poor Tom,
That's something yet: Edgar I nothing am.

（二幕三場13—21行）

関係によって性格や人間性が作り上げられると考える構築主義なのだ。そのことによって、彼女は父と娘のあいだに永遠の和解をもたらそうとする。そこにあるのはいわば、「自然」と「理性」との弁証法だ。彼女が「理由などなにも（no cause）」という一言によってリアを許すのは、社会的力関係を超えた絶対の絆を父親と娘とのあいだに作り出そうとするからである。コーディリアは“cause”を否定することによって、“reason”の恣意的相対性を普遍的絶対性へと転換する。この絶対的で過剰な許しの行為によって、リアは「ばかな老人」という自己の本性（nature）に目覚め、そこに最終的に安住することができるのである。

　しかしながら、コーディリアとの再会によってそのような他者と自己を発見する前に、リアはまず文字どおり「理性」を失い、七と八とが区別されない狂気の世界に孤独な「私」として入っていくしかない。そのような「私」はまず、社会的つながりを喪失した非社会的存在として現れる。それを体現するのが、道化にして狂人でもある「ベドラム乞食」（当時ロンドンにあった世界最古の精神病院であるベツレヘム病院をベドラムとも呼んでいたことから、「狂人」をさして使われていた名称）となることを選択したエドガーであり、両目をえぐられて視力を奪われたグロスターである。

†「理性」と「狂気」

　腹違いの弟エドマンドの企みによって逃亡を余儀なくされたエドガーは、理性と狂気の溝を自分の意志で超えることで自らの本性を維持しな

〈引用Ⅸ—G〉

必要を理性で説明などしないでくれ!　どんなに惨めな乞食でも、	O! reason not the need! our besest beggars
	Are in the poorest thing superfluous;
貧しいなかで何か余計なものをもっている。	Allow not nature more than nature needs,
自然に自然以上のものを与えなかったとすれば、	Man's life is cheap as beast's. Thou art a lady;
人の命は獣のそれと同じだ。おまえは貴婦人だろう、	If only to go warm were gorgeous,
暖かくしているだけで贅沢なら、	Why, nature needs not what thou gorgeous wear'st,
おまえのように贅沢をする必要を自然は認めない、	Which scarcely keeps thee warm. But for
でもそれだけで暖かくしてはおられまい、だが本当の必要は—	true need —
天よ、どうかわしに必要な忍耐を与えてくれ!…	You Heavens, give me that patience, patience I need!…
泣くだけの理由は十分ある。	I have full cause of weeping, but this heart
しかしこの心が、いく百千に割れても、	Shall break into a hundred thousand flaws
まだ泣くには早い。道化、気が狂いそうだ。	Or e're I'll weep. O fool, I shall go mad.

（二幕四場262—283行）

くてはならなくなる。それは同時にすべての社会的絆を絶ち、孤立することを意味する。こうしてエドガーは、歴史からも社会からも経済からも隔絶した実在となる。〈引用Ⅸ—F〉

エドガーは最も周縁的な存在である「ベドラム乞食」に自分を擬することによって、過激な境界線上の身体性を獲得する。そのことがこの後彼に、グロスターやリアのような、同様に理性と狂気の境をさまよう人物を身近に観察し、旅路をともにする視覚／資格を与えるのだ。佯狂、すなわち狂気を装う——いわば、理性的に狂気を失うことによって「何か（something）」にとどまろうとすること。「エドガー」という社会的な標識をもった者のままでいては「何ものでもない（nothing）」ことを認識すること。ここには「私」が何ものかという問いをめぐる、苛烈な思考の発端があるのだ。

†「本当の必要」とは何か

リア自身が貴族の館から荒野へと、正気から狂気へと、父王から老人へと、対立項を超えてゆく契機も、姉娘たち二人との対話によって"nature"の二面性に気がつくことから与えられる。そこで重要となるのが「理性（reason）」（＝人間にふさわしい贅沢）と「必要（need）」（＝最低の生存条件）との区別である。〈引用Ⅸ—G〉

「自然」というすべての物のありのままの姿は、人が人間らしく

図9－2 「荒れ野の帝王」：原始的な暴君としてのリア
演出：ピーター・ブルック、リア：ポール・スコフィールド（RSC、1962年、写真：アンガス・マクビーン）

生きていくにはあまりに簡素で謹厳で残酷すぎる。人にはなにか余計なものが必要だ——衣服、権力、財産、血筋、社会、王国、家庭、文化、言語、歴史…。しかしそうしたものでなくて、どこかに「本当の必要」があるのではないか。このリアの根源的な問いにいまはまだ答えはなく、嵐の音が応えるばかり、なのだ。

「我々」という王や父としての社会的権威を必要としない「私」の探求。その旅がこうして嵐の荒野で始まる。この自然の地平で、“reason”の恣意的相対性は“need”の普遍的絶対性によって弁証法的に昇華される。そしてその運動は、リアの身体において、狂気への沈潜とそこからの覚醒として表現される。彼のそうした遍歴は、順番に「ベドラム乞食」エドガー、盲目のグロスター、そして娘のコーディリアとの出会いで果たされていく。

†「余計なもの」を捨てて

「本当の必要」とは何か、という問いを抱えて嵐の荒野に出奔したリアを迎えたのが、「ベドラム乞食」となったエドガーだ。その出会いはリアにとって、「本来の人間」との出会いによる「余計なもの」の廃棄という形をとる。〈引用Ⅸ—H〉

「贅沢」（superfluous）でもなく、「洗練」（sophisticated）されてもおらず、「保護」（accommodated）も受けない「物そのもの（thing itself）」としての人間。ここにはあらゆる外面的・社会的な「必要」を剝ぎ取られた生き物の姿がある。自らの衣服を剝ぎ取るリアの行いは、単に個人的な狂気への端緒というだけでなく、「本当の必要」がいったい社会的にどれだけのものなのか、その限界を見極めようとすることにほかならない。いわば「絶対的な窮乏」（マルクス）の状態として社会の実相をさぐり、そこから他者への同情と平等への希求を育むこと。そこに『リア王』

〈引用Ⅸ―H〉

人間とはこれだけのものか? 考えてみろ奴のことを。虫に絹の野獣に皮の、羊に毛の、猫に香水の世話にもならない。こちとら三人は贅沢だ。こいつは物そのもの。何の世話にもならない人間。人間はこやつのように貧しく、裸で、二本足の動物なのか。衣服などとってしまえ! ここのボタンをはずしてくれ。[自分の服を剝ぎ取る]

Is man no more than this? Consider him well. Thou ow'st the worm no silk, the beast no hide, the sheep no wool, the cat no perfume. Ha? Here's three on's us are sophisticated; thou art the thing itself. Unaccommodated man is no more but such a poor, bare, forked animal as thou art. Off, off, your lendings! : come, unbutton here. [*Tearing at his clothes.*…]

(三幕四場101―107行)

〈引用Ⅸ―I〉

贅沢で情欲におぼれた男は、
自らの定めに従わず、見ようともしない、
感じることがないからだ、そんなやつは自分の力を即座に知るべきだ、
そうなれば平等な分配によって過剰な利益が中和され、
すべての人が十分なものを得られるだろう。

Let the superfluous and lust-dieted man,
That slaves your ordinance, that will not see
Because he does not feel, feel your power quickly:
So distribution should undo excess,
And each man have enough.

(四幕一場70―74行)

という劇がもつ社会革命の展望がある。

「物そのもの」であるエドガーに直面したリアは、まず自分もそのような「自然」の姿に帰り、「理性」を失って狂気に沈潜することで、自己とは何かという問いに近づいていこうとする。しかしそのような認識は同時に、盲目とされたグロスターが「裸の人間」であるエドガーに語る、次のような社会平等思想をも拓《ひら》くだろう。〈引用Ⅸ―I〉

「すべての人が十分なものを得られる」ような社会への希望。『リア王』のような極限的な貧困を描く劇で、このような普遍的な社会正義への訴えがなされることは驚くべきことではないだろうか。圧倒的な暴力に対抗する台詞の力、視力を奪われた老人が目の前の一人の裸の他者を通じて、あらゆる人の福祉を構想する潜勢力――そこにこそ、この劇の現代性もある。

†裸足になって

リアの自己覚醒の旅は、彼がドーヴァーで盲目のグロスターと出会うことで、大きな転機を迎える。この場面で注目すべきことは、劇冒頭の「王国分割」で自らの権威を疑わず、他人への配慮をまった

〈引用Ⅸ—J〉

なんだ!おまえは頭がおかしいのか?　人間には	What! art mad? A man may see how this world
世界のいく先など、目がなくても見える。耳で見るのだ。	goes with no eyes. Look with then ears: see ho
あそこの判事が泥棒をいじめているだろう……	yond justice rails upon your simple thief. …
そいつは犬に追われておるではないか。見てみろ、あれが	And the creature run from the cur? There thou might'st behold
権威なるものの偉大なるありさまだ、	The great image of Authority:
犬がいばっているのだからな。…	A dog's obey'd in office. ….
俺の運命を嘆くなら、わしの目をあげよう	If thou wilt weep my fortunes, take my eyes;
あんたの事は良く知っている、おまえの名前はグロスターだ、	I know thee well enough; thy name is Gloucester;
辛抱することだ、俺たちは泣いてここまでやってきた。…	Thou must be patient; we came crying hither: …
俺たちがこの世に生まれ出たとき、俺たちが泣くのは、	When we are born, we cry that we are come
この阿呆な道化たちの偉大な舞台に俺たちが登場したからなんだ。	To this great stage of fools.

（四幕六場148—181行）

く欠いていたリアが、グロスターとのこの苦い哄笑にあふれた不思議な対話において、「我」と「汝」との相互性に徹底してこだわっていることだ。〈引用Ⅸ—J〉

こぼれる涙と噴出する笑いのなかでの自己否定と他者認識。王自らが自己を徹底して否認するこの台詞で、リアは他者認知の印として、グロスターに繰り返し“thine”や“thy”で呼びかける。こうして王としての、父としてのあらゆる「権威」を放棄したリアが、不条理な笑いと崇高な尊厳を同時にもたらす情景がある――リアは目の前の、なにひとつ飾りも力ももたない貧しい裸の人間である盲目のグロスターに「靴をぬがせてくれ（pull off my boots)」（一六九行）と命じるのだ。

舞台上のリアは正気を失って荒野をさすらった後だから、おそらくすでに裸足《はだし》だろう。とすれば、グロスターがリアの命令に従おうとすれば、彼はリアの傷だらけの両足にすがりついて、涙を流すほかない。あらゆる権威から遠ざかった二人の老人が、生身の足の感触を通じて、互いの固有名を認知するのだ。

この場面でリアは劇の冒頭で使うことのなかった他者への呼びかけを回復するだけではなくて、他者の身体感覚をも分有している。「私」と「汝」とのまったき相互性のなかで、靴を脱がしてやるという営みによってあらゆる権威が解体される。相手の不幸に涙を流すことが、「我々」を王国の権力を背景にした集合的代名詞から、孤独な人が互いを名指すなかでの「私たち」へと変質させる。このときリアが名指す“we”は、観客の参加を可能にする偉大にして矮小な演劇の「舞台」の登場人物である。リア王の道化が舞台から退場した後で、リアとグロスターを含む「我々」すべてが、それぞれの人生という芝居を生きる「道化」であるかもしれないという認識。『リア王』という劇が作り出す、最も演劇的な侵犯の瞬間がここにあるのだ。

†ありのままの私

このような個人の他者にまつわる記憶（名前がその最たるものだ）をとおした自己認識の回復は、言うまでもなくリアとコーディリアとの再会によって完成する。劇冒頭の王としての威厳と自負にあふれた発言とを比較するとき、コーディリアを前にしたリアの自認は、驚嘆すべき簡素さで「私（I, my）」が頻出する。〈引用Ⅸ—K〉

図9−3「わしのために泣くなら目をやろう」：ドーヴァーで出会うリアとグロスター
演出：トレヴァー・ナン、リア：ドナルド・シンデン、グロスター：トニー・チャーチ（RSC、1977年、写真：ドナルド・クーパー）

シェイクスピア演劇では、最も感動的なクライマックスで、文法も語彙もこれ以上単純にならないほどシンプルになる、とよく言われるが、この一節ほどそのことを雄弁に語る例はないだろう。

　リアは「ばかな老人」としての自己認識に立脚しながら、ひたすら「私」の知覚にこだわり、しかもそれを疑うことを忘れない。しかし、そのような懐疑の果てに、自分を一人の男として認知し、目の前の女性を自らの娘であるコーディリアと名指すとき、リアの長い自己探求の旅はこの自他認識によって終わりを告げる。そのことを主語と述語が完璧なイコールで結ばれた“I am”——英語という言語における最も基礎的な言い回し——によってコーディリア

〈引用Ⅸ―K〉

リア　わしはばかな老人にすぎぬ、	Lear. I am a very foolish fond old man,
きっちり八十才をすぎてしまっているし、	Fourscore and upward, not an hour more or less;
それに、正直言って、	And to deal plainly,
どうも正常な頭とは言えんようだ。	I fear I am not in my perfect mind.
そなたもこちらの人も知っているようで、	Methinks I should know you and know this man;
でも自信がない。とにかく無知でな、	Yet I am doubtful: for I am mainly ignorant
ここがどこなのか、頭を絞ってみても、	What place this is, and all the skill I have
この服のことが思い出せない。それに	Remembers not these garments; not I know not
きのうどこで寝たかも。笑わないでほしい、	Where I did lodge last night. Do not laugh at me;
つまり、わしが男だとして、このご婦人が	For as I am a man, I think this lady
わしの娘のコーディリアではないかと。	To be my child Cordelia.
コーディリア　はい、わたし、わたし、です。	Cor. And so I am, I am.
リア　涙を流しているのか?　泣かんでくれ。	Lear. Be your tears wet? Yes, faith; I pray weep not.
毒があるなら飲もう。	If you have poison for me, I will drink it.
わしのことは愛しておらんはずだ。姉さんたちは	I know you do not love me, for your sisters
わしの記憶によれば、わしにひどいことをした。	Have, as I do remember, done me wrong.
おまえには理由がある、姉さんたちにはない。	You have some cause, they have not.
コーディリア　理由、理由なんて、ありません。…	Cor. No cause, no cause.…
リア　我慢してくれ。忘れて、許してほしい。わしは年老いて知恵も足りない。	Lear. You must bear with me. Pray you now, forget and forgive; I am old and foolish.

(四幕七場60―84行)

が肯定するとき、「ありのままの姿である自然」が単純な関係性のうちに十全に回復される。とすれば、そのときすでに、「ありのままの姿」と「あるべき姿」とを判別する人間の理性は必要ないのではないか。コーディリアの"no cause"という応答によって、リアが落ち込んでいた"reason"と"need"との深い溝がついに埋められるのだから。

この場面で『リア王』という劇は、自己と他者との忘却と許しという相互性において、個人のレベルで一つの終焉を迎える。しかし、リアが「王国分割」で解き放ってしまった共同体レベルでの力、章のはじめに検討した女性の生殖能力をめぐる「ジョーク」に見え隠れしていた政治的権力と家父長制度をめぐる闘いは、自然と理性との弁証法で終わるわけにはいかない。そしてそのような社会的諸力の結集が、この劇を特異な悲劇とするのである。

†「個」と「共同体」

個人として自他の和解を果たしたリアも、自らが冒頭で解き放ってしまった集合的な暴力によって押しつぶされる。そのことが『リア王』を傑出した悲劇とし、また悲劇以上のものとする。それを示すのが、姉娘たちが率いるイギリス軍に敗れて捕虜となり、エドマンドによって牢獄へと連れ去られる前の、リアとコーディリアとの会話だ。〈引用Ⅸ—L〉

もしリアがコーディリアの勧めに従って姉娘たちに会っていたら、彼女たちはエドマンドの上官にあたるのだから、その後の悲劇は避けられたかもしれない。しかし結果として、リアの熱望する個の牢獄への完璧な逃避が、共同体の崩壊と生命の犠牲につながり、自らの固有性を証しするコーディリアの死をも招く。ありのままの他者を承認することで「私」と和解したリアが、自己に徹してコーディリア以外のあらゆる社会性を拒否することで、身近な他者をも失っていく。リア自身が望まなくても、世間は依然として、彼を王として父としてしか見ないからだ。

図9－4「野の花を王冠にして」：狂気と正気のはざま
演出：エイドリアン・ノーブル、リア：ロバート・スティーヴンス（RSC、1993年、写真：マーク・ドゥエット）

このリアの発言で特徴的なことは、「祝福」と「許し」の交換、祈りや歌や物語や笑いといった営みが作る“I”と“thee”との固い絆が、“we”と“them”との分割を強固なものとしていることだ。リアとコーディリアは、牢獄のなかから宮廷や王国の出来事を観察し論評しようとする。個の牢獄と共同体の自由との対立と反転。しかし「スパイ」が決して社会的な力関係から自由ではありえない

〈引用Ⅸ—L〉

コーディリア　お姉さんたちに会いましょうか?
リア　いや、いや、やめよう、やめよう!　いっしょに牢獄に行こう。
籠の鳥のように二人だけで歌って、
おまえが祝福してほしいと言えば、わしがひざまずいて
おまえの許しを請おう、そうやって暮らし
祈り、歌い、昔話をして笑い、
宮廷の者どもを、哀れなごろつきどもが
噂をするのを。奴らと話もしよう
誰が負け、勝ち、入り、出たのか。
そうやって物事の秘密をさぐるのだ、
神々のスパイのようにな。

Cor. Shall we not see these daughters and these sisters?
Lear. No, no, no, no! Come, let's away to prison;
We two alone will sing like birds i'th'cage.
When thou dost ask me blessing, I'll kneel down,
And ask of thee forgiveness: so we'll live,
And pray, and sing, and tell old tales, and laugh
At gilded butterflies, and hear poor rogues
Talk of court news; and we'll talk with them too —
Who loses and who wins; who's in, who's out —
And take upon's the mystery of things,
As if we were Gods'spies.

（五幕三場7—17行）

ように、この娘を人質とする父のエゴイズムが築く理想郷は、結局のところユートピアでしかないのではないだろうか。それは、エドマンドが代表する現実の政治権力の前に、ひとたまりもなく崩壊するだろう。

最終場で、コーディリアの死骸を抱いたリアは、彼女の思い出のなかだけに生きようとして、あらゆる他者に対する認知力をふたたび失ってしまう。彼は「阿呆な老人」という自己認識を文字どおり体現して、さらなる狂気のなかで死んでいく。

リアにとって何らかの共同性を保証するものは、コーディリアとの絆でしかなかった。リアにとってコーディリアとの共生が保証する“we”とは、結局“I”の表出でしかなかったのではないか。王としての、父としてのあらゆる権威を放棄したリアは、たしかに家父長制度によって保証された「我々」の呪縛からは解放されたかもしれない。しかし、彼はエゴイズムの欲望から解き放たれることはついになかった。社会や政治権力によって何らかの共同性が保証されていなければ、結局のところ、どんな個も意味をもたないのではないだろうか――『リア王』という劇が最後に提出するのは、歴史の意味をめぐるこの問いである。

▶223
図9－5「わしはばかな老人にすぎない」：コーディリアとの再会
演出：ニコラス・ハイトナー、リア：ジョン・ウッド、コーディリア：アレックス・キングストン（RSC、1990年、写真：ドナルド・クーパー）

†歴史の終わり

通常、悲劇では、主人公が死ぬことによって、王国や家族や社会といった共同体が蘇生され、新たな生命のサイクルが創り出される予感のもとに劇が終わる。登場人物たちの侵犯は罰せられたり、新たな境界線が引き直されたりすることで、劇は観客のある種の安堵とともに幕を閉じるのだ。

しかし『リア王』では悲劇の主人公が死んだ後、共同体を再建しようとする者がいない。リアが劇冒頭で放出した公の権威による恣意的な暴力が、「私」と「我々」を無慈悲に同一視するエドマンドによって引き継がれ、世界自体の滅亡を招来し、そのことの衝撃力に誰も耐えられないからだ。

リアが絶対者として君臨していた家父長制度下の共同体を引き継ぐだけの力を有していたのは、庶子であり、二人の女性の生殖能力を同時に支配したエドマンドである。しかし劇は、そのエドマンドをもエドガーの手で罰することによって、共同体の後継者を根絶やしにする。エドマンドが殺され、リアが絶望のうちに絶命した後で、残された者のなかでは王国を継ぐべき権利がいちばんあるはずの長女の婿オルバニーが、「わたしとしては、いったん退き、この老いた王の在世中は、われらが絶対王権をリアに返還する（For us, we will resign, / During the life of this old majesty / To him our absolute power;）」（五幕三場二九七―二九九行）ことを宣言し、論功行賞をみんなに配分するという、支配者としての勤めを果たそうと

〈引用Ⅸ—M〉

私たちはこの悲しい時間の重荷に耐えねばならぬ。私たちは感じることを語ろう、私たちが言うべきことではなくて。	This weight of sad time we must obey, Speak what we feel, not what we ought to say.
一番年老いた者が重荷に耐えた、年若い私たちは、それほど多くを見ることも、それほど長く生きることもあるまい。	The oldest hath borne most; we that are young Shall never see so much, nor live so long.

（五幕三場322—325行）

する。しかしそれは彼自身の「見ろ、見ろ（O! see, see!）」（三〇三行）という叫びによって断ちきられ、リアの死が目撃される。さらにオルバニーはリアの死後、次代の王としての責任を果たさず、奇妙なことにケントとエドガーに王国の支配を委ねようとする。しかしケントは断り、エドガーはおよそ悲劇の終焉にふさわしくない、次のような台詞で唐突に劇を閉じてしまうのだ。〈引用Ⅸ—M〉

「公」も「私」も壊滅し、視覚も機能せず、思い出も残らない。オルバニーもリアもエドガーも「見ろ、見つめろ（see, look）」と言うが、すでに見るべきものなどこの世界には存在せず、目前にあるのは「約束された終焉（promised end）」（二六二行）がもたらす「そこにある恐怖の影（image of that horror）」（二六三行）でしかない。視覚や記憶が効力を失って、在るのはただ意味を喪った残余の時間だけだ。すべてはまるで、ドーヴァーのヒースの荒野で、リアとグロスターが裸足で確かめ合った人間的な絆さえをもあざ笑うかのように、「靴を脱いだように頼りなく無益（bootless）」（二九二行）である。

エドガーが述べる「悲しい時間」とは、公的な権威も私的な哀歓も受け入れない、のっぺらぼうで非人間的な時の流れだ。時間の自然にして無慈悲な絶対性のなかで、あらゆる語りが、私のつぶやきも国家の宣言も無効を宣言される。そんな無機的な時間の重荷に、人間ははたして耐えられるのか。

共同体の崩壊した後、記憶はどのように可能であり、個のアイデンティティはどう保たれるのだろうか？——劇はこの問いに答えないまま、ふたたび自己と他者との、個と共同体との境界線を引き直すかのように見える。しかし、リアやグロスターのような父たちが耐え忍んで生きてきた時間と、この台詞のなかで四回繰り返される「私たち（we）」がこれから耐える時とは、すでに連続性がない。血の絆や家族が崩壊し、記憶や言説が意味を喪失するとき、私たちが分有する歴史も終わりを迎えるだろう。

道化の導きによって自己を発見する旅に出たリアが、「ベドラム乞食」エドガーとの、盲目のグロスターとの、絆を断たれた娘コーディリアとの遭遇によって、ありのままの自然な自己を承認する過程が、観客に共有されることで成立してきた劇。あらゆる演劇が、劇場での“we”という共同性の新たな創出に関わる営みであるならば、『リア王』ほど、そのことを単的に慈悲深く、感情の深底で表現する演劇は多くないだろう。それにもかかわらず、この劇の終末は、そのような演劇的な協働をも疑うかのように、劇場という周縁的場の意味そのものを宙吊りにしてしまう。かくして『リア王』は、演劇性の再認と否認という、自己と他者の関係の肯定と否定のはざまで、かろうじて創出される「反悲劇」として、歴史の終焉を告げるのである。

参考文献・映像

現代の「貧困」について考えるために

湯浅誠『反貧困──「すべり台社会」からの脱出』(岩波新書)、岩波書店、二〇〇八年

笠井潔『例外社会──神的暴力と階級/文化/群集』朝日新聞出版、二〇〇九年

山森亮『ベーシック・インカム入門──無条件給付の基本所得を考える』(光文社新書)、光文社、二〇〇九年

生と死について思考する

市野川容孝/小森陽一『難民』(思考のフロンティア)、岩波書店、二〇〇七年

杉田俊介『無能力批評──労働と生存のエチカ』大月書店、二〇〇八年

立岩真也『唯の生』筑摩書房、二〇〇九年

放浪と和解と、他者の認知による自己覚醒を描く物語(ル・グウィンの『アースシー物語』とともに)

上橋菜穂子『精霊の守り人』(新潮文庫)、新潮社、二〇〇七年

上橋菜穂子『夢の守り人』(新潮文庫)、新潮社、二〇〇八年

上橋菜穂子『闇の守り人』(新潮文庫)、新潮社、二〇〇七年

上橋菜穂子『神の守り人』偕成社、二〇〇三―〇八年
上橋菜穂子『虚空の旅人』（新潮文庫）、新潮社、二〇〇八年
上橋菜穂子『蒼路の旅人』（偕成社ワンダーランド）、偕成社、二〇〇五年

『リア王』の映像のなかで、「絶対的な窮乏」が迫るのは
ピーター・ブルック監督、ポール・スコフィールド主演、一九六二年
リチャード・エア演出、イアン・ホルム主演（ナショナル・シアター）、一九九八年
トレヴァー・ナン演出、イアン・マッケルン主演（ロイヤル・シェイクスピア・カンパニー）、二〇〇七年

現代の「難民」について考えるための映画
マイケル・ウィンターボトム監督、ジャマール・ウディン・トラビ主演『イン・ディス・ワールド』二〇〇二年

第10章 神々の哄笑

――『コリオレイナス』(一六〇八年)と都市の雑種的身体

つまり、俺は何の身体も持たないものか、さもなければ、ひとりで一つの国家なのだ。
(デレク・ウォルコット『帆船「逃亡号」』)

どんな種類のものであれ、主人というのはすべて屑であり、どんな種類のものであっても奴隷というのはすべて高貴で気高い。これに関して疑問の余地はない。
(ジャマイカ・キンケイド『小さな場所』)

X

キーワード10 **男根と民主主義〈Democracy〉**

放浪する勃起した男根――コリオレイナスのような英雄のイメージをひと言で表すと、この表現がふさわしいのではないだろうか。
「男根」と言うとき、精神分析では生身の男性器に表象されるペニスと、男性的権威や家父長制的権力の象徴であるファルスとを分けて考える。身体的な可能性と限界をあわせもつペニスは、能力的な不十分さゆえに他者支配のイメージであるファルスに憧れるが、しかし自らの無際限な要求を満たすことはできない。力強くなくてはならないという男性性のイメージと、現実の男の脆弱さとのギャップが、男をして自らの弱さを隠し、それを女性性として否定したりすることによって、男性性にしがみつこうとする。いわば、ペニスは勃起することもあれば萎えることもあるのに対して、ファルスはつねに勃起していなくてはならないのだ。

シェイクスピアの悲劇や歴史劇における戦争や殺戮が描き続けるように、戦場や闘いの場では、共同体の名誉を体現した英雄も、自身の生存だけに専念する無名の一兵士も、政治の冷酷なメカニズムや死の現実の前にはまったく無力であるほかない。男たちは、永遠に勃起し続けるファルスのように名誉の戦死という幻想にとりつかれながら、萎えたペニスのように汚辱を着せられ泥にまみれて死ぬ。人の死が結局は無意味でしかないという理不尽さ。この不条理を解決するために、一つの政治的システムとして編み出されてきたのが、民主主義である。

民主主義は人々の無意味な死や不合理な散財が、多数の合意と利益によって正当化されることを主張する。「最大多数の最大幸福」という民主主義のモットーは、この理想を目指して共同体の構成員一人一人が不断に努力しないかぎり、それぞれの責任を問わない集合的無責任体制につながりうる。だから民主主義はつねに英雄待望論や独裁者の専制によって、自らの責任を果たさず他者に依存する衆愚的な政治体制に堕する危険を抱えている。民主主義の根本原則は多数決や相対主義と考えられているが、それは注意深い思考と議論が支える対話原理の徹底と少数意見の尊重があるかぎりにおいてである。民主主義は多数による少数の犠牲を肯定する暴力的イデオロギーとなることもあれば、少数の利益を守って多数の妥協をうながすセーフティネットの理念となることもあるのだ。

男根が雄の象徴ではなく、言い換えれば男性だけの占有物ではなく、すべての人に共通の生身のか弱い性器にすぎないことを認識すること。これが民主主義の基本である。民主主義がこのように脆弱なペニスの論理によって成り立っているかぎり、それは英傑を支えるファルスの幻想とはなじまない。民主主義を実践しようとする者たちの男根は、決していつも勃起しているわけにはいかないのだ。

おのれを伸縮自在なペニスとして認知する民主主義の精神。それをものの見事に体現しているのが、『ヘンリー四世』に登場するフォルスタッフだ。その名前が示唆するように、彼は「偽の男根（false staff）」である。「偽」だから、彼はつねに男性性を主張しながら女性性をあらわにしてしまう。女性との性交をつねに欲望しながら遂行にいたることはできず、ハル王子のような青年に同性愛的な思慕を寄せる。フォルスタッフは民主主義を育む場所である都市の、しかも雑居と交歓をむねとする酒場に定住し、彼が赴くところはどこでも飲酒と食事と睡眠が支配する。だからフォルスタッフはどんな場所にも安住し、自分の安定した生活のリズムを崩さない。彼は放浪や亡命といったファルス的幻想とは無縁である。名誉のような英雄的価値はおとしめられ、政治的プロパガンダは現実原則によって転覆される。フォルスタッフは自分が世界の中心であることを信じて疑わないが、他人も自分と同じ考えでいることをよく知っている。きわめつきの相対主義が、その人生哲学の根元にあるのだ。

フォルスタッフの民主主義に対して、真っ向から対立するのが、混交や猥雑さを嫌悪してやまないコリオレイナスの男根信仰である。彼は無名で雑多な人民が無数にいきかう都市を嫌い、固有で単独の価値を保証する戦功や名声だけを尊ぶ。彼は戦場でも都会の広場でも家庭でも、ファルスであり続けようとするのだ。

コリオレイナスが死の直前にオフィディアスから「ガキ（Boy）」と呼ばれて激昂するのは、少年がファルスではなく、ペニスしかもっていないからだ。ペニスの偶発性に支配された都市という民主的場所から、限りなく遠ざかり放浪し続けること。ローマの名誉を体現していることを疑わない英雄は、自ら勃起し続けているために、他者の勃起した男根である剣によって刺し貫かれなくてはならなかったのである。

クエスチョン

①マーシャスにとっては、なぜ戦場が最も居心地のいい場所なのだろうか？
②マーシャスは、どうして民衆を嫌うのか、そして民衆の側のマーシャスに対する見方はどのようなものか？
③この劇で、ローマという都市はどんな社会構成を持つものとして描かれているか？
④マーシャスと母親、およびほかの家族や友人との関係をどのように捉えるべきだろうか？
⑤マーシャスは最後にどのような死に方をし、またローマという共同体はどのようにして再生するのだろうか？

ストーリー

ローマの平民たちが穀物の値上がりを貴族たちに抗議しようとしている。こうした不穏な動きを察した元老院議員のメネニアスが、「腹の寓話」で貴族の民衆への温情を説く。そこへ貴族で軍事的英雄であるマーシャス（軍神マルスにちなむ名前）が登場、平民たちへの軽蔑をあらわにする。

ローマに対するヴォルサイ人たちの戦争で、マーシャスはひとりでコリオライの町を相手にするという無謀な行動に出て、その軍功によってコリオレイナスという新たな名前を得る。さらに元老院は執政官の地位をコリオレイナスに授けようとするが、そのためにコリオレイナスは民衆たちの前に粗衣で立ち、彼らの推薦を得なければならず、過去の勇敢な戦いから受けた身体の傷も見せなくてはならない。この儀式をコリオレイナスは嫌悪するが、なんとかその時間を耐えて過ごす。

平民たちはコリオレイナスの権力伸張をこころよく思わない護民官の扇動によって、その推薦を取り消すことを決定する。コリオレイナスは激しい怒りにわれを忘れ、民衆を侮辱、民衆たちもコリオレイナスのローマ追放を宣言する。元老院議員たちのとりなしもむなしく、コリオレイナスは自らローマを出て行く。

ローマを追放されたコリオレイナスは、かつての仇敵であるヴォルサイ人の将軍オフィディアスに迎えられ、ローマ侵略軍の先頭に立つ。そのことに怯えたローマでは、コリオレイナスにとって父親代わりとも言うべきメネニアスを仲裁役に送るが、コリオレイナスは彼と会おうともしない。さらにローマ側は切り札として、コリオレイナスの母親ヴォラムニア、妻ヴァージリアらを送る。コリオレイナスは「ローマを滅ぼせば個人としての名誉も失墜するだろう」という母親の説得に屈し、ローマ侵略を目前にして和平に同意する。

コリオレイナスの力が自分を凌駕しつつあることに危機感を覚えていたオフィディアスは、その和平を裏切りとして、ヴォルサイの貴族たちの前でコリオレイナスを愚弄し、ついにコリオレイナスを殺害する。卓越した軍事的指導者だったマーシャスを讃える言葉もなく、悲劇は後味の悪い記憶を残して終わる。

†大衆劇場における権力の交渉／哄笑

序章で見たように、エリザベス朝演劇の成立と変遷を考えるときの鍵の一つは、ロンドンという都市の商業資本主義の浸透と観衆の雑種性である。とくに一五九九年以降、シェイクスピアたちが拠点とした野外劇場グローブ座ではその傾向が著しく、観客層は王侯貴族から職人、学生から娼婦まで広かった。民衆対特権階級という明確な対立図式よりは、包括的で大衆的な公共空間が成立していたのだ。

そのような観衆を相手に、民衆の多様な活力を嫌悪する主人公を登場させる『コリオレイナス』は、孤高の英雄と都市の民衆との衝突を描きながら、共同体再生の筋道を探る。はたして「神々の哄笑」を聞くのは、いったいどちらの側か、軍事的英雄か平安を好む大衆か？――この問いは、ローマ共和政期やエリザベス王朝期だけでなく、現代の関心事でもある民主主義についての思考を導くはずである。

『コリオレイナス』は、ローマ史を題材としながら、形態も主題も、歴史劇・喜劇・悲劇の要素を合わせもった作品と言える。この劇をそのようなジャンルの混交したものとしている要因の一つは、名前も性格も特定されないが、数の多さゆえに政治的勢力として権力闘争の鍵を握る民衆である。ローマという都市は、文化的雑種性を担う多数で多様な大衆を抱え込んだ場であり、つねに内なる対立項同士の仲介と交渉を遂行するものとして描かれている。コリオレイナスという大衆の言語的多様性とは別の言説システムを採る人物が、笑いとパロディを中核とする「ヒドラ」のような民衆の多頭多形的言説網との交渉に失敗する。喜劇的収束をもくろむ都市の雑多な民衆と、悲劇的結末への道をひた走る孤高の英雄とのせめぎ合いを中核とするこの劇を、境界領域の特徴である雑種性を鍵として見ていこう。

†都市・身体の寓話

ローマという都市は、「平民」と「貴族」との対立と均衡を支える交渉と妥協によって成り立っている。『コリオレイナス』で冒頭から描かれるのは、そのような平衡状態がコリオレイナスという極めつきのエゴイストによって破壊され、譲歩に慣れた平民が貴族制に対する抵抗勢力となるプロセスである。

〈引用X—A〉

この厳格きわまりない胃袋はとても慎重で、
不満分子と違って軽率ではないから、こう答えた、
「たしかに、仲間の諸君」、と彼は言った、
「どんな食物もまっさきに受けるのは私だ、
しかしそれでこそ君たちも生きていけるのだ。それも当然だろう、
なぜなら私はからだ全体の
倉庫であり店舗なのだから。覚えているだろうが、
私はそれを血の流れを通じて送り届けている、
宮廷である心臓にも、玉座である脳髄にも。
そればかりか体のあらゆる入り口や隙間をとおして、
いちばん強い筋肉から微細な血管にいたるまで、
生きる糧を私から受け取っているではないか。

Your most grave belly was deliberate,
Not rash like his accusers, and thus answer'd:
'True is it, my incorporate friends,' quoth he,
'That I receive the general food at first
Which you do live upon; and fit it is,
Because I am the store-house and shop
Of the whole body. But, if you do remember,
I send it through the cranks and offices of man,
The strongest nerves and small inferior veins
From me receive that natural competency
Whereby they live.

（一幕一場127—139行）
Edited by Philip Brockbank

貴族内の温和派メネニアスが、食糧不足で暴動寸前の民衆に対して語る次のような身体の寓話は、都市の根幹にある共存共栄のシステムを指し示している。〈引用X—A〉

メネニアス一流のユーモアに満ちた話術により、都市の各部分が「相互に参加しながら、身体全体に共通する食欲や情動を管理する（mutually participate, did minister / Unto the appetite and affection common / Of the whole body）」（一〇二—一〇四行）ありさまが具体的なイメージで描かれる。この寓話は、身体の各器官同士の提携や配給を強調することで、妥協と闘争を伴う交換から成る多文化共同体を表現する。

だがそれは、統率されないグロテスクで混交的な身体ではない。胃袋が中核にあり、心臓や脳が理性や知恵のよりどころであるような集合——それは秩序と調和を旨とし、中心による管理を理想とする有機体である。

さらにこれが決定的なことだが、支配的秩序を正当化しようとするメネニアスによれば、胃袋はローマの元老たちである。しかしそれでも、この場面では譲歩つきではあれ、この観念を民衆の側も受け入れる。ここでは平民と貴族双方から、こうしたイメージでローマという都市が互いに依存する身体の各部分として捉えられているのだ。

†英雄の単独性

〈引用X—B〉

なんだ、この不平ばかりたれるごろつきどもめ、いったい、くだらん文句でかゆくなり、体じゅうかきむしって疥癬だらけになるわけか?

What's the matter, you dissentious rogues
That, rubbing the poor itch of your opinion,
Make yourselves scabs?

(一幕一場163—165行)

〈引用X—C〉

逃げまどう敵のすぐ背後から、
彼がなかに入ると、突然、
門が閉められ、将軍はたった一人で
町全体に立ち向かっているのです。

Following the fliers at the very heels,
With them he enters; who, upon the sudden,
Clapp'd to their gates; he is himself alone,
To answer all the city.

(一幕四場49—52行)

この数行後に登場するマーシャスの最初の発言は、そのような相互依存をまったく無視した一方的な侮蔑である。〈引用X—B〉

同じ身体的比喩を用いながら、メネニアスが共和的な姿勢を見せて、健康で正常に機能する身体内部の有機的な循環イメージを使うのに対して、マーシャスは身体の表面に現れた皮膚の病を名指しする。この劇で一貫してマーシャスは、平民を拒絶する言語を使うが、その際彼自身が多用し、また彼を形容して頻繁に使われるのは、身体表面の血や傷痕、顔色、そして病気のイメージである。そこで示唆されるのは、自身の内面に届く他人のまなざしへの彼の恐れだろう。他者との相互理解を前提とする論理と記号表現に頼る話し合いを嫌悪し、目に見える明らかなしるしだけを尊ぶマーシャスの姿勢がそこにある。

†戦場の英雄

出自や職業が違う他者との接触やコミュニケーションを極端に嫌うマーシャス。彼はつねに自らを孤独で自足した存在として立ち上げる。その単独性が際立つのは、なにより戦場での闘いのさなかにおいてだ。そのことは、ヴォルサイ人との戦闘で敵方の町を相手に、ひとり戦う彼を描写する一兵士の言葉によって端的に示される。〈引用X—C〉

有象無象の兵士を置きざりにして、立ち去る英雄——無謀にも崇高な彼の真性は、のちに三幕二場でローマから追放され、逆に「ローマを追放してやる」と言って去るコリオレイナスによって再現されるだろう。自分が人々のまなざしから切り離されて一人になれる場所。他人の言葉による評価や価値判断を許さない場所。武力と勇気と勲功だけが物を言う戦場ほど、彼にとって心地よい居場所はないのだ。

こうした場で、マーシャスの身体はいちじるしい周縁性を帯びざるをえない。繰り返し表象されるように、コリオライやローマ、アンシウムといった町の城門に立つ、孤独で他者の介在を拒否する身体——その研ぎ澄まされた発話と立ち姿は比類がない。彼は共同体と共同体、一つの言語システムと、もう一つの言語システムとの敷居で屹立する。とすれば、戦場という死と生との境こそが、その身体の位相に最もふさわしいのも当然だろう。

†暴力と言語

しかし戦争や闘いが意味をもつのは、そうではない状態、平和とか安息のような対立項があるかぎりにおいてである。争いの勝敗を決めるのは戦場を離れた政治や歴史の言語的領域だ。だから戦闘での「勇敢さ」や「名誉」といったものも、他者による評価の対象として解釈や論議の的にならざるをえない。そしてそのような他者に開かれた言語の恣意的相対性を、マーシャスはなによりも恐れる。

マーシャスは余計な交渉を必要とせず、自らの力だけを頼りにすればよい軍事行動を好む。そうした行為の源にある暴力が、他者を否定し、言語を通じた妥協と変容の可能性を排除するからである。マーシャスの独白は特定のターゲットをもたず、観客との（無言の）応答さえも許さない。しかし言語や思考は他者との分有によってはじめて意味をもつものだ。さらに暴力でさえも、それが軍事行動として実施され、個人の名誉として顕彰されるためには、共同体による承認を必要とする。そこに生まれる矛盾を描くのが、凱旋の情景と、広場で執政官への推薦を請う場面だ。

†ローマの雑種性

コリオライの町を単独で征服したことを記念して与えられた称号コリオレイナス——この名はローマの比類なき英雄の名前であるとともに、ヴォルサイ人の町コリオライの民衆の血と涙と恨みがこもった記号だ。この名前の付与によって彼の存在は、ローマの共同体論理を超越していく。ローマの多数性との悲劇的対決は、すでにこの命名によって種を蒔かれていたのである。

〈引用X―D〉

あらゆる舌がみなあの男のことを話題にし、目のかすんだ者は
眼鏡をかけてまで奴を見ようとする。おしゃべり乳母は
夢中になるあまり、赤ん坊も泣くにまかせて
あの男の噂をする。台所の下女は煤に汚れた首に
最上等のスカーフを巻き、塀にまでよじのぼって
奴の姿を一目見ようとする。店頭も屋台も窓も
人でいっぱいだ。屋根に群がり、棟にまたがって、
種々雑多な顔色の連中が、みんなで
とにかく奴を見ようと必死になる。めったに現れない神官たちでさえ、
平民どものあいだで押しあって、息をはずませ
いい場所を取ろうとする。ベールに顔を包んでいるはずの
貴婦人たちもが、白い肌をさらして、
美しく化粧した頬が太陽の燃えるような口づけで
赤く日焼けするのも我慢する。なんともすさまじい騒ぎだ、
あの男を導くのはどんな神だか知らないが、
まるで、それが人の子である奴の力に密かに入り込んで、
奴を優美な姿に変えてしまったかのようなのだ。

All tongues speak of him, and the bleared sights
Are spectacled to see him. Your prattling nurse
Into a rapture lets her baby cry
While she chats him. The kitchen malkin pins
Her richest lockram 'bout her reechy neck,
Clamb'ring the walls to eye him; stalls, bulks, windows,
Are smother'd up, leads fill'd and ridges hors'd
With variable complexions, all agreeing
In earnestness to see him. Seld-shown flamens
Do press among the popular throngs, and puff
To win a vulgar station. Our veil'd dames
Commit the war of white and damask in
Their nicely gauded cheeks, to th'wanton spoil
Of Phoebus' burning kisses. Such a pother,
As if that whatsoever god who leads him
Were slily crept into his human powers,
And gave him graceful posture.

（二幕一場203―219行）

まずコリオレイナス凱旋の場面から見ていこう。戦場での孤高をなにより重んじるコリオレイナスとの対照を際立たせるように、彼の凱旋を迎える民衆たちの姿は多様な集合として描かれている。〈引用X―D〉

この台詞の語り手は「護民官」のブルータス――平民と貴族層の中間で平民の代表として自己の権益拡張をはかる扇動者だ。彼は本来こうした歓迎ぶりを快く思うはずがない。しかし彼の口をとおしたローマの大衆の情景は、適度のアイロニーと笑いにあふれた言語によって活写されている。たとえばローマ時代に「眼鏡」があるはずはないが、この表現は秀逸な時代錯誤的パロディとなっている。さら

図10－1　「俺を剣にして戦ってくれ」：軍人コリオレイナス
演出：テリー・ハンズ、コリオレイナス：アラン・ハワード（RSC、1978年、写真：レグ・ウィルソン）

にそれは、多数がまなざす対象としてのコリオレイナス像を焦点化することで、最終場の「神々の笑い」の伏線ともなる。

ここに登場する人々は、都市でのまさに「種々雑多な連中」だ。乳母や下女から貴婦人も含めた女たち、さらに神官から護民官にいたるあらゆるローマの構成員が街頭に繰り出している。一個人対多数という図式のなかで、その多数は単に数が多いだけでなく、多彩で雑然としている。孤高と独立を目指すコリオレイナスも、そのような都市の構成員であるがゆえに、複数のまなざしによる評価を避けることはできないのである。

†民衆の推薦

コリオレイナスにとってなにより耐えがたいことは、個としての名前ももたず全く捉えどころのないように見える大衆が、自身の言葉でもって個別に語りかけてくるばかりか、彼の身体に触れ、さらに応答さえ求めようとすることだ。執政官になるために民衆の推薦を必要とするコリオレイナスは、広場でその肉体をさらし、彼らのお墨付きを得なくてはならない。ここでまず注意すべきことは、市民たちが「大衆」という「怪物の一員」であることを自ら認識していることだ。〈引用X—E〉

ここには自己批判とユーモアを含む正確な自己認識がある。『コリオレイナス』の民衆は、シェイクスピアのほかのローマ史劇、たとえば『ジュリアス・シーザー』の観衆や暴徒たちとはちがって、異なる意見をもち、それを議論する多様な言語共同体として描かれている。彼ら彼女らは意思を統一することは難しいかもしれないが、政治的な扇動に対して一定の抵抗力をもってもいる。

〈引用X—E〉

感謝しないのは怪物のようなおこないだ、で、大衆が感謝を知らなけりゃ、
大衆の怪物になっちまう。その一員が俺たちということになりゃ、
俺たちみなが怪物のような、それぞれ一員であるということやな。

Ingratitude is monstrous, and for the multitude to be ingrateful,
were to make a monster of the multitude; of the which we being
members, should bring ourselves to be monstrous members.

(二幕三場9—13行)

〈引用X—F〉

なんで俺はこんなみすぼらしい衣をつけてここで立っていなければならんのだ、
ホブだのディックだのが出てくるたびに
いりもしない推薦を乞うために?

Why in this wolvish toge should I stand here,
To beg of Hob and Dick that does appear
Their needless vouches?

(二幕三場114—116行)

だがコリオレイナスにとって、そのような雑多な人々に頭を下げて執政官への推薦を請い、彼ら彼女らと言葉を交わすことは、自分自身もその共同体の構成要素となり、雑多な言語をしゃべる怪物の一員であることを認めてしまうことだ。それはおのれの孤高さを否定することにつながる。〈引用X—F〉

「推薦(vouches)」は、日本語でも「バウチャー」と使うように、元の意味は「引換券、クーポン」ということだ。つまり、ここで市場の演台に立って民衆たちから推薦を得ようとするコリオレイナスは、自分が最も嫌い恐れる三つのことに直面している。すなわち、(1)“voices”=多数の人々の目に身体をさらし、その口でさまざまに語られること。(2)“vouches”=まるでクーポンか株券でもあるように自分の価値が代替物によって評価され、しかもその値段が変化すること。(3)“begging”=見知らぬ他人に対して語りかけ対話によって頼むこと。

民衆の一人が簡潔に述べるように、執政官への推薦を得るための「代価は親切に頼み込むこと(The price is, to ask it kindly)」(二幕三場七五行)なのだ。このような、いわば株券市場の交換原則が、民衆たちの考える民主主義の基本にある。ローマの歴史も伝統も名誉も価値も、結局のところこのような多数の意志や欲望によって決まるものであるならば、コリオレイナスはいったい何のためにこれまで身の危険を冒し、血を流して戦場で戦ってきたのか。彼にとって体の傷や名誉ある血筋は、変動する市場によって評価される引換券などではなく、

図10－2　「民主主義の敵」：フランス革命に文脈を移した演出
演出：デヴィッド・サッカー、コリオレイナス：トビー・スティーヴンス（RSC、1994年、写真：アリステア・ミュア）

恣意的な評価を超えた恒久的な「本質」でなくてはならない。絶対的孤立を求める軍事的英雄と、妥協と相対評価を旨とする多数派民主主義との根本的対立があらわになるのだ。

　同じ言語を使った応答、肉体の接触をとおしてしか得られない公共の名誉と、権力獲得に必要な民衆の推薦。そのためには、自らの身体や言語もローマという「無数の頭をもつ集合体（many-headed multitude）」（二幕三場一六―一七行）に属する一つでしかないことを認めるしかないのか。その事実を拒否するとすれば、英雄は畢竟ローマを捨てるほかないだろう。コリオレイナスの悲劇は、市民社会の本質的要素である言語の多様性や対話原理を、彼が根元的に拒否することに起因するのである。

†多元／他言／多言社会の拒否

『コリオレイナス』におけるローマの大衆はある程度、暴動や政治的扇動に対する抵抗力を保持してはいるが、ことが戦争や食料といった日常の生存に関わってくると、安寧を目指して保守化し、多数派の動静に従って少数者を排斥し始める。全体主義に陥ろうとする民主主義――他者の文化への寛容を許さない「非国民」排除という、現代でも普遍的なテーマが浮上するのだ。

　この劇でも民衆たちは、あくまで妥協を肯んじないコリオレイナスに直面して、態度を硬化させる。自分たちを多文化主義的な集合体というよりは、同一の利害関心によって糾合した一元的集合として自己表象を始めるのだ。そこ

〈引用X—G〉

シシニアス　民衆なしにどんな都市がありえる?　Sic.　What is the city but the people?

平民たち　そのとおりだ、人民こそが都市なんだ。　All Pleb.　True,

The people are the city.

（三幕一場197—198行）

には、次のような排除の論理が不可避的に伴う。〈引用X—G〉

誰が「人民」の範疇に属するのかをきちんと検証しなければ、それは邪魔者を排斥しようとする一種の愚民ファシズムに陥る危険がある。歴史が証明しているように、それは独裁者の登場をたやすくする。この劇では、都市の内部から反省の機会がもたらされるより先に、コリオレイナス自身がいっそう暴力的で一方的な排外的姿勢をあらわにする。愚かな民衆に対する愚かな独善主義者。この対立によって、ローマという都市を支えていた相互依存と分配の論理は、根底から破壊されてしまうのである。

民衆たちとコリオレイナスとの対立を何とか仲介して収めようとするメネニアスやコミニアスら元老院の貴族たちは、盛んに「話を聞いてくれ（hear me）」と人々に言う。平民と貴族はいかに階級的利害が対立しようとも、相手の発話を「聞き」、自分の言葉で「話す」という原則さえ守られれば、妥協と解決はできる。しかしその交渉プロセスをコリオレイナスはたちまちのうちに破壊してしまう。「聞く、頼む（ask）」、「耳を傾ける（hear）」、「伝える（tell）」、「語りかける（talk）」といった単語が示す営みは彼には縁がない。議論の場でさえ剣を抜いて戦場にしてしまうようなコリオレイナスにとって、そのような言語による交渉の余地はないのだ。

この争いを助動詞で象徴すれば、その対立は自己の意志をひたすら主張するコリオレイナスの“will”と、相互介入を認知する民衆たちの“shall”との対立だと言ってもいい。自らの純粋な意志を表明する“will”と違って、“shall”という助動詞は、相手の意向を忖度するときに使い、それゆえときには相手の行動を要請し、その意志を支配しようとする命令的な意味合いも含む。民衆たちは、護民官ブルータスの扇動に乗ってコリオレイナスをローマから追放しようと口々に叫ぶ、「そうでなければならない！（It shall be so!）」——これこそ、民主主義が多数派による衆愚的専制によってマイノリティを駆逐する暴力の叫びなのだ。ここには、自らの言葉による主体的思考も、少数派の尊重も、行動の結果への省察も欠如している。それは民主主義の自殺を導く。かくしてそ

〈引用X—H〉

俺のほうこそおまえたちを追放してやる!	I banish you!
不安におびえてここにとどまるがいい!	And here remain with your uncertainty!
……さげすみながら、	… Despising
おまえたちのこの町に、こうして俺は背を向ける。	For you the city, thus I turn my back.
世界はほかにもある!	There is a world elsewhere!

（三幕三場123—135行）

れに応えるコリオレイナスの呪いに満ちた言葉も、対話を最終的に放棄するものとならざるをえない。〈引用X—H〉"uncertain"であること、状況や時代や場所によって価値の転変が避けられないこと、これが商業主義経済と民主主義政治の特徴である。そのことに耐えられずに、この愚かでありながら、強力なインパクトをもった言葉を吐く瞬間、コリオレイナスはあらゆる依存と係累を超越する極致の劇的身体となるだろう。

しかし彼が人間であり、なにより共同体に奉仕する軍人であるかぎり、いつまでも孤高であることはできない。ローマを「自己追放」したコリオレイナスは、ローマ人でありながらローマを撃つ実体と化すのである。

†名誉と共同体

ローマ全体を敵としてこの町に背を向けたコリオレイナスは、敵国の将軍だったオフィディアスのもとを変装して訪れ、ヴォルサイの武将となってローマへの復讐を果たそうとする。劇の最終幕では、この二つの共同体の軍事的対立を仲介する契機が、ローマ郊外の周縁の地である軍の陣営でもたらされる。仲介者として登場するのが、コリオレイナスの母親ヴォラムニアだ。祖国ローマを見逃してくれるよう嘆願する母の身振りは、我が子の前にひざまずくという常識とは正反対のおこないとなる。

彼女の論理は、一種の二重束縛《ダブルバインド》によってコリオレイナスを追いつめていく。個人の名誉が共同体の承認の結果でしかないことを強調する、ほとんど脅迫に近い母の言葉に、コリオレイナスもついに折れる。ヴォラムニアの論理がコリオレイナスにとって残酷なのは、これまで彼が信じてきた戦功や名誉や血筋といった絶対的価値を体現し、それを自分に刷り込んできた母親本人の口から、そのような価値が相対的なものにすぎず、時代や人々の都合によっ

〈引用X―I〉

（母の手をとり、沈黙）おお母上、母上!
なんということをなさったのです!　ごらんなさい、天が口を開き、
神々が下を見おろし、この自然に反した情景を
笑っているではありませんか。

(Holds her by the hand silent.) O mother, mother!
What have you done? Behold, the heavens do ope,
The gods look down, and this unnatural scene
They laugh at.

（五幕三場183―186行）

ていくらでも変わるのだ、と聞かされてしまうからである。

いわば「私は絶対なのだから、絶対なものなどないという私の言葉をあなたは信じなくてはならない」といった、ダブルバインドに追い込まれたコリオレイナス。ローマを滅ぼせばローマに対する「裏切り者」になってしまう、というヴォラムニアの宣告にあるローマとは、他者のまなざしや欲望、勝手な意見や臭い息によって評価されざるをえないコリオレイナス自身をも含んでいるのだ。〈引用X―I〉

この場面が“unnatural”なのは、母親が息子に懇願した結果、息子が母親を許したからだけではない。むしろそれは世界の不条理そのもの、つまりこれまで自分自身を信じてきたコリオレイナスがほかならぬ自身に対する裏切り者なのだ、という母の言葉の真実に目覚めるからだ。

ヴォラムニアの論証が反駁できないのは、それがあらゆる言説や論証のもととなる言語の相互依存性（＝あらゆる解釈に開かれてしまうテクスト性）に根ざしているからである。彼女が息子に懇願する「私に話してほしい、息子よ（Speak to me, son）」（五幕三場一四八行）」という要請は、コリオレイナスに答えられない問いを押し付ける。だからその応答は、しばしの「沈黙」ののち、母への直接の答えというよりは、神々の視線にさらされた自分を意識するものとなるのだ。

†神々のまなざし

主人公のこの「沈黙」は、自らの分身と信じていた母親さえもがあの多頭の怪物ローマの一員であり、その息子である自分もそこにしかアイデンティティの拠りどころがないと悟った者の苦い認識のしるしである。その認識は強烈なアイロニーと自己に対するパロディを含む。

図10－3 「ローマを滅ぼせば、お前自身も滅びる」: ヴォラムニアの説得
演出: テリー・ハンズ、コリオレイナス: アラン・ハワード、ヴォラムニア: マクシーヌ・オードリー（RSC、1978年、写真: レグ・ウィルソン）

だからこそ「神々」はこの光景を見て泣くのではなく笑う。多数の神々の哄笑——やはり神たちでさえもローマという「無数の頭をもつ怪物」の味方なのか。いや神々と大衆とは結局、同じものの別名なのではないか。かつてローマの路上でコリオレイナスを歓迎した「種々雑多な連中」のまなざしが、いままた神々のまなざしとなって主人公の沈黙を嘲笑う。

そのまなざしを意識することは、コリオレイナスにとって、大衆という自分の最も軽蔑する対象におのれの身体と言語が依存していることを認めることでもある。ヴォラムニアの説得が彼に強いた、視点と身体の相互性。自分が結局はローマという多様的言語体の視線と言説の産物でしかないこと。たとえそれが体臭と口臭をまきちらす軽蔑すべき存在であっても、そのような大衆と公衆の時空間しか自分の価値を認めてくれない——このような認識から、劇をしめくくる群衆による彼の虐殺が導き出されるのである。

共同体の存続

ローマに母親たちと戻ることを拒んだコリオレイナスなしで、ローマは存続していく。人々は妥協と和解をふたたび学び、救国の天使ヴォラムニアを母とし、父親コリオレイナスの血を引いた息子の小マーシャスを新たな英雄として迎えることで満足する。〈引用X—J〉

歓呼するローマの歓迎の中心には、ヴォラムニア、ヴァージリア、ヴァレリアという三人の貴婦人と小マーシャスがおり、そこでふたたび優先されているのは複数性に基づく共同体の論理である。人々がご都合主義から、英雄としてマーシャスの帰還を求めても、すでにあらゆる共同体に背を向けたコリオレイナスの居場所は、もはやどこにもな

〈引用X—J〉

我らを守る母親、ローマの命よ!
一族をみな呼び集め、神々を称えよう、
勝利のかがり火を焚くのだ。あのご婦人たちの前に花を撒け。
マーシャスを追放した声は黙らせて
母上を歓迎するとともに彼も迎えるのだ。
叫ぼう、「ようこそ、ご婦人がた、ようこそ!」

Behold our patroness, the life of Rome!
Call all your tribes together, praise the gods,
And make triumphant fires. Strew flowers before them;
Unshout the noise that banish'd Martius;
Repeal him with the welcome of his mother:
Cry, 'Welcome, ladies, welcome!'

（五幕五場1—6行）

〈引用X—K〉

ああ、マーシャスだ、カイアス・マーシャス!
あの略奪、お前がコリオライから盗んだ、
コリオレイナスとかいう名前で、呼ぶとでも思っているのか?
国政を司る重臣の方々、卑怯にも
こいつは国を裏切って、数滴の涙と引き替えに、
ゆずってしまったのです、あなた方の町ローマを。
そう、「あなた方の町」を、こいつは妻と母親にくれてやったのです。

Ay, Martius, Caius Martius! Dost thou think
I'll grace thee with that robbery, thy stol'n name
Coriolanus, in Corioles?
Your lords and heads o'th'state, perfidiously
He has betray'd your business, and given up,
For certain drops of salt, your city Rome,
I say 'your city', to his wife and mother;

（五幕六場88—94行）

いのではないだろうか。

†「少年」としての死

ローマに帰るかわりに、ヴォルサイ人の町に「ヴォルサイの一兵士として戻った（I am return'd your soldier)」（五幕六場七一行）コリオレイナスは、ローマ人でありながらヴォルサイ人に仕えるという境界性をいまだに保とうとする。しかし、いまや彼を邪魔者としか考えないオフィディアスによって、そのような宣言は次のように反駁されてしまう。〈引用X—K〉

オフィディアスが当然のものとみなす共同体の論理からすれば、ローマとコリオライは敵同士の町である。彼の目から見て、コリオレイナスという内部に矛盾を含む名前は忌まわしい倒錯でしかなく、彼はやはりローマの軍人マーシャスでしかないのだ。これに応えるコリオレイナスは、ふたたび自らへと閉塞を余儀なくされる。〈引用X—L〉

オフィディアスによって突き付けられ、自らも怒りのなかで発作的に発言することでかえって自己の本質として承認される「ボーイ、少年、小僧」。この形象こそはさまざまの名前で呼ばれながらも、結

〈引用X—L〉

鳩小屋に入った鷲のように、俺は	That like an eagle in a dove-cote, I
コリオライでおまえらヴォルサイ人を蹴散らした。	Flutter'd your Volscians in Corioles.
俺が一人でやったのだ。小僧だと!	Alone I did it. Boy!

（五幕六場114—116行）

局は自己に閉じこもらざるをえない主人公にふさわしい。子どもにとっては目の前の具体物がすべてである。マーシャスも、言語や比喩や象徴といった抽象化の産物、歴史や社会やイデオロギーによって解釈の改変がいくらでも可能なものと無縁なのだ。

こうして単独性へと自らを幽閉したマーシャスは、ふたたび一人で多数を相手にして、まるで自害するかのように、オフィディアスの刃を自分に突き立てて果てる。一切の妥協と交渉を拒否した身体。カイアス・マーシャスがほとんど自ら求めた死は、共同体論理を体現した多数の刃による一対多／他の厳密な構造の確認ではないだろうか。

†民主主義の困難

かくして一つの身体を犠牲にすることによって、ローマでもコリオライでも妥協を規範とする共同体が存続していく。この芝居の結末は、ある意味でたしかに家父長制の崩壊と男性原理の終焉を記す、民衆と支配層との妥協に基づく政体の限定的勝利とも見える。ローマの大衆もこの都市が多様なままに生き延びるには、マーシャスのような軍人が必要であることを学び、貴族層との和解と妥協に今後は努めようとすることだろう。

『コリオレイナス』はローマという都市の階級対立を題材としながら、より根本的な哲学的対立までを問題とする。つまり、言葉や身体による自己表現と他者との交通を基盤とした相互理解を認めるのか、それとも拒絶するのか、という対立である。政治問題としては、これは民主主義の根本に関わる問題だ。民主主義が多数による多数の統治を原理とするかぎり、それは一人一人が自分自身の言葉で考え議論すること、そして多数決が暴政にならないよう少数意見をつねに留保条件として尊重すること、この二つが原則とならなくてはならない。そうでなければ、それは容易に衆愚政治か専制政治に陥るだろう。私たちが『コリオレイナス』という歴史劇を現代の政治機構に対する問いかけとして考察すべき理由もそこにある。

劇の終わりで、ローマ市民が自らの複数性を再認識したとき、中世と近代の狭間に生き、国民国家の創生期にあったロンドンの劇場の観客が、歴史劇という形式のなかで、彼ら彼女らの時点で未完成の時間と空間を展望することが可能となる。そのとき、他者性へと根本的に開かれた演劇の言語とそれが形成する境界的な身体性は、いまだ不確定な意味が交渉されつつ開示される道具として、新たな対話と思考の契機となりうるだろう。そして、そこにこそ、この「歴史劇」の現代的意味もあるのだ。

共和政時代のローマと絶対主義体制初期のロンドンとを結ぶこの演劇が、現代に問い続ける戦争と民主主義という主題。大衆を軽蔑する孤高の英雄による戦闘状態の半永久的継続か、それともアナーキーと衆愚政治と多数派ファシズムに陥る危険をつねに抱えた民衆による自己統治か。いずれにしろ民主主義が生き延びるには、決して最終的な結論にいたらない真摯な議論の継続しかない。

もし民主主義が、他人の異なる意志や文化を大切にする相対主義に基づくとすれば、それは自らを否定し破壊しようとする思想をも自分の体内に含み込み、認めなくてはならない。それは脆いが、そこにしか他者へと開かれた都市を存続させ再生させる道はないことを『コリオレイナス』という劇は教える。

参考文献・映像

民主主義の限界と可能性について

齋藤純一『公共性』（思考のフロンティア）、岩波書店、二〇〇〇年
千葉眞『デモクラシー』（思考のフロンティア）、岩波書店、二〇〇〇年
杉田敦『デモクラシーの論じ方――論争の政治』（ちくま新書）、筑摩書房、二〇〇一年
星川淳『魂の民主主義――北米先住民・アメリカ建国・日本国憲法』築地書館、二〇〇五年
市野川容孝『社会』（思考のフロンティア）、岩波書店、二〇〇六年
高祖岩三郎『新しいアナキズムの系譜学』（シリーズ・道徳の系譜）、河出書房新社、二〇〇九年

戦争暴力を考えるために

上野成利『暴力』（思考のフロンティア）、岩波書店、二〇〇六年

酒井隆史『暴力の哲学』（シリーズ・道徳の系譜）、河出書房新社、二〇〇四年

国家と戦う身体を映画化したものとして

原一男監督、奥崎謙三主演『ゆきゆきて、神軍』一九八七年

ニール・ジョーダン監督、リーアム・ニーソン主演『マイケル・コリンズ』一九九六年

第11章

ホクロをさがせ

——『シンベリン』（一六一一年）と裸体へのまなざし

XI

詩人たちもそうだが、すべての人は嘘つきだ！　彼らは人が愛情を求めていると信じこませてきた。でも人が心底欲しているもの、それはこの貫きとおし貪りつくすような、恐れさえ抱かせる情欲なのだ。

（D・H・ロレンス『チャタレイ夫人の恋人』）

キーワード11　汚点《しみ》と身体〈Body〉

シェイクスピア演劇でしばしば言及される汚点(spot)のついた身体、そのほとんどは女性の身体である。たとえば『ハムレット』で、ハムレットに追及されたガートルードが、「おまえが私の目を私自身の心の奥底に向けると、そこに黒く肌理の粗いしみ《black and grained spots》が見える」と言う（三幕四場）。『オセロ』で、デズデモーナがオセロから婚約のしるしに送られたハンカチには「イチゴの模様がついて《spotted》」おり、オセロは彼女を殺す前にそのベッドが「情欲の血で汚される《spotted》だろう」と予言する（五幕一場）。『アントニーとクレオパトラ』では、クレオパトラに裏切られたと思ったアントニーが、彼女のことを「女というおまえの性のなかで最大の汚れ《the greatest spot》」と非難する（四幕一二場）。『冬物語』では、ハーマイオニーの不貞を疑ったレオンティーズが、自分の寝床を「汚されて《spotted》、やぶのイラクサ、ハチの尾のように突き刺す」と表現する（一幕二場）。そしてきわめつけは、『マクベス』で夢遊病のマクベス夫人が、自分の手についた「穢れたしみ《damned spot》」を洗い流そうとする場面だろう（五幕一場）。

なぜスポットのついた身体が、女性のものばかりなのか。ここには男性的なまなざしの偏在という問題と、接触に対して視覚を優先する男性中心主義があるように思われる。それに関して三つの問題を考えてみよう。

第一に、汚点《しみ》は実際には目に見えないにもかかわらず（あるいは、ホクロや傷痕のような、本来汚れとは異なるはずの身体的特徴であるにもかかわらず）、観察者には汚れ／穢れと映ることがある。それは一方的なまなざしが生み出す心象風景であって、トロープ（転義的比喩）とも言うべき修辞的仕掛けである。つまり、目に見えないもの、存在しないものを心に映し出すことで、意味を捏造し、価値を歪曲するという言説的操作がそこにはあるのだ。対象となる身体に対する見る者の欲望が投影されることで、汚点が目に見えるものとなる。汚れていない女性の身体を「何も描かれていない白い紙」や「土足に踏み荒らされていない処女地」のように述べる性差別的、あるいは植民地主義的な言い方が、シェイクスピア演劇だけでなく、当時の文学や言説にしきりと出てくるが、そこには身体に対する男性的な支配欲望が倒錯して表明されているのである。

第二に、汚点は身体の表面に染みついており、こすっても洗っても落ちないとされることが多い。ここにあるのは視線と接触との緊張関係だ。身体は皮膚の表面だけでできているわけではない。それは一方向的なまなざしを拒否したり、内部に吸収したり、拡散したりする脱中心的な契機がある。人の裸体を彫像にする作業を想像してみればわかるように、人と人との身体的交渉は、視覚だけによってなされるのではなく、肌触りや息遣い、あるいは味覚や聴覚をも含み込んだ広範囲の接触領域でおこなわれている。そうした接触の最たるものが性的交渉だ。性交は「情交」とか「目合《まぐわ》い」とも言われるように、まなざしとふれあいとが交錯する想像力の営みである。それは外形的な製作というより、むしろ形のないものに愛情や欲望によって形を見出していく可塑的な性格をもっている。身体はまなざしを受け止め吸収しながら、同時に接触へと導く内面性をも秘めているのだ。

第三に、身体は個々に独立したものというより、相互関係に基づく混合体なのではないか。Bodyには身体のほかに、本体とか団体、あるいは広域や流域といった意味もある。つまりそこには、単一のからだではない、雑多で拡散した集合体のように、混沌として、交接や流動性を含み込んだ実体が想定されているのである。ここで興味深いのは、ワインの味の濃淡をフル・ボディとかライト・ボディとか呼ぶことだ。日本語で言えば「コク＝濃く」ということになるだろう。そこには液体の濃さや味わいについてだけではなく、ワインというきわめて繊細で複雑な土壌や成分の混ぜ合わせによってできあがる飲料を、身体的な混合として表現しようとした古くからの人の知恵があるのではないだろうか。このように性的な交歓行為や宗教儀礼のような文化活動と切りはなせないワインを、身体的な比喩言語で形容できるように、人の身体も元来、交わりによって生まれる流体と考えることもできる。Bodyを単に視覚的に外面からだけ捉えることはできないのである。

ボディを視覚第一主義から解放し、汚点《しみ》を表層からぬぐいさろうとするのではなく、それを身体の内部へと返し、埋め込み、流れのなかへと浸してやること。そのような作業から、汚点を捏造する文化的力学も解明され、私たち自身の身体がはらむ混交性や流動性も見えてくるだろう。シェイクスピア演劇の身体表象とは、そうしたまなざしをめぐる政治学と詩学の動体《bo》／導体《dy》なのである。

クエスチョン

①ポスチュマスはなぜイアキモーの言葉を信じて、イモジェンの貞節を疑ってしまうのだろうか？
②イモジェンによる変装は、状況にどのような変化をもたらすか？
③召使であるピサーニオの役割を、とくに手紙との関係で、どのように考えたらよいか？
④シンベリン王の、かつて失われた息子たちの再発見は、この劇にどのような文脈をもたらしているか？
⑤最終場での「謎解き」は、何を解決し、何を未解決のままに残しておくと考えられるだろうか？

ストーリー

ブリテン王国の王シンベリンには先妻の娘であるイモジェンがおり、現在の妻である王妃には先夫の息子であるクローテンがいる。王妃たちは二人を結婚させようと考えているが、イモジェンはポスチュマスという貧しい紳士と相思相愛となり、身分違いの結婚をしてしまう。ポスチュマスはそのことで王の怒りを買い、ローマに追放となる。王妃はイモジェンたちに同情しているように見えるが、実は息子のクローテンを王座につけるために、イモジェンだけでなく、シンベリン王をも亡きものにしようと毒殺を画策している。

ローマへと追放されたポスチュマスは、とあることからイタリア人のイアキモーと賭けをする。その賭けは、どんな女もすぐさま籠絡してみせると豪語するイアキモーを相手として、自分の妻の貞節を試すというもの。さっそくポスチュマスの手紙を携えてシンベリンの宮廷を訪れたイアキモーは、言葉巧みにイモジェンを誘惑しようとするが、イモジェンはまったくなびかない。いったん諦めたイアキモーは、その夜、自分の行李のなかに潜んでイモジェンの寝室に忍び込む。彼女が寝ている間に、寝室の様子や身体的特徴を書き留め、さらに不貞の「証拠」にと、彼女が別れる前にポスチュマスからもらった腕輪を寝ている彼女からこっそりはずして持ち帰る。

ローマへ帰ってきたイアキモーの話を、ポスチュマスは最初信じようとしない。しかし腕輪を見せられ、さらにイモジェンの乳房の脇にあるホクロを指摘されると、ついにイモジェンが自分を裏切ったと思い、絶望する。

ポスチュマスは召使のピサーニオに手紙で言いつけ、自分がウェールズのミルフォード・ヘイヴンに上陸するからといってイモジェンを誘い出し、彼女を殺すよう命令する。しかし、貞節なイモジェンを疑う主人の愚かさを嘆くピサーニオは、イモジェンに男に変装してローマからブリテンに使節としてやってくるルーシャスに仕えることを勧める。さらにピサーニオは、出かける前に王妃からあずかった気付け薬をイモジェンに渡す。これは王妃が毒薬として侍医に作らせたものだ。しかし薬の中身は、王妃の意図を恐れた侍医によって、飲むとまるで毒薬のように死んだようになるが、しばらくすると快適に目覚めるものだった。

男装したイモジェンは、ウェールズで洞窟に住むベラリウスとその二人の息子ギデリウスとアーヴィガラスに出会い、まるで弟のようにかわいがられる。実はこのギデリウスとアーヴィガラスは、王の実の息子たちだ。かつてシンベリンの宮廷に仕えていたベラリウスがある事件から追放され、仕返しに幼少の二人の王子を盗んで、森のなかで育ててきた。しかし「本性」は争えぬもので、最近とみに高貴な性質をあらわにしてきたというのだ。

宮廷では、イモジェンの出奔をピサーニオから知らされたクローテンが、ポスチュマスの服を着て彼女の後を追う。自分を辱めた報いに、夫の服装をして彼女を凌辱しようというわけである。しかしクローテンはウェールズでベラリウスたちに出会って山賊と馬鹿にしたため、ギデリウスに殺されてしまう。クローテンを王妃の息子と知るベラリウスは、自分たちに降りかかるであろう災厄を恐れる。

ベラリウスたちが狩りに出かけている間、洞窟で休んでいたイモジェンは、ピサーニオから渡された薬を飲んで死んだように眠ってしまう。彼（女）が死んだと思ったアーヴィガラスとギデリウスは唄を歌って、彼女を弔う。目覚めたイモジェンは、傍らに置かれた首のないクローテンの死体がポスチュマスの服を着ているので、夫と思い込む。さらに自分の飲んだ薬が毒薬だったと思い、ピサーニオが自分を裏切ったのだと考える。

そこへシンベリン王との面会を終え、ローマに帰還する途中のルーシャスが通りかかり、イモジェンを自分の小姓にする。ブリテンとローマとの和平交渉が決裂して両国の戦争となるが、一兵士として戦ったギデリウスとアーヴィガラスの大活躍のおかげで、ブリテン側が勝利を収める。シンベリン王の宮廷では勝利の祝いとともに、さまざまな真相が明らかとなる。王妃が王を憎んで毒薬で命を狙っていたが、ついに狂死してしまったこと。ローマの兵士として捕らえられていたイアキモーによる、ポスチュマスをだましたとの告白。イアキモーを信じた自分が、無実の妻を殺したことを知ったポスチュマスの悔恨。死んだと思われていたイモジェンが、少年に変装してルーシャスに仕えていたこと。その彼女がいま、ルーシャスとともに捕虜となって、シンベリンの王宮に戻ってきたこと。イモジェンに裏切り者だと思われていたピサーニオの忠実さ。ギデリウスとアーヴィガラスがシンベリン王の実の息子たちだったこと。こうしてポスチュマスとイモジェンはふたたび結ばれ、ブリテンとローマも和解する。ブリテン王国とシンベリン一族の繁栄が、神託によって預言されて幕となる。

〈引用XI―A〉

私の住み家はローマ、フィラーリオという人のところです。
父がその人と友達だったのですが、私は
手紙でしか知りません。そこに手紙を書いてください、私の女王さま、
私はあなたの送る言葉を目で飲みほしましょう、
たとえインクが胆汁でできていようとも。

My residence in Rome, at one Philario's,
Who to my father was a friend, to me
Known but by letter; thither write, my queen,
And with mine eyes I'll drink the words you send,
Though ink be made of gall.
(一幕二場28―32行) Edited by J. M. Nosworthy

†身体と書記作用

『シンベリン』は身体の表面にこだわる劇である。そこでは身体が視線によって捉えられ、変装によって誤読され、皮膚上の痕跡によって解釈される。そこから、愛情や欲望をはらんだ新しい人間関係が構築されるのだ。

身体をめぐる表象の闘争。そこでは、手紙のような書かれた記録で伝えられた事実とそこに隠された真実とが、とくに女性の裸身とそれを変装させて見せる衣服との緊張関係のなかでせめぎ合う。そのような関係から生まれるのは、捩れた表象の力学だ。真実を伝えるはずの裸体を記録した書き物が歪んだ事実を伝え、身体を包んだ服装が隠されていた歴史をあらわにするのである。

†手紙というメディア

ポスチュマスはイモジェンとの別れに際して、ローマでイモジェンの便りだけを生きがいに暮らすと言う。ここでは手紙が実際の肉体の代替物となっている。〈引用XI―A〉手紙でだけつながる自己と他者。そこには言語と指示対象の乖離という問題が垣間見える。さらに、手紙でしか知らなかったフィラーリオという人物が、故郷を失ったポスチュマスには父親以上の存在となる。しかしやがて、フィラーリオの友人であるイアキモーが手帳に書き付けるであろうイモジェンの身体のありさまが、悲劇的な誤解のもととなるだろう。

手紙とそこに書かれた言葉だけが、離れて暮らす男女の全存在を託されたメディアとなる。こうした二人の関係に象徴されるように、この劇では各所で手紙や書き付けが重要な役割を果たしていくのである。

〈引用XI—B〉

そうだ、彼女のなにか身体の特徴が	Ah, but some natural notes about her body
何万の家具や調度より	Above ten thousand meaner moveables
俺の財産目録を豊かにする証拠となるだろう。	Would testify, t'enrich mine inventory.

（二幕二場28—30行）

〈引用XI—C〉

彼女の左の胸もとに	On her left breast
五つの点になったホクロがある。まるで桜の花びらの底に	A mole cinque-spotted: like the crimson drops
秘められた真紅の露のように。これこそ動かぬ証拠の引換券だ、	I'th'bottom of a cowslip. Here's a voucher,
どんな法廷もこれまでなしえたことがないほどの。	Stronger than ever law could make;

（二幕二場37—40行）

†文字と身体

『シンベリン』では書かれた文字が人間同士の絆となることもあれば、また一方で書記言語の暴力が人間関係を引き裂きもする。その暴力にあらがうには、書かれた言葉に対する読解能力と、新たな表象をもたらす発信能力が必要とされるのだ。

文字と身体との、記号と指示対象との照応関係を利用して、ポスチュマスをだますのがイアキモーである。言葉でイモジェンを籠絡できなかったイアキモーは、深夜、イモジェンが寝ているあいだにトランクから忍び出て、「寝室の様子を書き記し、すべてを書き付けておこう（To note the chamber: I will write all down）」（二幕二場二四行）とする。そして彼は寝室の絵画や窓の位置、ベッドの飾り、壁掛けのつづれ織りに描かれた物語までをすべて記録しようとする。しかし彼は部屋の様子では飽き足らず、彼女の身体そのものをも書き留めようとするのだ。〈引用XI—B〉

このようにイアキモーは、女性の裸体を「財産目録」として徹底的に物象化する。そのような彼のまなざしが、イモジェンのはだけた胸に一つのホクロを発見するのだ。〈引用XI—C〉

視線によって女性の身体をからめとることと、それを記録する書記作用。イアキモーの視線にさらされ、その筆によって書き留められたイモジェンの身体の様子が、「財産目録」「証拠」「引換券」といった経済や司法の言葉に置き換えられる。そのことによって、イモジェンの身体は書記作用に従属する裸身に還元されるのだ。少年俳優が演じていたであろう彼女の身

図11－1 「あなたの言葉だけが私の命」：手紙とイモジェン
演出：ウィリアム・ガスキル、イモジェン：ヴァネッサ・レッドグレーヴ（RSC、1962年、写真：ゴードン・グッド）

体は、特異なセクシュアリティをイアキモーの視線によって過剰にまとわされるのである。

イアキモーの書記は、ホクロに特徴づけられた現実の肉体以上の裸身を、いわばハイパーリアリティとして表象するメディアだ。ホクロに焦点を合わせたまなざしが、女性の身体を現実の裸体以上にセクシュアルな対象とする。少年俳優の本来曖昧であるセクシュアリティは、ホクロに収斂されて、情欲が発露する場を形作るのだ。

この場面でのイアキモーの視線による女性身体への働きかけは、彼の「見るだけ」、「書き留めておくだけ」という姿勢によって抑制されている。イアキモーが「ここまで記憶に刻み付け、ねじ込んだことを書き留めて必要がどこにある（Why should I write this down, that's riveted, / Screw'd to my memory?）」（四三―四四行）と言うように、彼の書記作用は身体を十全に表現できないという表象不可能性に突き当たってしまうのだ。このような表象の場で問われるのが、イアキモーの叙述がどこまで真実であるかを見抜く能力、すなわち書かれた言葉、伝えられた情報をいかに読み解くかという、メディア・リテラシーの問題である。

†解釈の共同体

イモジェンの貞操をうばったというイアキモーの言葉をポスチュマスが信じ始めるきっかけは、彼女の「腕輪（bracelet）」をイアキモーがもっていることだ。さらに、それを彼女が夫である自分に送ったと、彼女からの手紙には書かれていないことが、イモジェンへの疑いを強める。そして最終的に、彼女の「不貞」を確証するのは「胸元のホクロ」である。〈引用XI―D〉

〈引用XI―D〉

イアキモー　さらに満足したいのなら、彼女の胸元に
（その胸に置くにふさわしく）ホクロがあって、みごとに
その繊細な場所を占めている。誓って
俺はそこにキスをしたし、してもすぐに飢えて
また食べたくなる、おなかがすでに一杯なのに。
覚えているだろうな、
彼女のあの点《しみ》を?
ポスチュマス　ああ、これで証明された、
もう一つの汚点《しみ》だ、地獄と同じ大きさの、
たとえそれだけでも。
イアキモー　もっと聞きたいか?
ポスチュマス　もうあんたの算術はたくさんだ。
数えなくていい。
一回で、百万回にもなる!

Iach. For further satisfying, under her breast
(Worthy her pressing) lies a mole, right proud
Of that most delicate lodging. By my life,
I kiss'd it, and it gave me present hunger
To feed again, though full. You do remember
This stain upon her?
Post. Ay, and it doth confirm
Another stain, as big as hell can hold,
Were there no more but it.
Iach. Will you hear more?
Post. Spare your arithmetic, never count the turns:
Once, and a million!

（二幕四場134―142行）

「ホクロ→点→汚れ」という生身の肉体から表象へ、表象から解釈へという、イメージ連関の「算術」によって、イモジェンの不貞は「証明」されてしまうのだ。
「腕輪」のことを書かれた「手紙」という白い紙のなかに読み取ることができないこと。さらに、「裸体」という、もう一つの「白い紙」に刻印されたホクロが、女性の不貞を証明する「汚点」として読み取られること。この二つが互いに強めあって、男たちのメディア・リテラシーの共同体を形作る。
この誤読は、女性のセクシュアリティに対する恐れが原因だ。白紙＝裸体というメディアを読み解く能力（の欠如）が、一人の女性を「淫売（whore）」（一二八行）として断罪する。誤読がポスチュマスをして「女どもを攻撃する文を書いてやる、嫌ってやる、呪ってやる（I'll write against them, ／Detest them, curse them）」（一八三―一八四行）とまで言わしめ、その対象は女性一般へと拡大されるのである。

†召使のメディア・リテラシー

しかし『シンベリン』には、情報の読解と発信に優れている者もいる。その代表が、ポスチュマスの召使として、イモジェンのそばで仕えるピサーニオだ。
ポスチュマスはピサーニオに、イモジェンの「姦通」を告げる「手紙」を送る。彼は同時に、イモジェン宛にも「手

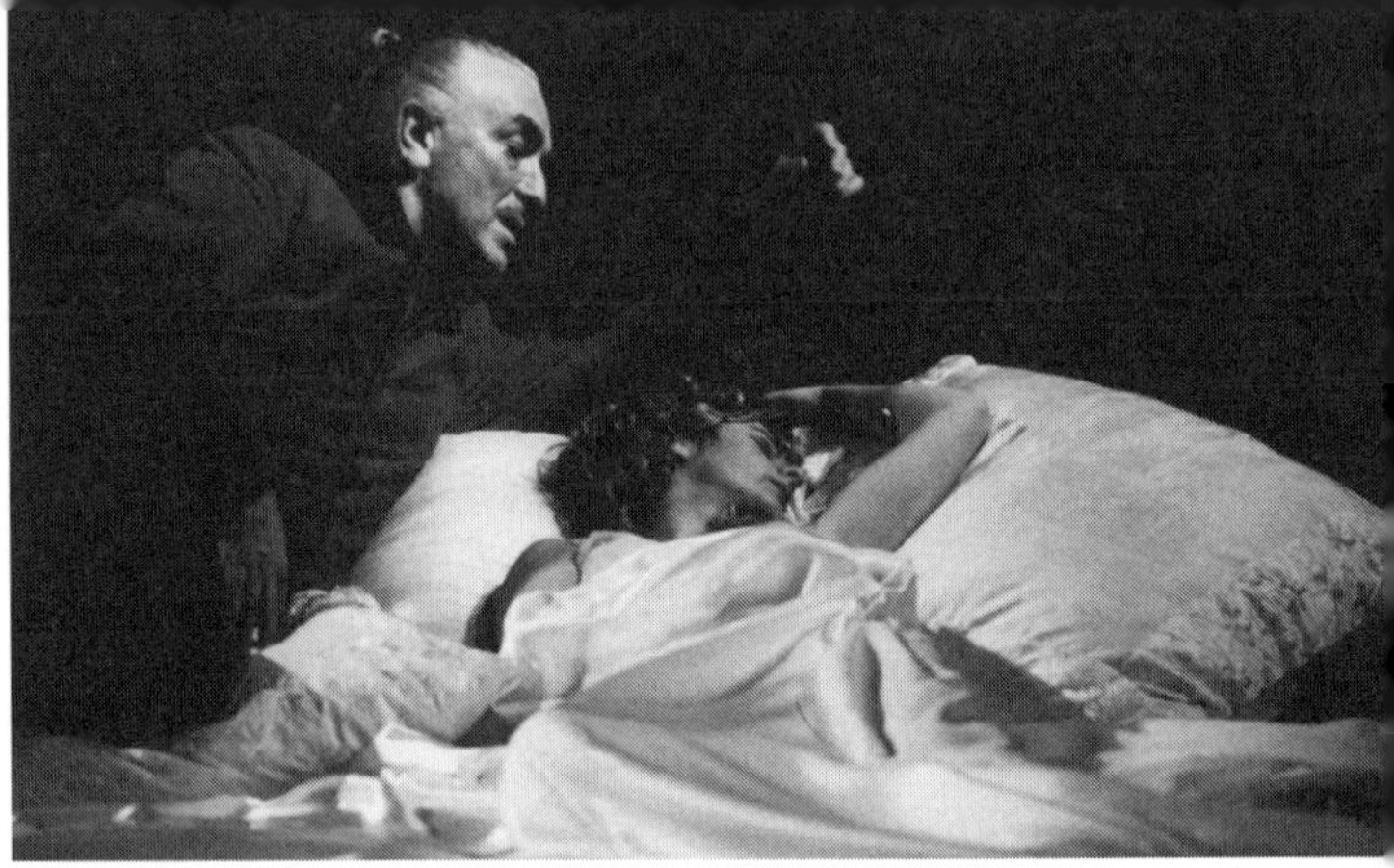

図11－2　「これが何よりの証拠だ」：眠っているイモジェンから腕輪を抜き取るイアキモー
演出：エイドリアン・ノーブル、イアキモー：ポール・フリーマン、イモジェン：ジョアン・ピアース（RSC、1997年、写真：ジョン・ヘインズ）

紙」を送り、彼女にウェールズまで自分を迎えに出向くよう頼む。イモジェンの無実を信じているだけでなく、手紙や身体というメディアに対する読解能力《リテラシー》で、主人よりも優れているピサーニオは、このポスチュマスの手紙を読み、次のように非難する。〈引用XI—E〉

ここで"bauble"は道化を象徴する玩具であるとともに「男性性器」の意味合いも含まれており、書記作用の男性中心主義的な暴力を示唆するだろう。処女の裸体を貫く男性的なまなざしと、白紙の上に汚点《しみ》をつける男根としての筆とが重ねられたイメージ連鎖がここにある。こうした連関に抗するように、主人よりも社会的に弱い立場にあるがゆえに優越したメディア読解能力をもつピサーニオは、「手紙」の内容を超えた真相を見抜く。

ピサーニオとともにウェールズにやってきたイモジェンは、彼から自分の「不実」を伝える夫ポスチュマスの手紙を見せられ、絶望して剣でその胸を刺し貫こうとする。しかし、そこにはかつて「忠実だった夫の聖なる言葉をつづった手紙（The scriptures of the loyal Leonatus）」（三幕四場八二行）がある。胸に入れていた手紙が剣先を止めるのだ。ここでも胸元のホクロ、インクで文字が書かれた白い紙、白い裸身上の汚点、男根のような剣の貫通を防ぐ手紙といったイメージ連環が、書記作用とそれに対抗する身体の関係を描いているのである。

†変装と希望

ピサーニオの勧めに従って絶望から気を取り直し、ローマからの使節であるルーシャスに仕えて時間を稼ぐことにしたイモジェンは、男装して新しい状況に立ち向かうことにする。〈引用XI—F〉

服を変えて異なるジェンダーをまとうことは、単なるサバイバルの手段ではない。それは「そのように装う」こと

〈引用Ⅺ—E〉

［読みながら］「命じたとおりにやれ。
あの女の求めに応じて送っておいた手紙が
おまえにその機会を与えるだろう」。おおなんと穢れた書状だろう!
白紙のうえに付けられたインクのように黒い、無感覚の道化棒め、
こんなおこないの片棒をかつぐのか、表向きは処女のようでありながら?

［*Reading*］*Do't: the letter*
That I have sent her by her own command
Shall give thee opportunity. O damn'd paper!
Black as the ink that's on thee! Senseless bauble,
Art thou a feodary for this act, and look'st
So virgin-like without?

（三幕二場17—22行）

〈引用Ⅺ—F〉

イモジェン　お前の意図はわかるわ、それだけで一人前の男になった気がする。
ピサーニオ　まずそのように装われなくては。
こんなこともあるかと用意してきたのです
（この袋のなかに）胴衣、帽子、ズボンなどすべて
男になるために答えとなるものを。

Imo. I see into thy end, and am almost
A man already.
Pis. First, make yourself but like one.
Fore-thinking this, I have already fit
（'Tis in my cloak-bag）doublet, hat, hose, all
That answer to them:

（三幕四場166—170行）

が正しい「答えとなる」ような、窮地にあって新たな人間関係とセクシュアリティの力学を作り出すことなのだ。だからシェイクスピア演劇では、つねに変装の場面で、舞台上の他者（その多くは変装する当人よりも、階級や出自の低い登場人物である）と、そして舞台下の他者である観客の協力が必要とされ、その承認に基づく共同作業が目指される。ジェンダー差別的な書記作用による記号連鎖の暴力に対抗する変装——そのような（偽りのうえに偽りを重ねる）演劇的所作が、ピサーニオからイモジェンを殺したと偽りの事実をポスチュマスに伝える手紙の対応物として、他者の了解と尽力のもとに、主体的に選ばれるのである。

†変装と「誤解」

イモジェンによって夫ポスチュマスの「いちばんぼろい服（mean'st garment）」（二幕三場一三二行）よりも劣ると言われたクローテンは、ピサーニオからイモジェンの「不実」を告げる手紙を読まされ、まるで自分が「ポスチュマスの上着そのもの（the very garment of Posthumus）」（三幕五場一三六行）であるかのように、ポスチュマスの服を着てイモジ

エンの後を追う。その目的は、「その上着を着てあの女を犯してやる（With that suit upon my back, will I ravish her)」（一三八―一三九行）ことだ。

しかしクローテンは、ウェールズの地で出会ったグイディーリアスによって殺されてしまう。そして、クローテンの死体から首が切り落とされてしまったために、イモジェンはその服装を見て、ポスチュマスが殺されてしまったと思い込む。他者の協力を経ていないクローテンの変装は、その死だけでなく、誤解をも招くのだ。

この服装による読解能力の錯誤は、さらに薬による誤解によって増幅される。グイディーリアスとアーヴィガラスの兄弟が、薬で眠ってしまったイモジェンを死んだと思い込むことで。この二つの誤った解釈が共同して、クローテンの身体がポスチュマスのそれと誤解される。こうした身体に対する読解と誤解の積み重ねが、新たな出会いと和解への糸口をもたらしていくのである。

ピサーニオとクローテンが共謀してポスチュマスを殺したと信じたイモジェンは、「書くこと、そして読むことは、今後裏切りの代名詞となるがいい（To write, and read / Be henceforth treacherous!)」（四幕二場三一六―三一七行）と非難して、悪いのは書記と読解であるというのだが、そのイモジェンを救うのも「誤解」をまねく変装だ。ルーシャスが、イモジェンを小姓として雇うのは、男装したイモジェンの彼／女自身のなかに、文書を超えた価値を見出すからである。変装した彼女が自分の名を「フィデル＝忠実（Fidele）」と告げると、ルーシャスは次のように応答する。〈引用XI―G〉

〈引用XI―G〉

おまえ自身がその名の証拠だな。
おまえの名前はその信実にふさわしい。信実のほうもその名に。
おれのところで運をためしてみるか？　俺は
大した主人とは言えないかもしれないが、必ず
いままでより目をかけてやる。ローマ皇帝の親書
も執政官から私に送られてきたものだが
おまえ自身の値打ちほどはおまえをすぐさま評価しまい。ついてくるがいい。

Thou dost approve thyself the very same:
Thy name well fits thy faith; thy faith thy name:
Wilt take thy chance with me? I will not say
Thou shalt be so well master'd, but be sure
No less belov'd. The Roman emperor's letters
Sent by a consul to me should not sooner
Than thine own worth prefer thee: go with me.

（四幕二場380―386行）

ここでは誤解に基づいて信頼が形作られるわけだが、そこに真実がないとは言えない。しつこいくらいに、名前とその内実を結び付けようとするルーシャスの

言葉は、これまで言語とその指示対象、表象と現実との対応関係の攪乱によって失われてきた人々同士の信頼を、（変装と誤解に基づく）その攪乱のままに取り戻そうとする契機となるだろう。

政治的権威を示す「ローマ皇帝の親書」をも超える、変装したイモジェンの身体とその名前。書記作用の暴力から逃れる手段としての男装が、他者である男性から真価を含んだ「誤解」を引き出すことで、再会と解決が準備されていくのである。

†変装とジェンダー・国家・階級の侵犯

グイディーリアス、アーヴィガラス、リーシャスといった男性たちが、男装したイモジェンに感じる魅力は、「男」に扮する以前にすでに性的に成熟した女性であった彼／女が、わざわざ「少年」という性的に未熟なアイデンティティを自らの身体に課したことに起因するのではないだろうか。イモジェンの男装は、イアキモーの視線やポスチュマスの手紙が発動してきた書記の暴力からの脱出口となるのだ。

ピサーニオから手紙の代わりに送られた（妻の血が染み込んだとされた）ハンカチを身につけたポスチュマスは、彼女の死を深く悲しみ、「イタリア人の服を脱いで、ブリテンの農夫のような身なりをしよう（I'll disrobe me / Of these Italian weeds, and suit myself / As does a Briton peasant）」（五幕一場二二―二四行）と言ってブリテン側で戦う。ピサーニオによって送られた白い布地のうえの黒い染みが、イモジェンの白い裸身の汚点を消去する。同時に、ポスチュマスの身体における国家と階級を横断する服装の変化が、妻に対する十全な関係を回復するのである。

†手紙とコピー

最終場では、ジェンダー秩序が回復されることに価値を見出す異性愛主義の観点から見れば、イモジェンによる男装の結果として喜劇的結末がもたらされるようにも思われる。しかしここでも、最も優れた読解能力をもっているのは召使のピサーニオであり、その意味で彼は観客と同等の位置に立つ変装の観察者という特権を保持する。もちろんすでに言及したように、このことは個人的能力の問題というより、貴族階級の使用人がメディア読解能力に優れるこ

図11－3　「男装していたのは娘で妻のイモジェンだった」：家族の再会
演出：ビル・アレクサンダー、シンベリン：デヴィッド・ブラッドリー、ポスチュマス：ニコラス・ファレル、イモジェン：ハリエット・ウォルター（RSC、1987年、写真：イヴァン・キンクル）

とによってしか社会的地歩を確保できないという、階級的に強制された要件である。

ピサーニオは注目すべきことに、「手紙」の価値を左右する位置にある。彼がクローテンに見せたところで言う「主人から送られてきたニセの手紙（A feined letter of my master's)」（五幕五場二七九行）と、実際に三幕五場でクローテンに提示した「手紙（This paper)」（一〇〇行）、および三幕二場でピサーニオがイモジェンに見せて彼女が読み上げた「手紙（a letter)」（二五行、四〇—四八行）とは、現実に同じ書き物であるか、あるいは同様の内容を記したものでなければならない。つまりピサーニオは「オリジナル」と「コピー」とを自在に操作しうる立場にあり、私たちには彼が提示したり言及したりする「手紙」がいったい本物なのかニセなのかを判断することができない。あらゆる書き物は言語を使うかぎり、もともと現実のコピーにすぎない。それだからこそ書記読解力としてのメディア・リテラシーの重要性もある。その意味でピサーニオは、ほかの誰にも優越する書記作用への対抗力を発揮している。

†「証拠」の読解

喜劇的結末のしめくくりとして、失われたシンベリンの実の息子二人、グイディーリアスとアーヴィガラスが再発見される。そして、グイディーリアスがシンベリンの実の息子であることの証拠となるのは、ここでも「ホクロ」なのだ。〈引用XI—H〉

〈引用Ⅺ—H〉

グイディーリアスは
首元にホクロが一つあった、真紅の星で、
驚異のしるしなのだ。

Guiderius had
Upon his neck a mole, a sanguine star;
It is a mark of wonder.

（五幕五場364行）

〈引用Ⅺ—I〉

このまことに忠実な奥方が、まさにいま、
神託の文言に答えられて
あなたさまには知られず、誰にも求められことなく、抱かれたのです
優美なることこのうえない天上の気によって。

… this most constant wife, who even now,
Answering the letter of the oracle,
Unknown to you, unsought, were clipp'd about
With this most tender air.

（五幕五場450—453行）

こうして「ホクロ」によって、二人の息子と一人の娘とその夫を含む家族が回復され、イモジェンの「不貞」の証拠とされた「胸元のホクロ」も、いまや「汚点」から「真紅の露」という美徳の象徴へと昇華する。同時に家父長制度を支える長男の血統も回復され、親子、兄妹、夫婦、友人、主従という階層秩序が、すべての登場人物を包摂していくのだ。

ポスチュマスがまどろんだ後で目覚めたときに胸のうえに発見した「書き付け（label）」（四三一行）こそは、そうしたジェンダーと階級と国家にまたがる規範による回収を示す象徴だ。それはあまりの包括性ゆえに「天の神々（gods）」（四七七行）の権威を媒介する占い師の「解釈をもたらす技術（skill in the construction）」（四三四行）によって読解されるほかない。さらにそうした解釈は、不可知の神託によって強化される。〈引用Ⅺ—I〉

人間には知ることも求めることもかなわない神々の意志。最終場の喜劇的解決が、このような超越的な権威によって支えられなくてはならないのは、この劇での手紙や身体をめぐる解釈の争いがあまりに苛烈だったからではないだろうか。こうして書記作用と変装とのせめぎ合いによって不可知の他者性へと開かれた空間は、ジェンダーと階級と国家の秩序が復興するという共同幻想のなかでふたたび閉じられていく。

イモジェンの「胸元のホクロ」からグイディーリアスの「首元のホクロ」、そしてポスチュマスの「胸のうえに置かれた書き付け」へ——『シンベリン』の裸体と服装の闘争は、白い紙片＝身体に刻まれた記号の恣意的な解釈に支えられながらも、それを超越的な権威によって正統化することにより、男装を通じた書記作用の更新をはたすのである。

参考文献・映像

身体とまなざしとの関係について

バーナード・ルドフスキー『みっともない人体』加藤秀俊／多田道太郎訳、鹿島出版会、一九七九年
市野川容孝『身体／生命』（思考のフロンティア）、岩波書店、二〇〇〇年
鷲田清一／荻野美穂／石川准／市野川容孝編著『夢みる身体――fantasy』（「身体をめぐるレッスン」第一巻）、岩波書店、二〇〇六年
バーバラ・M・スタフォード『ボディ・クリティシズム――啓蒙時代のアートと医学における見えざるもののイメージ化』高山宏訳、国書刊行会、二〇〇六年

女性の「美」を考える

フランセット・パクトー『美人――あるいは美の症状』浜名恵美訳（kenkyusha-reaktion books）、研究社、一九九六年
グリゼルダ・ポロック『視線と差異――フェミニズムで読む美術史』萩原弘子訳（ウイメンズブックス）、新水社、一九九八年

表象とメディアを読み解く技法を学ぶには

ジャン・ボードリヤール『シミュラークルとシミュレーション』竹原あき子訳（叢書・ウニベルシタス）、法政大学出版局、一九八四年
石田英敬『記号の知／メディアの知――日常生活批判のためのレッスン』東京大学出版会、二〇〇三年

まなざされる身体を主題とした映画は多けれど

アルフレッド・ヒッチコック監督、ジェームズ・スチュワート主演『裏窓』一九五四年
デヴィッド・フィンチャー監督、ジョディ・フォスター主演『パニック・ルーム』二〇〇二年

結語　シェイクスピアのテクストと向き合う

シェイクスピアの演劇は、文字として読まれるために印刷されたものであったり、舞台表象や映像として見られるために上演されたものであったり、さまざまな形態をとりうる。どんな時代でも、読者や観客は、そのような「テクスト」をとおしてしか、シェイクスピアと向き合うことはできない。最後に、そのことの意味を考えよう。

まず、テクスト（「原典」あるいは「一次資料」と言ってもいい）とコンテクスト（「背景」あるいは「二次資料」と言ってもいい）の区別、という問題がある。ふつう、テクストはシェイクスピアの書いた台詞、コンテクストはその時代的背景とされるが、そのような常識的な理解でいいのだろうか。

シェイクスピア演劇をこれから学ぼうとする人に、次のような言い方がされることがある――「先入観なしに、まず素直にテクストと向かい合いましょう」。でも自分の読書や演劇体験を考えてみると、このようにシェイクスピアと付き合うことは、はたして可能だろうか、という疑問が浮かんでこないだろうか。

「印刷されたテクスト」：最初のシェイクスピア全集『ファースト・フォリオ』(1623年)

†シェイクスピアの原文？

いったいテクストとは何だろう。「テクスト＝書物」と考えると、シェイクスピアの場合、たとえばアーデン版、ペンギン版、研究社版……と、日本で手に入るものだけでも数種類ある。しかしどれ一つ同じではなく、編者によってかなりの異同がある。これはいったいどういう事情によるのか。

まず歴史的に厄介なことに、シェイクスピアの自筆原稿なるものは残っていない。だから、彼が自分の筆で何を書いたかを「本文校訂」するすべはない。当時は、作者が書いた粗書き原稿を、清書人に書写してもらい、それを印刷工が読み取って版本が作られた。しかしイギリス語の綴りが不確定だった事情もあって、清書人や印刷工が読み違えるケースもたくさんあっただろう。しかしそれよりも、シェイクスピア自身に「俺が書いたテクストだから、署名をして後世に残そう」という意識がどれほどあっただろうか。

当時、演劇台本は作者のものではなく、劇団の所有物だった。劇団としては人気のある演目の台本ほど価値があって、ライバル劇団に使われては困るから、印刷には慎重にならざるをえない。そこで人気作品ともなると、いくつもの「海賊版」が出現する。たとえば、当時出版された『ハムレット』という題名の付いた本のなかには、観客や役者の記憶をもとに出版されたのではないかと推定されるものがある。きっと何人かで分担して劇を聞きながら、台詞を書き取ったのだろう。それに座付き作者であり、役者・演出家にして、かつ国家の後ろ盾をもつ劇団株主の一人でもあったシェイクスピアは、同じ劇でも異なる劇場や観客を相手にして上演するときには、その都度、観客の種類や政治的な配慮から改変を加えたことだろう。決定版とか「ディレクターズ・カット」とかは、シェイクスピアの場合、存在しようがなかった。なにより劇団専属の作者としてのシェイクスピアは個性的な作家であると同時に、劇団という集団のなかの一人として、一座の危機や変遷とともに歩み、劇作家として成長してきた。「個」であるとともに「衆」、そんな性格がシェイクスピアのテクストを基礎づけていたのである。

†著作権《オーサーシップ》と権威《オーソリティ》

序章でふれたように、シェイクスピアの最初の「全集」は（と言っても、現在シェイクスピア作とされるすべての戯曲が収められていたわけではない）、一六二三年に出版された第一・二つ折り版《フォリオ》だが、それも彼の死後、劇団員たちが本人に代わって編纂したものである。当時すでに流通していた版本としてはもう一種類、一作品ずつを収めた四つ折り《クオート》本というのが十九冊ほどあって、この多くは劇団が出版業者に払い下げたものだ。

特定の一人の名前を冠した「著作集」という産物は、「著作権」という観念がなければありえない。興味深いことに、イギリス戯曲史上、著者が生きているあいだに自分で編集した最初の全集は、ベン・ジョンソンの作品集で、彼はシェイクスピアと同じ劇団に属しており、その全集はシェイクスピアが死んだ一六一六年に出版された。同じ年に、ジョンソンは初代の桂冠詩人に任命される。桂冠詩人とは国家によって任命され、国王に賀歌を奉じる責務をになう詩人で、文学者としてイギリスで最も名誉ある地位とされる（いまもこの制度が存続しており、二〇〇九年は史上初めて女性の詩人が任命されたことで話題になった）。「著作権（authorship）」という概念と公権力によって認められた「権威（authority）」との関係を考えるとき、この年代的な符合はとても意義深い。

ジョンソンに比すれば、シェイクスピアは、芸術なるものが個人の作品であるという考え方が成立し始める端境期に生きながら、境界線上にとどまり、生身の役者がしゃべり、行動し、観客と交渉する演劇として、場面を構想し台詞を書いていたのである。

†言葉の意味とは何か

さてこのようなシェイクスピアの本に関する特殊事情を頭に置いたうえで、もういちど「先入観なしに、まず素直にテクストと向かい合いましょう」という言い方を考えてみよう。そこにはおそらく、シェイクスピア自身が残した文章と、それ以外のものとを分ける発想がある。

なるほどこれは理にかなった考え方のように思われる。余計な情報や思い込みを排して、テクストと向き合えば、シェイクスピアの意図した意味がおのずと見えてくるはずだ、と。しかし、もし戯曲を読んでいて、語句の意味がわからなかったらどうするか。注か辞書を見るか、誰かに聞くのが普通だろう。すると、辞書の説明や教師の知識は、テクストという「原文」のほうに範疇に入るのか、それともコンテクストという「文脈」のほうに入るのだろうか。

さらに辞書に関してはこうも問える――辞書に出ている字句の「意味」は、いったいどこから生まれてきたのか。ある言葉の説明のためにシェイクスピア作品の台詞が用例として取り上げられている場合、その意味は辞書が決めているのか、それともシェイクスピアの台詞が決めているのか。

ちなみにシェイクスピア自身も、英語の辞書を傍らに置きながら台詞を書いていたのかもしれない。最初の英語辞典は一六〇四年に編纂された『言葉のアルファベット順図表』と言われていて、三千語ほどが収録されていたというから、この想定もあながち荒唐無稽ではない。となると、一六〇五年ごろ『マクベス』創作中のシェイクスピアは、そのなかで「あふれんばかりの海も朱に染まる（The multitudinous seas incarnadine）」（二幕二場六一行）という台詞を書きながら、"incarnadine" という語が動詞として使えるかな、と他の本で確かめたか――おそらくそんなことはなくて、音の感じから彼はこの語を思いつき、それが気に入って文法などにはかまわずに使ったのだろう。かくして新しい単語が誕生したのだ。文法が最初にあって、言語の用法が決まるわけではない。話し言葉や書き言葉の大勢が、文法なるものを作り出していく。単語の意味についても、辞書が意味を決めるのではなく、辞書に書かれている字句の意味は、さまざまなテクストから抽出された公約数なのだ。

英語の「本当の意味」を知るための伝家の宝刀は、昔も今も『オクスフォード英語辞典（ＯＥＤ）』である。十九世紀末に最初の版が出たこの辞書には、語の意味だけでなく、その用例が版本で使われた歴史順にたくさん記されている。なかでもシェイクスピアが初出である例は多く、いかにシェイクスピアが「英語を捏造した」かがよくわかる。この辞典は一冊一冊が実に重く、本棚から机の上に運んでくるだけでも大変で、ページをめくるのも一苦労だった。かつての大学教授は知力だけでなく体力も必要だったわけだが、最近は『ＯＥＤ』もパソコンで検索できるようになった。ともかく英語がまさに近代の国民国家言語として確立しつつあった過渡期に、膨大な台詞を書き残したシェイクスピアの英語に対する功績には計り知れないものがあったのである。

たとえば『ハムレット』を聞くと、まるでそれが諺ばかりからできているようにイギリスでは感じる人がいるという。それはシェイクスピアが諺をたくさん取り入れたのではなくて、作品自体から市井の決まり文句がたくさん生まれたということだろう。それほど変革期のイギリス語を豊かにしたのだ。シェイクスピアのテクストは、生まれた当初からさまざまな意味を抱え、その後の歴史のなかで新しい意味を付加／負荷されてきたのである。

†「伝記的事実」とは何か

それでは、シェイクスピアの生涯の事績、いわゆる伝記はどうだろうか。ひょっとしてそれもさまざまな解釈を許す一つのテクストなのでは。たとえば、伝記的事実の最たるものとされる「シェイクスピアは一五六四年に生まれ、一六一六年に亡くなった」――これこそは、疑いようのない有名で確実な「事実」ではないだろうか。

でも私たちがこの事実なるものをどのように確認しているかを考えると、それは、そのように書かれている日本語の文、この文が下敷きにしている知識が引き出されてきた記録、誰かが書いた伝記、その伝記が基にしている出生証明書、死亡記録、などといったもろもろの文書がもとになっているに違いない。そうした文書がすべて特定のコンテクストを伝えるテクストであって、時々の社会状況や権力関係のなかで書かれてきたのである。

いまここでしている議論は、「嘘か、本当か」ではなく、ウソもマコトも特定の立場からの価値判断にすぎず、あるテクストの解釈にすぎないのではないか、と疑ってみる必要がありそうだということだ。このように考えると、テクストが安定したものどころか、どんなテクストも意味の揺れや不確実さを免れないことがわかるだろう。

つまり作者が意図しようとしまいと、あるテクストはある特定のコンテクスト（というもう一つのテクスト）のなかで書かれ読まれ、テクストが抱えている社会的通念やそれに対する疑念、当時の人々の幻想や偏見は増幅され再生産され、また自己批判されていく。そしてここにこそ、シェイクスピア演劇の面白さ、意味を宙吊りにし、不断に境界を横断して、引き直す侵犯力もあるのだ。

私たちが読むことのできるのは、「作者」なるものの頭の中ではなく、流通しているテクストだけである。テクストを読んだり聞いたり見たりするには、「公平」な姿勢とか「正解」などというものはありえない。「シェイクスピアが本当に何を言いたかったのか」という問いがどうでもいい、とは言わない。ただ、楽しくシェイクスピアを見たり読んだりし、現代に生きる私たちにとって何が面白いのかを考えるためには、そのテクストが過去と現在のさまざまな言説やイデオロギーの衣をかぶっており、その衣装以外に「真正なテクスト」などというものはないことを知るべきだろう。その認識から、テクストの奥底と広がりとに迫る意欲も生まれる。シェイクスピアのテクストを読み込めば読み込むほど、そしてそれと同時に、私たち自身の時代とシェイクスピアの時代のコンテクストに配慮すればするほど、テクストとコンテクストとの往還のなかに、「シェイクスピア」があぶり出されてくるのである。

†現代に生きるシェイクスピアを求めて

人間はいつでも自分たちの時代を「過渡期」と考える。それはおそらく、人が自らのおかれた時空間で、自らのアイデンティティを規定するさまざまな政治的境界を意識し、それを横断したいという思いを抱くからだろう。シェイクスピア演劇は、どの時代でも「普遍」であると同時に「特殊」、グローバルであると同時にローカル、時代を超越しながらそれぞれの時代にしかない仕方で受容されてきた。その最大の要因は、それがきわめて多様な人間関係を愛憎の極点で描き出すなかで、人物たちが自分の状況に抗《あらが》いながら、社会と文化の限界を超えようとする意志に駆られているからだ。男と女、親と子、王と臣下、人工と自然、貴族と民衆、貧者と富者といった二項対立に縛られた人々の関係は、その力学を規定する人種やジェンダー、セクシュアリティや年齢、経済的格差や文化的背景によって過激に結び合わされ、また残酷に引き裂かれていることによって、かえってそれを超える力のありかを示すのである。

参考文献・映像

シェイクスピアのテクスト批評と出版史について

山田昭廣『本とシェイクスピア時代』東京大学出版会、一九七九年

コンテクストというテクストを読む

富山太佳夫『文化と精読——新しい文学入門』名古屋大学出版会、二〇〇三年

今福龍太『群島—世界論』岩波書店、二〇〇八年

読むことによって新しい世界を構想するためのヒント集

多木浩二／今福龍太『知のケーススタディ』新書館、一九九六年

白石嘉治／矢部史郎責任編集『VOL Lexicon』以文社、二〇〇九年

あとがき

シェイクスピア演劇をめぐる私の単著としては、これが二冊目になります。

この本がこうして形になるためにも、本当に多くの人たちのお世話になりました。とくに大学や市民講座で私のつたない話を聞いていただき、それぞれの意義深い疑いと応答によって、さまざまに問いを深めてくださった多くの方々に心より感謝の気持ちを申し上げたいと思います。とくにもうかれこれ十年以上毎年のように、私が実施している「イギリス・シェイクスピア観劇旅行」にお付き合いいただいている参加者のみなさんとは、多くの忘れがたい観劇体験を共にしてきました。その思い出の多くがこの本のページにも生きています。これからもたくさんの舞台にご一緒に接していけることを願ってやみません。

以下のいくつかの章は、すでに発表した論文を原型として、手を入れたものです。初出論文のデータを次に記して、発表の機会を与えていただいた編者や出版社のみなさまに感謝申し上げます。

第一、六、十一章：「ジェンダーと書記作用——シェイクスピア演劇における〈男装〉」（一柳廣孝／吉田司雄編『女は変身する』〔「ナイトメア叢書」第六巻〕所収、青弓社、二〇〇八年、七一—九〇ページ）

第四章：「視線と権力——ジュリアス・シーザーのまなざし」（日本シェイクスピア協会編『シェイクスピアの歴史劇』所収、研究社、一九九四年、一九三—二一四ページ）

第五章：「リメンバー、セント・クリスピン——『ヘンリー五世』と記憶の政治学」（山形和美編『差異と同一化——ポストコロニアル文学論』所収、研究社、一九九七年、三四六—三六七ページ）

第七章：「あなたを忘れない——『ハムレット』と記憶の闘争」（冬木ひろみ編『ことばと文化のシェイクスピア』所

収、早稲田大学出版部、二〇〇七年、一四三―一六七ページ）

また私のシェイクスピアに関するいくつかの論考を最初に読んでいただいて、出版を勧めてくださったのは、現在は以文社におられる勝股光政さんです。本当にありがとうございました。いずれ勝股さんの編集によって、もう一冊まとめさせていただく日の来ることを願っております。

どのシェイクスピア作品がいちばん好きかとよく聞かれますが、どの作品も優れた舞台に出会ったり、あらためて読み直したりすると、甲乙つけがたい、というのが本当のところです。

シェイクスピア作品については、これで十五作品を論じたことになりますから、もう一冊書けば、主要作品はカバーできるかもしれません。とくに『お気に召すまま』『尺には尺を』『終わりよければすべてよし』『空騒ぎ』といった中期の傑作喜劇や、イギリス歴史劇について、次に機会があればしっかりと論じておきたいと思います。そしてその後は、「誰も読まないシェイクスピア」といった趣で、上演される機会も少なく、とくに日本ではほとんど知られていないシェイクスピア演劇を「無理やり面白く読んでみる」本を書きたいと思っています。そうですね、『ジョン王』や『トロイラスとクレシダ』とか、『アテネのタイモン』『ペリクリーズ』とかが、筆頭候補に挙がるでしょうか。

最後になりましたが、綿密な編集作業でこの本の出版を導いてくださったのは、青弓社の矢野未知生さんです。どうもありがとうございました。

二〇〇九年七月二十四日　本橋哲也

［著者略歴］
本橋哲也（もとはし てつや）
1955年、東京都生まれ
東京経済大学教員
専攻はカルチュラル・スタディーズ
著書に『カルチュラル・スタディーズへの招待』『ほんとうの『ゲド戦記』』（ともに大修館書店）、『本当はこわいシェイクスピア』（講談社）、『ポストコロニアリズム』（岩波書店）など

侵犯《しんぱん》するシェイクスピア　境界の身体

発行　2009年9月25日　第1刷
　　　2016年12月9日　第2刷

定価　2000円＋税

著者　本橋哲也

発行者　矢野恵二

発行所　株式会社青弓社
〒101-0061 東京都千代田区三崎町3-3-4
電話 03-3265-8548（代）
http://www.seikyusha.co.jp

印刷所　厚徳社

製本所　厚徳社

ISBN978-4-7872-7272-0 C0070